MEU ERRO FOI TE AMAR DEMAIS

MEU ERRO FOI TE AMAR DEMAIS

JAIRO MATOS

2022

Dados Internacionais de Catalogação na Publicação (CIP)
(Câmara Brasileira do Livro, SP, Brasil)

Matos, Jairo
    Meu erro foi te amar demais / Jairo Matos. --
Belford Roxo, RJ : Ed. do Autor, 2022.

    ISBN 978-65-00-45864-0

    1. Ficção brasileira I. Título.

22-112394   CDD-B869.3

Índices para catálogo sistemático:

1. Ficção : Literatura brasileira   B869.3

Aline Graziele Benitez - Bibliotecária - CRB-1/3129

"Se eu errar que seja por muito, por amar demais, por me
entregar demais, por ter tentado ser feliz demais"
Clarice Lispector

O amor é paciente, o amor é
bondoso. Não inveja, não se vangloria,
não se orgulha. Não maltrata, não procura
seus interesses, não se ira facilmente, não guarda
rancor. O amor não se alegra com a injustiça, mas se
alegra com a verdade. Tudo sofre, tudo crê, tudo espera,
tudo suporta.

1 Coríntios 13:4-7 - Bíblia Nova Versão Internacional

1

Noite fria e chuvosa de inverno, já passava das oito horas e Carlos Bellini O'Briain ainda estava em seu escritório que ocupava todo o décimo primeiro andar de um prédio na Rua México. Ele era dono de um grande escritório de advocacia localizado no centro do Rio de Janeiro. O trânsito lá fora estava lento devido ao mau tempo. No interior do escritório, o silêncio imperava, todos os associados já haviam ido embora e Carlos estava sozinho, concentrado na correção de um recurso que um dos seus associados deixara sobre sua mesa, também gostava de ficar sozinho para admirar o imponente escritório que conseguira erguer, e isso era resultado de muito trabalho e dedicação, ele estava satisfeito, quando foi interrompido pelo som de uma ligação em seu aparelho celular.

— Você não vem para casa hoje?

Perguntou Mônica dos Santos, sua esposa, estava chateada pela demora do marido.

— Perdi a hora, estava concentrado na correção de um recurso, mas já estou indo.

Fechou rapidamente o escritório e em alguns minutos já estava no estacionamento retirando seu carro. Saiu apressadamente em direção a sua residência, morava desde a sua infância no Leblon, bairro nobre do Rio de Janeiro. Era filho único, seu pai era um investidor profissional, reconhecido pela Comissão de Valores Mobiliários, e estabelecido no Brasil, vindo da Irlanda. Sua mãe era do sul do Brasil, descendente de italianos, e professora universitária federal. Eles queriam que Carlos optasse pela carreira de medicina, mas ele optou pelo direito, por ser apaixonado pela advocacia.

Em meia hora, Carlos já estava em seu amplo e luxuoso apartamento que herdara de seus pais que morreram em um acidente automobilístico, retornando de São Paulo.

— Está linda como sempre! Como foi o seu dia, querida?

Perguntou Carlos a Mônica, demonstrando interesse e beijando-a carinhosamente.

— O de sempre. Estou aguardando ansiosamente o término da minha licença para voltar logo ao trabalho. Posso pedir Marilda para servir o jantar?

— Pode meu amor, estou faminto.

Marilda serviu o jantar que preparara com todo esmero de sempre. Comeram salmão com alcaparras, arroz com amêndoas e musseline de Baroa, e beberam vinho branco. Depois pediram café.

— É impressão minha ou você está evitando estar em casa?

Disse Mônica num tom inquiridor.

— Bem… você sabe que ainda não superei a perda, na verdade, não consigo observar o quarto do bebê todo decorado, e saber que ela nunca estará conosco… que nossa pequena Émile não vai mais chegar. Oh, Meu Deus! Mônica.

— Carlos começou a chorar.

— Eu te amo Carlos, e não quero vê-lo sofrendo desse jeito, foi uma fatalidade.

Mônica perdera o bebê aos sete meses de gestação, já superara a perda, mas Carlos não suportava ter perdido a menina, tão querida, tão planejada e tão aguardada.

— Eu já sugeri desarrumar o quarto e doar as coisas para uma instituição, mas você não quer. Prefere manter o quarto todo arrumado, como se o bebê fosse entrar por aquela porta a qualquer momento! Assim é impossível superar essa perda.

— Como você pode ser tão insensível Mônica!

— Não sou insensível querido, sou realista! Já se passaram mais de três meses do ocorrido, eu prefiro saber que tudo que compramos para o bebê esteja sendo útil para outras crianças, do que estar tudo se estragando, envelhecendo, e se perdendo aqui em casa. Ainda te causando sofrimento toda vez que você passa pela droga daquele quarto! Embalaremos as coisas e desocuparemos o quarto, será melhor para todos nós, mas caso você não queira se envolver, deixa que eu e Marilda cuidaremos de tudo.

— É… você tem razão. — Carlos Suspirou profundamente. — Faça isso então. Você não pensa que está na hora de começarmos a pensar em outro bebê novamente?

— Nem quero pensar Carlos, ainda não estou preparada.

— Por Deus Mônica! É o meu sonho ser pai, não nos falta nada, temos tudo, temos uma vida estabilizada, só quero um bebê para completarmos nossa felicidade. Eu só tenho você, mais ninguém, não tenho irmãos, meus pais morreram, nenhum parente próximo, ninguém, só você. Um filho agora seria muito importante para nós.

— Pensarei no assunto, eu prometo. Estou indo para o quarto, você não vem?

Insinuou Mônica com segundas intenções.

— Já estou indo querida, só vou terminar de ler esta matéria no jornal e já estou indo.

Minutos depois, Carlos se dirigiu ao quarto, parou na porta e pensou no quanto ele amava aquela mulher. Mônica dos Santos, era uma morena, alta e muito linda, cabelos longos negros, olhos cor de jabuticaba, lábios carnudos, era uma mulher muito "sexy", e sabia se vestir muito bem, vestira uma camisola curta de seda branca, estava deitada de lado, com os cabelos soltos e escovados, e sorriu para ele. Ao se aproximar dela, ela virou de bruços, ele afastou os longos cabelos dela com as mãos e deu beijinhos e mordidinhas em seu pescoço, ela se arrepiou toda, e ele enlouqueceu. Bastava se tocarem, se acariciarem, e logo se excitavam e faziam loucuras, se beijaram intensa e apaixonadamente e tiveram uma tórrida noite de amor.

Na manhã seguinte era sábado, ambos não tinham necessidade de levantarem cedo, e também foram dormir muito tarde na noite anterior. Mônica era médica diarista em um hospital na Barra, e se dedicava até por demais pela profissão, ele não via com muitos bons olhos toda essa dedicação extrema da esposa pela profissão, porque ela não tinha tempo para mais nada. Eles acordaram às dez horas.

— Que noite! Dormi como uma pedra, até parece que estávamos com o sono atrasado.

Disse Mônica.

— Ou foi a noite intensa que tivemos?

Carlos falou sorrindo para ela, e ela retribuiu sorrindo com cara de sapeca. — Carlos se aproximou e disse:

— Vamos recomeçar de onde paramos?

— Que isso? Assim eu não aguento!

Ambos sorriram. Tomaram café matinal juntos e Carlos a convidou para irem a uma livraria jurídica, pois, precisava adquirir um livro sobre o tema ao qual estava preparando o recurso em um processo, Mônica não quis ir, porque aproveitará sua ausência para desocupar o quarto do bebê, então ele a beijou, desejou boa sorte a ela e saiu. Marilda a ajudou arrumando as roupinhas e os objetos pessoais do bebê nas caixas. Elas estavam empolgadas, pois, tudo aquilo que fora comprado com todo carinho, amor e dedicação, agora servirá para outras crianças, e nada ficaria perdido. Em dado momento, Marilda mostrou uma roupinha rosa muito linda para Mônica, ela pegou a roupinha, ficou um bom tempo observando aquela roupa tão delicada e pequenina e se entristeceu. Marilda tentou animar a patroa dizendo que o ocorrido fora uma fatalidade, que logo em breve ela teria outro bebê, mas ela interrompeu Marilda e disse:

— Eu jamais irei me perdoar por isso. — Marilda nada entendeu, acreditando que a patroa estivesse atordoada com a perda do bebê.

Carlos não se apressou no seu retorno para casa, visto saber que elas estavam ocupadas na acomodação das coisas do quarto e não queria guardar mais nenhuma lembrança que o entristecesse ainda mais. Retornou para casa quase à tardinha daquele sábado, e elas já haviam terminado. Tudo estava acondicionado, aguardando ser entregue a uma instituição que Mônica já havia contatado.

— Vejo que trabalharam rápido visto que o quarto está um deserto.

Disse Carlos, franzindo a testa.

— Sim, querido, e você conseguiu algum livro de seu interesse na livraria?

Desconversou Mônica.

— Consegui sim, aliás, comprei três livros com relação ao recurso que estou preparando.

À noite, prepararam um saboroso lanche, Mônica e Marilda foram dormir visto que estavam exaustas devido à tarde atarefada que tiveram. Carlos foi se dedicar a leitura dos livros que comprara, pois, tinha um recurso muito complicado em um processo de um cliente para preparar.

Quando levantaram já passava das nove horas, tomaram café matinal, que Marilda já havia preparado e após, foram para a sala e Mônica ligou a televisão procurando algo para se distrair.

— Nada de bom nesses canais abertos.

Resmungou Mônica. Carlos estava folheando um jornal de grande circulação a procura de alguma notícia interessante, e Mônica se distraia com o controle da televisão, quando trocando de canal, passou por um programa religioso, que tinha um pastor começando uma pregação, o que prendeu a sua atenção. A pregação era sobre o aborto.

— Eu os convido a lermos o texto bíblico que está no livro de Lucas capítulo primeiro, versículos trinta, trinta e um e trinta e oito "Disse-lhe, então, o anjo: Maria, não temas, porque achaste graça diante de Deus, e eis que em teu ventre conceberás, e darás à luz um filho, e pôr-lhe-ás o nome de Jesus."

— Versículo trinta e oito, prosseguiu o pastor. "Disse, então, Maria: Eis aqui a serva do Senhor; cumpra-se em mim segundo a tua palavra. E o anjo ausentou-se dela."

— O momento da concepção foi quando Maria disse: "cumpra-se em mim segundo a tua palavra", continuou o pastor. — Naquela época, quando as pessoas tinham que viajar de um lugar para o outro, elas iam de caravana, e considerando a distância que Maria teve que percorrer para chegar até Isabel, Jesus tinha quinze dias de vida no ventre de Maria.

— Para Deus não existe diferença entre uma criança de quinze dias concebida, de uma criança de onze anos. O artigo quinto de nossa Constituição Federal defende a vida desde a sua concepção, e o abortamento, além de ser crime matar alguém, é o cometimento de um grande pecado diante de Deus.

Sua pregação levou Mônica a chorar copiosamente, e Carlos disse:

— Desligue a TV querida, você ainda não está emocionalmente preparada para esses assuntos.

Ele se aproximou e acalentou a esposa em seus braços.

— Não foi sua culpa, meu amor, foi uma fatalidade, sei que você não faria uma coisa dessa de propósito.

— Mesmo assim eu me sinto culpada.

— Eu te entendo, mas logo você vai superar essa situação. Vamos fazer o seguinte, daremos folga a Marilda na cozinha hoje. Vamos sair, dar um passeio, arejar a cabeça e almoçamos em algum restaurante de sua preferência.

— Ótima ideia querido, vou me arrumar então.

Carlos e Mônica sempre tiveram uma vida ativa, estavam sempre viajando, conhecendo lugares e restaurantes diferentes, mas já havia algum tempo que caíram na rotina, de casa para o trabalho e do trabalho para casa. Isso o incomodava e o preocupava, uma vez que Mônica só se dedicava ao trabalho e estava esquecendo que havia vida fora daquele hospital.

Desceram o elevador em silêncio, Carlos estava observando Mônica que andava ultimamente meio calada. Não era normal, pois, ela sempre fora bastante extrovertida, mas ultimamente algo a estava incomodando.

— Vamos almoçar aonde?

Perguntou Carlos.

— Vamos no D'Grau. Gosto muito da comida de lá. Além de ser um restaurante estiloso e acolhedor.

— Gosto muito desse restaurante também.

Carlos pediu ao garçom para providenciar uma mesa reservada. Mônica escolheu comer Medalhão de Filé no molho de ervas finas e arroz de açafrão.

— Alguma sugestão de vinho para acompanhar?

Perguntou Carlos.

— Vinho verde Casal Garcia, é barato e muito bom.

Sugeriu o garçom.

— Uma garrafa, por favor.

Almoçaram e saborearam o vinho em silêncio, Carlos não quis conversar durante a refeição para não atrapalhar o apetite de Mônica. Terminaram o almoço, Carlos pagou a conta e saíram. Decidiram caminhar até ao "shopping". Ele sugeriu tomarem um sorvete na praça de alimentação para poderem conversar reservadamente.

— O que está acontecendo Mônica? Tenho percebido que você não é mais a mesma. Ultimamente tem andado meio estranha, percebo que às vezes você está distante, pensativa.

— Não é nada Carlos, só estou me sentindo ociosa. Estou cansada de não fazer nada. Quero logo voltar ao trabalho.

— Tem certeza? Não tem algo mais?

— Sim, não se preocupe. Logo tudo voltará ao normal.

— Sinto falta das nossas viagens ao exterior, e também de quando passávamos o final de semana fora. Suponho que esse seu trabalho vem atrapalhando um pouco nossa relação.

— Nada a ver Carlos! Você tem uma implicância com o meu trabalho! Não quero ser mulher dependente de marido a vida inteira, quero construir minha própria carreira, projeto ser independente financeiramente. Você vê algum problema nisso?

— Não se irrite minha querida, não sou contra sua independência financeira, só não quero que isso atrapalhe nossa relação. Por acaso está te faltando alguma coisa?

— Me desculpe pela minha grosseria, não está me faltando nada, e você é maravilhoso. Só ando um pouco nervosa, mas vai ficar tudo bem, eu te prometo.

— Ok, vamos esquecer esse assunto. Eu te convidei para sairmos foi para te distrair e não te aborrecer.

— Me dê um tempo e logo as coisas voltarão a ser como eram antes, prometo.

Carlos quis mudar de assunto visto que não queria contrariar sua esposa, passaram uma tarde maravilhosa e voltaram para casa já bem a noitinha.

— Quero te agradecer por ter me convidado para sairmos hoje. Nossa! Você nem imagina o quanto isso me fez bem.

— Que bom que você gostou, eu estou sempre procurando te agradar.

— Reconheço isso Carlos, às vezes penso que nem te mereço, pela pessoa maravilhosa que você é.

— Deixa de bobagem, é meu dever te agradar e te fazer feliz.

— Sou muito feliz meu amor, com você sou muito feliz. Agora vamos dormir porque você terá um dia cheio amanhã e eu ainda terei esta semana inteira antes de retornar a minha rotina no meu trabalho.

2

Carlos levantou cedo, tomou café, se arrumou e foi até o quarto se despedir de Mônica.

— Estou estranhando, você não levantar para me acompanhar até a porta.

— Se importa se eu não te acompanhar hoje? Ainda estou com muito sono.

Perguntou Mônica.

— Sem problemas minha querida, pode ficar deitada o quanto você quiser.

Carlos a beijou e se despediu. Saiu para o escritório preocupado e pensativo a respeito de Mônica, enquanto chamava um transporte pelo aplicativo. Ela sempre foi tão expressiva, tão otimista e tão sorridente, mas ultimamente andava um pouco deprimida. Ele estava tão distraído que nem percebera que o elevador já havia chegado ao térreo.

— Bom dia, Doutor Carlos!

Cumprimentou o porteiro. Ele retribuiu e, por um momento, quase voltou correndo para o seu apartamento, queria fazer companhia a sua amada, tomá-la nos braços, dar toda a atenção que ela precisasse. Rapidamente o transporte chegou e ele entrou. Não era dia para bancar de acompanhante. Sua rotina hoje no escritório seria intensa, várias reuniões com clientes, e precisava manter o foco. Preferiu ligar para Marilda e pediu para ficar de olho em sua esposa e que lhe fizesse companhia caso ela precisasse.

Ao chegar no escritório, logo foi informado pela secretária que os clientes da primeira reunião já estavam a caminho. Carlos pediu para ser informado quando eles chegassem e que os encaminhassem para a sala de reuniões.

— Bom dia, chefe!

— Bom dia, Adriana. Gostaria que você participasse comigo das reuniões de hoje. Inclusive o pessoal da primeira reunião, já estão a caminho.

— Sem problemas. Queria te fazer uma pergunta, você tem companhia para o almoço? Gostaria de convidá-lo para almoçarmos juntos hoje.

— Não tenho, aliás, seria uma boa ideia, estou precisando mesmo conversar com alguém de confiança.

Se tinha uma pessoa ao qual Carlos confiava, essa pessoa era Adriana. Eles eram amigos desde os tempos da faculdade, mas após formados, tomaram caminhos diferentes e perderam o contato. Cerca de dois anos mais tarde, Carlos a encontrou nos corredores forenses, já era uma advogada com especialização e mestrado em andamento, dominava três idiomas, mas não tinha o reconhecimento do escritório ao qual prestava serviços. Aliás, por todos os escritórios que ela passou, só encontrou muito trabalho, mas reconhecimento financeiro mesmo que é bom nada. Foi quando Carlos a convidou para trabalhar com ele como advogada associada. Adriana teve a oportunidade de demonstrar todo o seu potencial e capacidade de liderar a equipe, que logo a promoveu a coordenadora jurídica.

— Então após a última reunião da parte da manhã, iremos almoçar.

Sugeriu Adriana. A reunião terminou por volta das doze horas e trinta minutos, e como resultado, mais um cliente em potencial acabara de assinar o contrato de prestação de serviços jurídicos, e agora seriam representados pela firma. Carlos estava sorridente. Se despediram dos novos clientes e logo saíram para almoçar.

— Alguma sugestão de restaurante?

Perguntou Carlos.

— Vamos no "Glaceon Restaurant". — Sugeriu Adriana. — Ele tem um menu eclético, com influências da França, Itália e Brasil.

— Tem bastantes opções então.

O restaurante estava cheio, foram encaminhados para uma mesa ao fundo, sentaram e abriram o menu. Logo o garçom se aproximou para tirar o pedido. Carlos pediu picadinho de mignon ao gorgonzola e Adriana pediu picadinho de frango ao curry.

— Alguma bebida?

Perguntou o garçom.

— Água mineral para nós dois.

Pediu Carlos.

Adriana ficou observando o garçom sair em direção a cozinha. Percebeu que Carlos estava meio preocupado, e tinha certeza que o motivo da preocupação seria com sua esposa.

— Como está Mônica?

— Não muito bem, embora esteja bastante ansiosa para retornar ao trabalho, estou um pouco preocupado com ela.

— Aconteceu algo com ela?

— Nada demais, mas ontem pela manhã aconteceu um fato curioso, ela ouviu um trecho de uma pregação na televisão, e o pastor estava pregando sobre o aborto, se emocionou e começou a agir como se fosse sua culpa a perda do bebê, e não uma fatalidade, a partir daí ficou um pouco deprimida.

— Pode ser o indício de transtorno de estresse pós-traumático, afinal a perda do bebê foi um evento de grande impacto.

— Sim, pode ser, mas com relação a isso ela estava reagindo bem, mas ela não é mais a mesma pessoa já faz algum tempo. Quando nos casamos, ela era outra pessoa, mas depois que se formou e começou a trabalhar, sinto que a rotina do hospital a mudou muito. Não tem mais tempo para nossas viagens, só vive envolvida com assuntos relacionados a medicina e o hospital.

— Acredito ser muita novidade para ela, e ainda não esteja sabendo lidar com tudo isso, logo tudo voltará a ser como antes. Ela deve estar ansiosa por outra gravidez, não é mesmo?

— Ela nem quer ouvir falar em gravidez, diz que ainda não está preparada para engravidar de novo.

— Estranho! Geralmente quando a mulher perde um filho, quer logo engravidar para amenizar a perda, mas ela deve ter as razões dela.

— É verdade. Aliás, nosso almoço está chegando.

Desconversou Carlos. O garçom os serviu, desejou lhes bom apetite, pediu licença e se retirou.

— Eu me sinto um pouco culpado por tudo isso, eu fui o principal incentivador da carreira dela. Ela sempre teve o sonho de estudar medicina, mas nem ela, nem os pais tinham condições de manter os estudos. Quando nos casamos, eu quis dar esse presente a ela, pedi para ela escolher uma das melhores faculdades de medicina do Rio de Janeiro, e que não se preocupasse com o valor, só em estudar que o resto seria comigo. Ela se dedicou muito, passava horas a fio estudando, inclusive a noite. Não desperdiçou a oportunidade que lhe dei. Mais tarde recorri a um amigo meu o Heitor, que era dono de um grande hospital na Barra, que prontamente deu uma oportunidade de estágio para ela, quando concluiu a graduação lá mesmo ela fez residência. Ele gostou tanto do empenho e dedicação dela que lhe deu uma oportunidade de trabalho.

— Impressionante! Ela teve muita sorte.

— Sorte e muita dedicação. Ainda continua se dedicando muito, ela tem feito cursos e participado de palestras. Ela é muito ambiciosa, crescerá muito na carreira se depender dela.

— E isso não é bom, Carlos?

— Sim, mas desde que saiba conciliar as coisas. Antes ela era uma pessoa simples e humilde, e isso foi o que me cativou nela. Saíamos bastante, agora ela não tem mais tempo. Tenho medo que ela se transforme numa pessoa ambiciosa em demasia, tornando-se gananciosa e passando por cima dos valores éticos e morais para conseguir o que quer, e isso seria muito ruim.

— De tempo para ela, provavelmente isso tudo melhore quando ela retornar ao trabalho.

— Tomara Adriana, tomara. Bom, deixa que eu pago a conta.

— Isso não é justo Carlos, fui eu que te convidei.

— Você me convidou sim, mas a sua participação nas reuniões de hoje, foi fundamental na tomada de decisão dos clientes; te devo essa, e obrigado por me ouvir.

— Estarei sempre pronta para te ouvir, pode contar comigo, sempre.

— Obrigado, amiga. Agora voltemos porque a parte da tarde promete ser como foi pela manhã, ou seja, intensa!

Disse Carlos com expressão de satisfação. Adriana concordou acenando com a cabeça e sorriu.

A tarde seguiu o mesmo ritmo da manhã com várias reuniões, entre uma delas estava um cliente aprovado em concurso público no número de vagas e o órgão ao invés de convocá-lo, terceirizou o serviço, contratando uma empresa particular para prestar as funções que esse cliente poderia fazer.

— O que o senhor poderá fazer por mim doutor? Preparei-me bastante para prestar esse concurso e fui aprovado no número de vagas e eles fizeram isso comigo.

— Não se preocupe, ingressaremos imediatamente com um Mandado de Segurança e garantiremos a sua contratação.

Ao final das reuniões, Carlos e Adriana estavam exaustos.

— Foi um dia intenso. — Comentou Carlos. — Cuida de tudo aí como sempre, vou correndo para casa, não tive nenhuma notícia de Mônica o dia todo e como você sabe, estou muito preocupado com ela.

— Não se preocupe, aqui está tudo sobre controle, e com certeza sua esposa também estará bem. Talvez não quis te incomodar, pois, sabia que você teria um dia cheio hoje.

— Pode ser, mas mesmo assim não estou tranquilo.

— Nem eu estaria no seu lugar, e se você não estivesse preocupado, nós iriamos ter uma briga feia.

Ironizou Adriana, sorrindo. Carlos também sorriu.

— Até amanhã, Adriana.

— Até amanhã, Carlos, se cuida. Estou torcendo pela melhora da Mônica.

— Obrigado.

Carlos passou apressado pela portaria do prédio, chamara um carro pelo aplicativo, que já estava à sua espera, e partiu em direção a sua residência. Encontrou Mônica um pouco mais disposta e isso o tranquilizou um pouco.

— Por que não me ligou? Fiquei preocupado o dia todo.

Indagou Carlos, beijando-a carinhosamente.

— Eu não quis atrapalhar, sabia que você teria um dia intenso hoje, cheio de reuniões, aliás, como foi lá?

— Foi ótimo, realmente foi um dia intenso, mas irá trazer bastante retorno para o escritório.

— Que bom querido, eu não me sentiria bem em ligar para você, sabendo que estaria te interrompendo, e logo você estaria em casa.

— Mesmo assim, pararia tudo para te atender e saber notícias suas. Você não me atrapalha nunca. Saiba que você estará sempre em primeiro lugar na minha vida.

— Nossa! Não sabia que estava com tanta moral assim.

Brincou Mônica, cheia de dengo.

— Sabia sim, sempre fiz questão de te dizer o quanto você é muito importante para mim, e o quanto eu me importo com você.

Mônica se aproximou de Carlos, disse que o amava e o beijou intensa e carinhosamente em retribuição as palavras dele. Ele a tomou nos braços, disse o quanto a amava e a beijou novamente. Foram interrompidos por Marilda que queria saber se poderia servir o jantar. Mônica respondeu afirmativamente, e todos sorriram por serem flagrados por Marilda. Enquanto jantavam, Carlos teve uma ideia e fez uma proposta a sua esposa.

— Por que não aproveitamos esta sua última semana de licença e não vamos à Petrópolis?

— Ótima sugestão, mas como ficará o escritório?

— Que se dane o escritório. O que me importa mesmo é você.

Brincou Carlos.

— Você está bem? É a primeira vez que te ouço falando assim com relação ao escritório.

— Não se preocupe, lá estará tranquilo. Marcamos todas as reuniões para hoje e se surgir algum problema, Adriana resolve tranquilamente, e qualquer coisa ela me liga.

— Hum! Nesse caso aceito sua sugestão. Estou precisando mesmo arejar minha cabeça, respirar um ar diferente, vai ser muito bom para nós.

— Não estou acreditando no que estou ouvindo, me belisca porquê acho que estou sonhando.

— O que foi amor? Algum problema?

Perguntou sua esposa.

— Você! Você aceitou numa boa, sem problemas, e sem inventar desculpas para não sair.

— Bobinho, não posso recusar um convite tão carinhoso de sua parte, e afinal vai ser muito bom.

— Marilda, ficaremos fora a semana toda e retornaremos somente no domingo. Por que você não aproveita e faz uma visita aos seus parentes? Afinal tem um bom tempo que você não os vê.

Sugeriu Carlos.

— Eu tenho falado com eles toda semana por telefone.

— Não é a mesma coisa, Marilda. Já decidi, você vai visitar seus parentes sim.

— Gostaria muito, mas...

— Mais nada! Não se preocupe, eu pagarei suas passagens de ida e volta. Já vou pegar o notebook para pesquisar sua viajem.

Rapidamente Carlos acessou o site de compra de passagens aéreas e localizou um voo para Marilda.

— Só não tem voos diretos, mas tem com uma parada, saindo do aeroporto Internacional às seis horas e cinco minutos e chegada prevista lá às onze horas e cinquenta e cinco minutos.

— Ótimo horário. Chegará a tempo de almoçar com a família. Opinou Mônica. — O que você acha Marilda?

— Para mim, está ótimo.

Respondeu Marilda toda sorridente.

— A volta tem um voo saindo de lá no domingo as dezessete horas e cinco minutos e chegando aqui no aeroporto Santos Dumont as vinte duas horas e quinze minutos, está bom esse horário?

— Está ótimo.

— Então vou confirmar e efetuar a compra das passagens. Vou te levar no aeroporto amanhã e no domingo estarei lá te aguardando, não se preocupe.

— Vá fazer sua mala Marilda. — Brincou Mônica. — E não se esqueça de ligar avisando a eles de sua chegada.

— Sim, daqui a pouco eu vou ligar para eles.

— E quando chegar lá não se esqueça de me ligar avisando como foi sua viagem.

Cobrou Carlos.

— Vou ligar sim. E muito obrigada pelo que vocês estão fazendo por mim.

Disse Marilda emocionada.

— Não precisa nos agradecer Marilda, você merece.

Respondeu Mônica em tom carinhoso.

— E nós partiremos amanhã cedo, assim que eu retornar do aeroporto. Vou ligar e fazer nossas reservas no hotel e ligarei também para Adriana avisando que estarei ausente o resto da semana. Ela gostará muito de saber que consegui te convencer a sair um pouco de casa, afinal ela ficou preocupada com você.

— Faça isso, e eu vou imediatamente fazer nossas malas com calma, não quero esquecer nada.

Tomaram café cedo, e logo pegaram a estrada em direção a Petrópolis. O trânsito na Linha Vermelha e Washington Luís em direção ao Centro do Rio estava intenso, mas em direção a Petrópolis estava tranquilo.

— Vamos fazer uma parada no Mirante do Cristo, amor?

— Com certeza, é uma parada obrigatória, e gosto muito de tirar fotos lá, tem uma vista maravilhosa.

Pararam ainda no alto da serra para fazerem um lanche, o café da serra é ótimo. Estavam indo sem pressa, queriam curtir a viagem, e Mônica não queria perder nenhum detalhe. Hospedaram-se no melhor Hotel de Petrópolis, muito luxuoso, o hotel fora construído no estilo renascentista, mas misturava de forma harmônica o histórico com o moderno. A recepção tinha lustres grandes e luxuosos que remetia ao interior de um palácio. Carlos ao fazer a reserva pediu uma suíte com vistas para a rua. O quarto era todo equipado, inclusive com acomodações climatizadas, para tornar a estadia da esposa o mais confortável possível. Da sacada do quarto conseguia ter uma vista maravilhosa de várias atrações turísticas, a exemplo, a Catedral, o Teatro Dom Pedro e o Museu Imperial, o panorama era belíssimo.

— Não vejo a hora de começar a visitar os pontos turísticos, não podemos perder tempo.

Disse Mônica bastante empolgada.

— Vamos agora! Por onde quer começar?

Perguntou Carlos.

— Vamos começar pelo Palácio Quitandinha, eu li que foi construido em estilo de arquitetura normanda, estou bastante curiosa para conhecer.

Mônica estava encantada com o Palácio Quitandinha, podia-se perceber no seu semblante e no brilho do seu olhar.

— O que você me diz?

— Indescritível! Me faltam palavras para descrevê-lo. Só posso te dizer que parece um sonho.

— Nosso passeio está apenas começando. Estou planejando encerrar nosso turismo, visitando o Museu Imperial. — Comentou Carlos. — Será nossa despedida.

— Estou sentindo um cheirinho de churrasco.

— Vamos almoçar então?

— Sim, esse passeio está me deixando faminta.

Carlos a levou para almoçar na Churrascaria Lagoa do Sul. A comida estava divina.

— Não foi simplesmente uma refeição. — Comentou Mônica. — Foi uma experiência culinária incomparável.

— Está inspirada. Fico feliz de te ver assim.

Saíram e foram para o Relógio das Flores, próximo à Praça Catorze Bis.

— Carlos, eu só tenho que te agradecer por tudo que você está me proporcionando. Te amo muito, meu amor. Nunca duvide do meu amor por você.

— Eu também te amo muito, Mônica.

Carlos a beijou carinhosamente. Estava feliz, visto que a viagem estava fazendo muito bem para sua esposa. Regressaram ao hotel, Mônica já estava se sentindo um pouco cansada e ainda tinham o restante da semana e muitos locais a serem visitados. Carlos tomou um rápido banho de chuveiro e foi procurar algo interessante na TV para assistir. Mônica queria mais, observou o banheiro todo decorado e equipado com uma clássica banheira inspirada em produtos do século XIX a sua disposição e ela decidiu que não iria perder essa oportunidade, e pôs ela para encher de água quente. Queria relaxar naquela banheira. Logo entrou e afundou na água quente. Estava se sentindo uma verdadeira princesa, embora acreditasse que jamais seria uma, agora em terras antes imperiais, quase não acreditava que estava vivendo tudo isso. Começou a pensar na infância difícil que tivera, mesmo sendo filha única, seus pais lutaram com dificuldades para criá-la e educá-la. Foi quando conheceu Carlos apresentado por uma amiga, se casaram logo que ele perdera seus pais. Carlos era charmoso, engraçado, inteligente e romântico, logo ambos se interessaram um pelo outro. Impossível não se apaixonar por ele. Pensou Mônica. Carlos não se tornara apenas seu marido, mas também seu companheiro e seu melhor amigo, devia tudo a ele, e sabia que estaria amparada por ele para sempre.

3

Após algumas horas de sono, Mônica já estava se sentindo renovada. Se arrumaram e foram jantar no Bistrô que funcionava dentro do hotel que estavam hospedados. O ambiente era amplo e bem iluminado, bastante acolhedor. Ampla carta de vinhos, ótimo atendimento, comida excelente e o vinho servido na temperatura ideal. Mônica pediu uma massa com molho de queijos e Carlos pediu uma salada caesar de entrada e filé com batatas rústicas que vieram no ponto perfeito. De sobremesa comeram "petit gateau" com sorvete da casa. Após o jantar foram caminhar pelo centro para conhecerem a noite petropolitana e chegaram até um "Public House", lugar tranquilo com um ambiente temático, jogos e música ao vivo. O salão tinha bastante gente, mas não estava lotado. Sentaram e logo se aproximou um garçom e pediram dois drinks. Mônica Pediu um Cosmopolitan e Carlos pediu um Gin Tônica tradicional. Lá pelo terceiro drink Mônica já estava bem animada e avistou a mesa de sinuca e teve uma ideia.

— Vamos jogar uma partidinha de sinuca?

— Não acho uma boa ideia.

Falou Carlos desanimado.

— Está com medo de perder? Só umazinha.

Implorou Mônica toda dengosa.

— Está bem. Vamos lá então.

Carlos sabia jogar sinuca, mas Mônica jogava muito melhor do que ele, e raríssimas vezes ela perdera para ele. Essa noite seria de Mônica novamente. O jogo deles chamou a atenção de algumas pessoas que estavam presentes no local e se aproximaram para verem o casal jogar. Todos estavam muito animados e torcidas se organizaram na hora. Até que alguém brincou com Carlos.

— Está muito complicado né, amigo?

— Tá, nada! Estou deixando-a ganhar.

Disse Carlos sorrindo. Todos sorriram também. Já passava das duas horas da madrugada, se despediram do pessoal prometendo que iriam voltar na noite seguinte, e retornaram para o hotel.

— O pessoal lá é bastante animado. Amanhã quero jantar lá.

Disse Mônica.

— Não gostou da comida do restaurante?

— Gostei, a comida do restaurante é ótima, mas no "Public House" é uma festa e, já que viemos aqui para nos divertir, então não quero perder por nada.

Acordaram às oito horas, se arrumaram e foram saborear o café da manhã, oferecido pelo Hotel. O café da manhã estava simplesmente excepcional. Além das opções básicas, ofereciam variedades de pães, bolos, queijos e sucos. Inclusive o leite e a manteiga eram produzidos em uma fazenda próxima à região. Apesar de servirem muitas guloseimas a base de chocolate e doce de leite, o folhado de morango com chantilly era incomparável. Após se fartarem daquela mesa repleta de iguarias, saíram para mais um dia de turismo pela cidade. Foram ao Palácio de Cristal, e Mônica ficou encantada.

— Foi construído aqui mesmo esse Palácio?

— Não. Foi encomendado da Sociedade Anônima Saint-Souver Lês Arras, na França. Foi inspirado no Palácio de Cristal de Londres, e no Palácio de Cristal do Porto. Dizem que foi um presente do Conde D'Eu para sua esposa a Princesa Isabel. Aqui aconteciam muitos bailes imperiais e exposições de plantas.

— Mulher de sorte essa Princesa. Apesar que não fico para trás não, você tem me dado o que peço e o que não peço também.

Esnobou Mônica, sorrindo.

— Tenho mesmo. Se vejo algo diferente penso logo em você e quero comprar.

— Imagina transportar tudo isso naquela época.

— Verdade, querida, essa estrutura veio toda desmontada, sendo montada aqui em Petrópolis.

— Agora vamos para onde?

— Te preparei uma surpresa, aonde visitaremos, a entrada é somente com data e hora marcada.

— Estou curiosa.

Mais tarde chegaram onde Carlos havia efetuado o agendamento.

— Queria te trazer aqui neste sítio, na La Grande Vallée. Sabe quem se hospedava aqui nessa casa?

— Nem imagino.

— O escritor e aviador Antoine de Saint-Exupéry, autor do livro "O Pequeno Príncipe". Sei que você é fã deste livro, por isso te fiz essa surpresa.

— Só você mesmo para me fazer essa surpresa, meu amor. Como eu te amo.

A casa onde o autor do livro se hospedava, está de pé até hoje. O quintal é decorado com diversas gravuras do livro, e no interior da casa, além das gravuras, há bastante citações do autor, expostas em quadros pelas paredes. Mônica fez questão de tirar foto com a raposa do livro.

— Já que estamos aqui visitaremos a cervejaria local.

O tour pela cervejaria foi um aprendizado pela história e fabricação da cerveja. Foram demonstrados o processo de produção e os ingredientes em um ambiente moderno e interativo, além de degustações exclusivas. Carlos e Mônica resolveram almoçar no restaurante da cervejaria. Após o almoço, resolveram retornar ao hotel para descansarem e se prepararem para mais uma noite inesquecível.

A noite começara animada no "Public House", a música ao vivo estava apenas começando, a casa ainda não estava lotada, havia algumas pessoas no interior, mas casais e pessoas desacompanhadas estavam chegando. Como ainda era cedo, optaram por pedir hamburguer artesanal com fritas e refrigerante. A música lenta e romântica estava envolvente, havia alguns casais dançando e Mônica quis dançar também. Carlos a levou para o meio do salão e começaram a dançar. Já estavam na quinta música seguida quando resolveram sentar. Chamaram o garçom e Mônica quis o seu drink preferido, o Cosmopolitan e Carlos pediu o Gin Tônica Tradicional. A noite estava perfeita, beberam seus drinks preferidos, jogaram sinuca, dançaram, riram e se divertiram como há muito tempo não faziam. Já estava tarde e Mônica quis voltar ao hotel.

Ela encarou Carlos, ele reconheceu aquele olhar, ele sabia o que sua amada estava pedindo, ele sabia o que ela queria. Era uma hora e trinta e três minutos da madrugada quando chegaram na suíte do hotel. Mônica pediu ajuda de Carlos para se despir e ambos foram para o banho. No chuveiro começaram a se beijar e Carlos a acariciava suavemente e logo se excitaram. Carlos a colocou com as mãos apoiadas na parede e ali mesmo começou a penetrá-la, Mônica gemia e tremia de prazer, em seguida, Carlos a tomou pelos braços e virando-a para si a beijou de forma intensa e acalorada e num ritmo de movimentos frenéticos a penetrou vigorosamente, chegando ambos ao clímax.

4

A quinta-feira amanheceu ensolarada, Mônica estava sorridente e muito bem disposta, totalmente diferente daquela de algumas semanas atrás. Acordaram bem mais tarde que os dias anteriores. Se arrumaram e foram tomar café no Hotel.

— Hoje eu gostaria de visitar o museu Imperial.

Sugeriu Mônica.

— Mas não combinamos que iriamos deixar para o final da viagem?

— Era o que eu estava pensando, mas o dia hoje está tão lindo, vai que mude até o final de semana.

— Realmente, o clima aqui é muito imprevisível.

Terminaram o café e saíram em direção ao Museu, também conhecido como Palácio Imperial. Carlos comprou os ingressos e na entrada do Museu, precisaram calçar pantufas. Tudo era novidade para Mônica, e ela indagou do porquê da obrigatoriedade, foi informada pela recepcionista que era para preservação dos pisos originais de mármore de carrara e as madeiras nobres.

— Todos que estejam com bolsas e mochilas, favor deixá-las no guarda-volumes. Anunciou o segurança do Museu. — Máquinas fotográficas, filmadoras e celulares também. Durante a visitação é terminantemente proibido fotografar ou filmar no interior do Museu.

O acervo do Museu Imperial era totalmente constituído por peças ligadas a Monarquia brasileira, desde mobiliário, obras de artes, último retrato do imperador e a famosa Coroa de Dom Pedro II.

— Muito linda essa Coroa.

Comentou Mônica.

— Linda e valiosíssima! Dizem que tem um valor aproximado de um milhão de dólares.

Mônica ficou impressionada com a carruagem que era o meio de transporte da época e com a caneta usada pela Princesa Isabel para assinar a Lei Áurea. Terminada a visitação, Mônica estava maravilhada com tudo que vira.

— É uma verdadeira aula de história! Pensar que tudo isso aconteceu aqui no Brasil, principalmente aqui no Rio de Janeiro.

— Eu que já estive aqui algumas vezes, sempre me sinto como se fosse a primeira vez, imagino como você esteja se sentindo.

— Estou me sentindo muito feliz, obrigada meu amor por esta semana incrível.

— Não precisa me agradecer, vamos almoçar?

— Vamos, onde você pretende me levar?

— Estava pensando em irmos novamente à Churrascaria Lagoa do Sul, o que você acha?

— Perfeito! A comida de lá superou as minhas expectativas.

Após o almoço, resolveram caminhar pelas ruas da cidade, e pararam para umas fotos na praça Dom Pedro II. Mais tarde retornaram para o hotel para descansar, pois, a noite prometia e seria novamente no "Public House". Na sexta-feira, visitaram vários pontos turísticos tais como: A casa da Princesa Isabel, Palácio Amarelo, Catedral de São Pedro de Alcântara, Igreja Luterana, Museu Palácio Rio Negro, e por último, mas não menos importante, o Museu Casa de Santos Dumont. Chegaram bem no finalzinho da tarde ao hotel, a noite já se aproximava e em sua companhia uma friaca também estava a caminho. Os jornais locais estavam anunciando que seria uma noite muito fria e se estenderia por todo o final de semana.

— Ainda bem que aproveitamos bem esses dias e visitamos os principais pontos turísticos da cidade.

Comentou Carlos.

— Sim, porque com todo esse frio que está se aproximando não quero sair mais não. — Comentou Mônica já sentindo a mudança do clima. — Agora vamos é aproveitar tudo que o hotel está oferecendo.

— Tomaremos um banho e em seguida desceremos para jantar.

— Depois quero, é me enrolar nesses cobertores e poderíamos assistir algum filme na TV.

— Boa ideia Mônica. Faremos isso então.

Foi uma noite maravilhosa jantar no restaurante do hotel, o restaurante estava repleto, muitos hóspedes tiveram a mesma ideia que eles e não quiseram sair para comer fora. Eles degustaram um saboroso vinho tinto, e Mônica teve uma ideia.

— Por que não pedimos uma garrafa desse vinho para tomarmos durante o filme?

— Pedirei ao garçom para trazer uma garrafa para levarmos para o quarto.

A noite estava muita fria lá fora, não na suíte deles, pois, estavam bem aquecidos em grossos cobertores. Mais tarde durante a sessão de filmes tiveram fome, e Carlos disse que iria pedir um sanduiche para ele e Mônica queria o mesmo para ela.

— Mas você não sabe o que eu pedirei.

— Confio no seu paladar.

Carlos pediu sanduíche no pão francês, filé acebolado com fatias de queijo prato e fritas. Durante o sábado, não saíram do hotel, o frio continuava intenso e desafiador lá fora, decidiram ficar no saguão do hotel folheando umas revistas que estavam à disposição dos hóspedes, depois resolveram ir para a sala de jogos e foram jogar xadrez até a hora do almoço. Almoçaram e voltaram correndo para o xadrez e ali permaneceram até a noite, quando aguardaram o jantar e retornaram para o quarto, para aproveitarem a última noite de sono que passariam ali naquela cidade. O domingo passou rápido. Mais tarde, depois do almoço, fecharam a conta e pegaram a estrada de volta para casa. Estavam voltando renovados e sabiam que aquele passeio ficaria na lembrança deles e sentiriam saudades. Eles chegaram à casa bem à tardinha, e Carlos sabia que ainda teria que sair para pegar Marilda no aeroporto.

— Enfim, estamos em casa, estou me sentindo ótima, e preparada para o retorno ao trabalho amanhã. Eu só tenho a te agradecer por ter me proporcionado esta semana maravilhosa.

Quando Carlos ia responder, Mônica o agarrou e o beijou intensamente, o que foi prontamente correspondido por ele.

— Você vai comigo ao aeroporto buscar Marilda ou irei sozinho?

— Lógico que irei com você.

— Na volta passaremos num "fast food" e faremos um saboroso lanche.

As vinte duas horas, Carlos e Mônica já estavam no saguão de desembarque do aeroporto aguardando por Marilda. O voo não sofreu atrasos e pontualmente no horário marcado, Marilda estava desembarcando.

— Marilda, que bom te ver! Já estava cheia de saudades. Como foi sua viajem?

— Foi ótima. Matei a saudade dos meus familiares, mas já estava louca para voltar. Vai que vocês colocam outra pessoa no meu lugar.

— Pois, pode ficar tranquila. Você é insubstituível.

Disse Carlos sorrindo.

— Estou quase acreditando.

— Pois, pode acreditar.

Disse Mônica sorrindo. Todos sorriram também.

— E a viagem a Petrópolis, como foi?

— Foi ótima. Sinto-me renovada.

— Que bom! A senhora estava mesmo precisando de um passeio desse.

No retorno para casa, Carlos parou para fazerem uma refeição rápida.

— Comeremos aqui mesmo ou querem para viajem? Vocês decidem.

— Prefiro comer aqui mesmo.

— Eu também.

Disse Marilda.

— Ok. Vocês venceram.

Não demorou muito e o lanche já estava pronto. Todos estavam bastante cansados, afinal de contas foi uma semana prazerosa, mas cansativa para eles, e o dia seguinte era segunda-feira e consequentemente retornariam as suas atividades, inclusive Mônica, que estaria retornando ao trabalho depois de umas férias e uma longa licença.

5

A movimentação na residência dos O'Briain começou cedo. Marilda ciente que sua patroa sairia cedo, preparou logo a mesa do café. Mônica saiu já arrumada do quarto, pois, tomaria o café e não perderia tempo se arrumando depois.

— Estou ansiosa, Carlos. Até parece ser o meu primeiro dia nesse emprego.

— É assim mesmo, é que você gosta da sua profissão, gosta muito do que faz e ficou muito tempo em casa, e estava querendo que esse dia chegasse logo. Não se preocupe, dará tudo certo. Depois que começar a trabalhar essa ansiedade irá passar.

— Você está certíssimo. Quero chegar lá e logo começar a trabalhar.

— Se deixarem né. Muitos virão te perguntar como foi sua recuperação. Vão dizer que sentem muito a perda.

— É... mas estou preparada para isso.

Mônica sabia que muitos no hospital iriam querer confortá-la, comentar sobre a perda do bebê, mas ela estava pronta para isso.

— Está na minha hora. Tenho que ir.

— Irei te acompanhar até a garagem.

Mônica estava radiante, não parava de falar um minuto e Carlos a ouvia atentamente enquanto desciam pelo elevador. Ela se despediu de Carlos, ele a beijou e lhe desejou um ótimo dia de trabalho, ela agradeceu, deu outro beijo nele e entrou em seu carro.

— Até a noite, meu amor, te amo muito.

— Também te amo muito Carlos. Tchau!

Carlos ficou olhando Mônica ligar as chaves e sair dirigindo até o seu destino. Sabia que com ela retornando ao trabalho suas vidas voltariam a mesmice dos últimos anos. Sentia saudades de quando ela tinha tempo para viajar, saiam e curtiam as noites cariocas, mas isso agora fazia parte do passado, era apenas recordação dos bons tempos que viveram. Agora ela era uma respeitada médica e não tinha mais tempo, estava sempre envolvida com pesquisas e assuntos relacionados a profissão. Carlos julgava que ela havia ficado obcecada por demais, mas quem sabe agora ela mude, e tenha mais tempo para eles, afinal passaram os últimos dias se divertindo bastante e agora, talvez, ela sinta a necessidade de se dedicar mais ao que ela havia deixado de lado. Carlos retornou para o apartamento, se arrumou e saiu para o escritório, já fazia quase uma semana que estivera ausente, sabia que Adriana tinha competência suficiente para cuidar do escritório, mas gostava de estar por perto sempre que podia. Logo que chegou a sua sala Adriana veio ao seu encontro, não somente informar as novidades que ocorrera no escritório na semana passada, mas também saber como foi o passeio com a esposa.

— Foi uma semana maravilhosa, como há muito tempo não tínhamos, estávamos mesmo precisando de sair um pouco.

— Vocês deveriam aproveitar mais, voltar a viajar, como sempre faziam.

— Não é por mim. Você sabe que gosto de conhecer lugares diferentes, mas Mônica não tem mais tempo, o trabalho toma todo o tempo dela, e com isso acabamos caindo na rotina.

— Compreendo.

— E como foi esses dias na minha ausência?

— Foi tranquilo. Já disse que você não precisa se preocupar porque se surgir algum problema que eu não possa ou saiba resolver, eu te ligo imediatamente.

— Eu não me preocupo, sei que o escritório estará sempre em boas mãos.

— Obrigada pela confiança em mim depositada.

Adriana agradeceu e saiu da sala deixando Carlos sozinho.

O dia foi passando arrastado, chegou à tarde e Carlos não via a hora de retornar para casa, até que chegou à noite e com um sorriso largo no rosto ele estava se preparando para ir embora, mas de súbito entra Adriana com um associado em sua sala.

— Estamos com dúvidas em um recurso que temos que preparar e protocolar urgente.

Disse Adriana.

— Podemos deixar para amanhã?

— Não Carlos, é urgente.

Terminada a reunião e sanadas as dúvidas, Carlos saiu apressadamente do escritório. O trânsito estava intenso, e todo impaciente, ele liga para sua amada que já está em casa à sua espera. Chegando em casa, Carlos abre a porta apressadamente e de repente vê Mônica trajando um vestidinho ousado, e correndo para os seus braços beijando-o carinhosamente, e depois lhe oferece uma taça de vinho.

— Estamos comemorando algo?

Perguntou Carlos, meio desconfiado.

— Estamos! Minha promoção!

— O quê? Como assim?

— Como assim? Dê que lado você está?

— Do seu é claro, mas você estava de licença e já no primeiro dia do seu retorno você recebe uma promoção? Me explique, porquê, eu quero entender.

— Sente-se por favor, irei te explicar. No meu período de licença, o hospital passou por uma reestruturação e surgiu uma vaga na diretoria clínica. Hoje na parte da tarde, logo após o almoço, fui chamada na sala da diretoria geral e estava presente também o diretor técnico. Disseram-me que deram preferência por promover algum médico do próprio hospital do que contratar de fora. Alguns currículos foram analisados, elogiaram o meu currículo e disseram-me que eu era a mais qualificada para ocupar o cargo. Com essa promoção, exercerei o cargo de diretora clínica, e receberei um reajuste considerável.

— Parabéns! Estou muito feliz com sua promoção, você se esforçou e se dedicou muito para isso vir acontecer hoje. É mais que merecido essa promoção.

— Obrigada meu amor.

— E tenha certeza que isso não tem nada a ver com minha amizade com o Heitor, o seu diretor geral.

— Sei que não. A verdade é que fui finalmente reconhecida por eles, valeu a pena todos os cursos e atualizações que realizei e das várias palestras que participei.

— Estou muito orgulhoso de você. Imagino que você esteja ciente do tamanho da responsabilidade que você terá pela frente.

— Claro que estou. Coordenarei o corpo de médicos, supervisionarei a execução de atividades de assistência médica, zelarei pelo cumprimento do regimento interno pelos médicos e garantirei o pleno funcionamento da comissão de ética médica, além de solucionar os problemas que possam surgir.

— É, vejo que você está mesmo preparada.

— Estou preparadíssima! Quero estar cada dia mais qualificada para exercer o cargo que a mim, confiaram.

— Quer um Conselho? Seja você mesma, sempre! Esteja diante de qualquer problema, desde o mais simples ao mais complexo. Continue sendo esta pessoa maravilhosa que você é. Não trate
seus liderados ou nenhuma outra pessoa com orgulho, ou arrogância. Sabe por quê?

— Não sei.

— O orgulho leva à destruição; e a arrogância leva à ruína.

— Procurarei me lembrar sempre dos seus conselhos. Agora vamos jantar senão a comida acabará esfriando.

— E esse saboroso vinho acabará esquentando.

Completou Carlos.

— Deixa eu completar sua taça.

Terminaram o jantar e se assentaram a sala de estar, Carlos
bem que tentou ler o restante do jornal que ele começara a
ler pela manhã, mas Mônica não deixava, era só ele começar a
leitura que ela dava tapinhas nas folhas do jornal impedindo
sua leitura.

— Hoje você está impossível. O que você quer?

— Só quero ficar bem juntinha de você, como nos velhos
tempos. Você se lembra?

— Claro que me lembro. Sinto muitas saudades daquele
tempo, quando nada mais importava, somente eu e você, mas
sua dedicação ao trabalho... veja bem, não estou te critican-
do, só estou comentando de como éramos felizes.

— Você tem toda razão. Fui muito tola mesmo, mas a partir de hoje tentarei recuperar todo o tempo perdido.

— Não me prometa o que você não possa cumprir.

— Claro que posso cumprir, agora não precisarei mais chegar tão cedo ao hospital e não sairei mais tão tarde de lá.
Chega de plantões e dobras, agora terei horário fixo e todo

o tempo que eu estiver será dedicado a você e para o nosso amor. Vou te dar tanta atenção que você acabará se enjoando de mim.

— Enjoar de você? Isso é impossível. Quanto tempo espero por isso, de você ter mais tempo para o nosso amor.

— Sempre que der, quando você chegar do trabalho já vai me encontrar aqui, toda cheirosinha te esperando.

— Sério? Seria maravilhoso.

— Falo sério. Quem sabe não está chegando a hora de pensarmos naquele herdeiro ou herdeira que você tanto quer?

— Jura Mônica, não me diga que você mudou de ideia! Acredito que está simplesmente me enganando, tentando me agradar.

— Claro que não seu bobo, mas não me pressione, amadureceremos essa ideia juntos.

— Então vamos para o quarto, para começarmos a amadurecer essa ideia?

— Porque não. Por qual motivo você pensa que eu me vesti assim hoje? — Ela o olhou provocante. — Somente para te provocar.

— E você conseguiu!

Logo a tomou nos braços, a carregou para o quarto e colocou-a sobre a cama. Depois começou a beijá-la e a despi-la devagar deixando-a completamente nua. Seus lábios e seus dedos acariciavam cada centímetro daquele corpo.

— Carlos…

Chamou-o com voz rouca e sensual.

— Sim?

— Eu te amo muito!

— Eu também te amo.

Ele ficou ainda mais excitado e a beijou loucamente.

Mônica completamente excitada, gemia e implorava para ser penetrada. Ele a segurou com firmeza unindo seu corpo ao dela, a beijou e a penetrou gentilmente seguido de movimentos rápidos e vigorosos. Mônica tremia de prazer enquanto Carlos sussurrava em seus ouvidos o quanto a amava. Seus corpos estavam contraídos e ele a penetrou mais e mais seguidas vezes até que ambos ficaram imóveis. Se afastaram com a respiração ofegante, estavam esgotados. Em seguida ele carinhosamente a tomou nos braços, ela se virou para ele e se beijaram aproveitando o momento, e logo recobraram as forças.

— Foi bom para você?

Perguntou ele.

— Foi ótimo.

Ela respondeu sorrindo para ele. Ficaram abraçados por um longo tempo. Carlos a acariciava e beijava seu rosto, ela estava linda e sonolenta.

— Você está pronta para um segundo tempo?

Ela sorriu e lhe respondeu.

— A única coisa que estou pronta é para ter uma ótima noite de sono. Você acabou comigo.

Carlos sorriu, a ajeitou no travesseiro e a cobriu gentilmente. Ele também dormiu, afinal, estava tão exausto quanto sua amada.

6

O alarme do celular despertou, Carlos desligou-o imediatamente e abraçou Mônica, já estavam quase dormindo novamente, quando Mônica pulou da cama.

— Melhor levantar senão pegaremos no sono novamente e poderemos acabar perdendo a hora. Só mesmo um banho para despertarmos.

Saíram do quarto já arrumados, e o café já estava na mesa, fizeram o desjejum e saíram para o trabalho.

— Hoje é meu primeiro dia no meu novo cargo e não quero causar má impressão já começando atrasada.

Carlos a acompanhou até a porta do carro dela. Desejou boa sorte no seu novo cargo, beijou-a e fechou a porta do carro.

— Até logo mais à noite amor.

Disse Mônica toda sorridente.

— Até mais amor.

Cada um entrou em seus carros e saíram em direções opostas. Quando Mônica chegou ao hospital todos já sabiam da sua promoção e muitos vieram, parabenizá-la.

— Como ficaram sabendo?

— Por CI — Comunicação Interna do hospital.

Disse a atendente hospitalar.

— Tem razão. Como poderia ter me esquecido deste detalhe. Onde foram parar os meus pertences?

— Foram tudo transferidos para sua nova sala. — Disse o diretor técnico. — Agora você irá ocupar a sala da diretoria clínica, afinal de contas, você fez por merecer ocupar esse cargo. — Disse em tom sarcástico, caminhando ao lado dela. — Eu pessoalmente supervisionei a mudança e a arrumação da sua nova sala. Espero que esteja tudo do seu agrado.

— Muito obrigada! Respondeu Mônica em tom sério e entrou em sua nova sala.

Mais tarde o diretor técnico entrou em sua sala. Mônica se surpreendeu com a visita inesperada dele.

— Posso entrar? Você tem um minuto ou está muito ocupada?

— Seja breve por favor.

— Olha Mônica, querendo ou não, agora teremos mais contato aqui no trabalho do que antes. Com o seu novo cargo, teremos muitas coisas a tratar diretamente e não podemos prejudicar o bom andamento do hospital por isso.

— É... eu estive pensando a respeito disso.

— Fui um tolo em ter te parabenizado com sarcasmo, mais ainda bem que ninguém percebeu.

— Ainda bem! Não quero que ninguém venha pôr em dúvida minha competência.

— Eu te indiquei a esse cargo porque também sei da sua competência, sei do quanto você é capaz, e sei o quanto você se preparou para estar aqui hoje.

— Obrigada por reconhecer o meu profissionalismo.

— Lamento profundamente tudo que aconteceu, se eu pudesse voltar atrás nada disso teria acontecido. Sei que é difícil, mas agora o melhor e procurarmos esquecer tudo, deixar para trás tudo, e começarmos um relacionamento estritamente profissional para o bem do hospital e de nossas carreiras se quisermos continuar aqui.

— Estou de acordo.

— Se existe algum ressentimento, alguma mágoa ou algum problema por menor que seja entre nós, quero que termine aqui.

— Você está certo, desculpe-me.

— Então... sem ressentimentos? Vamos trabalhar?

— Sem ressentimentos. Vamos trabalhar.

O restante do dia Mônica estivera totalmente envolvida em suas novas atribuições, desde coordenando a gestão do corpo clínico da instituição, bem como assegurando que cada paciente estivesse devidamente amparado pelos profissionais sob sua direção. O dia passou tão rápido que Mônica nem percebera, logo veio o final do expediente, ela se despediu e saiu em direção ao estacionamento. Queria logo chegar em casa, prometera a Carlos que sempre que possível, quando ele chegasse do trabalho, ela estaria à espera dele, e não queria decepcioná-lo. Tudo que estivesse ao seu alcance para melhorar a relação deles ela faria. Quando Carlos chegou, deparou com sua esposa, a sua espera e ele ficou fascinado.

— Estou vivendo um sonho.

— Como assim?

Perguntou Mônica inocentemente.

— Pela segunda noite consecutiva, chego do trabalho e encontro minha linda esposa a minha espera. Isso é bom demais.

— Eu te prometi e estou me esforçando o máximo para cumprir minha promessa.

— Reconheço o seu esforço e estou muito feliz.

Falou isso e a beijou.

— Quer jantar agora?

— Quero sim.

— Vou pedir Marilda para pôr a mesa.

Falou isso e saiu em direção a cozinha. Carlos foi tomar um banho enquanto a mesa estaria sendo posta, terminou o banho e logo foram jantar.

— Como foi seu primeiro dia como diretora clínica?

— Foi ótimo. Estive ocupada o dia todo. O dia passou muito rápido.

Terminaram o jantar e Carlos veio sentar em seu lugar preferido na sala, ela não se conteve, e deitou no colo dele.

— Amor... estive pensando uma coisa, não sei se você irá aprovar.

— Só tem um jeito de você saber se aprovarei ou não, é só me contando.

— Não sei se devo... e se você não aprovar?

— O não você já tem, é só conquistar o meu sim.

Disse sorrindo para sua esposa.

— Estou pensando em organizar uma festa aqui. O que você acha?

— Acho uma ótima ideia meu amor. Para quem seria essa festa?

— Estou pensando em dar uma festa para toda a diretoria do hospital, seria uma forma de agradecer a minha promoção e por tudo que fizeram por mim, e aproveitarei para convidar algumas pessoas de fora do hospital também.

— Tem anos que esse apartamento não recebe ninguém. Você agora me fez lembrar os tempos dos meus pais. Aqui sempre tinha festas, jantares, tudo organizado pela minha mãe, ela era bastante animada. Você tem todo o meu apoio.

— Precisarei da sua ajuda. Não tenho experiência nenhuma.

— Não se preocupe. Contrataremos um bufê a domicílio, eles providenciam tudo.

— Eu não precisarei me preocupar com nada?

— Não. Na contratação do serviço, você irá escolher o cardápio, mas o chef poderá te auxiliar com ideias de combinações e harmonização dos pratos. No dia escolhido eles vêm montar todo o espaço com os próprios equipamentos, servem boas bebidas, preparam saborosos pratos, servem aos seus convidados e finaliza com a limpeza.

— Que maravilha. Já estava ficando meio preocupada.

— E com isso você só vai se preocupar em dar atenção aos seus convidados.

— Isso é maravilhoso! Obrigada querido, só você mesmo para facilitar a minha vida.

— Bem, o assunto está ótimo, mas... vamos dormir? Estou ficando meio sonolento.

— Vamos sim!

Já no quarto, Mônica ficara algum tempo em silêncio e se vira para Carlos com os olhos cheios de lagrimas.

— Eu te amo muito Carlos, sei o bem que você me faz, e não consigo imaginar como seria minha vida sem você se algum dia eu te perder.

— Que isso meu amor. Você nunca irá me perder, eu te amo demais, e nosso amor é para sempre.

Disse Carlos tomando-a em seus braços.

Mônica olhou bem nos olhos do marido, suspirou profundamente e disse: —Nunca diga nunca e nem para sempre, pois, o amanhã não conhecemos.

Carlos ficou pensativo, tinha certeza do amor que eles sentiam um pelo outro e nada nem ninguém iria separá-los.

7

Era setembro, e a temperatura estava bastante agradável naquela noite de primavera, contrastando totalmente com as noites gélidas de inverno que ficara para trás. A equipe contratada para preparar e servir o jantar, já estavam trabalhando a todo vapor. Mônica entrou para o banho, precisava se arrumar antes que os primeiros convidados chegassem. Era a primeira festa que oferecia, por isso nada poderia dar errado, tinha que ser um sucesso. Secou-se delicadamente em sua enorme toalha felpuda, recorreu a uma maquiagem leve, sua roupa já estava separada, escolhera um vestido justo de seda com alças e longo até o tornozelo na cor rosa bebê, colocou o vestido e calçou as sandálias douradas de salto. Colocou um cordão de ouro com pedra de diamante no pescoço, os brincos também de ouro com pedrinhas de diamantes adornavam suas orelhas, no pulso esquerdo colocara uma pulseira cravejada de diamantes, todos idênticos ao cordão. Sobre os ombros colocou cuidadosamente uma "pashmina de cashmere" na mesma cor do vestido. Ajeitou os cabelos, se olhou mais uma vez no espelho, sorriu se agradando do que via e saiu rapidamente. Checou a cozinha para saber se estava tudo certo com o bufê. O aroma era maravilhoso, e ela sorriu aprovando como as "bruschettas" e os canapés eram preparados e arrumados em bandejas. Depois procurou Carlos que estava terminando de dar instruções ao chef.

— Mônica, minha querida, você está linda!

— Obrigada. Que bom que gostou! — Agradeceu toda sorridente. — Parece que estou nervosa?

— Não. Você está aparentemente calma.

— Mas não estou não. Estou muito nervosa.

— Fique tranquila, dará tudo certo. Não deixe nada ofuscar a sua beleza nesta noite.

— Só você mesmo para me acalmar numa hora dessa.

Logo ouviram o som da campainha.

— Parece que os convidados estão começando a chegar.

Disse ela indo em direção a porta para receber seus convidados. Era Heitor chegando, o diretor-geral do hospital em que Mônica trabalhava, acompanhado de sua esposa.

— Heitor! Quanto tempo meu amigo!

Disse Carlos demonstrando felicidade pela chegada do amigo.

— Sim, tem bastante tempo que não nos vemos.

Carlos e Heitor engrenaram numa conversa, Mônica e a esposa de Heitor também. Eles eram amigos desde sempre, pois, seus pais eram amigos e frequentadores assíduos das festas um do outro. Minutos depois os demais convidados começaram a chegar um por um, até que todos os convidados já se faziam presentes. Mônica se desdobrava para dar atenção a todos, desempenhando muito bem o seu papel de anfitriã. Logo o apartamento já estava cheio de gente conversando, rindo, bebendo, degustando as saborosas entradas e todos estavam se divertindo. Os garçons se empenhavam para servir a todos igualmente, e Mônica se dividia entre dar atenção aos convidados, ao marido e supervisionar tudo para que não houvesse falhas na execução do serviço. Todos se falavam entre si, e eram muito bem servidos nas comidas quanto nas bebidas. Carlos notara que a felicidade estava estampada no rosto de sua amada, pois, finalmente as coisas estavam se saindo dentro do que ela havia planejado.

— O que você está achando?

Perguntou Carlos a sua esposa.

— Estou adorando tudo isso. Estou me divertindo bastante.

— Que bom! Fico feliz em ouvir isso.

A festa se estendeu até às duas da manhã, quando Mônica acompanhou os primeiros convidados a porta se despedindo deles. Quando os últimos convidados se despediram já passava das três da manhã. O bufê já estava concluindo a arrumação e limpeza do ambiente, e logo foram pagos e se despediram. Conferiram se tinha algo que precisasse ir para a geladeira com urgência e entraram para o quarto, Mônica tirou o vestido, o pendurou e vestiu uma camisola.

— O que você achou da festa, Carlos, como foi?

— Sua festa foi um sucesso.

— Sério? Você acha mesmo?

— Ainda tem dúvidas? O povo não queria ir embora.

Falou isso e ambos sorriram. Se enfiaram debaixo das cobertas, Mônica estava exausta. Carlos logo pegou no sono. Já deitada na cama, ela pensava como fora a festa e como correra tudo bem. Meio sonolenta estava pensando que estaria agora pronta para organizar outras festas, afinal seu marido aprovara, e pegou no sono.

Mônica acordou pela manhã e Carlos não estava no quarto. Encontrou-o na sala de jantar tomando um cafezinho. Marilda estava terminando de arrumar o restante da bagunça que ficara da noite anterior e tudo estava impecável como sempre.

— Bom dia!

— Bom dia, querida.

— Bom dia, dona Mônica. A senhora vai comer alguma coisa?

— Só quero café puro, por favor.

Marilda colocou café na xícara de Mônica, que mal conseguia abrir os olhos.

— Obrigada Mari.

— Há uma expressão de felicidade estampada em seu rosto apesar de você estar visivelmente cansada e sonolenta.

— Meu corpo está todo dolorido. Ainda bem que hoje é domingo, mas valeu a pena, creio que essa foi a primeira de muitas festas que virão.

— Fico feliz por toda essa empolgação. Afinal cresci no meio das festas.

— Por acaso a agitação de ontem atrapalhou seu sono Mari?

— Que nada patroa. Dormi muito bem, não vi nem ouvi nada.

— Que bom! Estava preocupada com você, eu até te sugeri trocar de quarto, mas você não quis.

— Minha noite foi tranquila. Vai querer alguma coisa em especial para o almoço?

— Não. Vamos aproveitar as sobras de ontem, e o restante do dia vamos tirar para descansar.

Após o almoço, foram sentar-se na sala de estar para relaxar um pouco, pois, ainda estavam sentindo o cansaço da noite anterior. Mais tarde resolveram sair para uma caminhada na orla da praia do Leblon. Retornaram no início da noite, fizeram um rápido lanche e foram dormir, uma vez que o final de semana estava terminando e a semana seguinte seria desafiadora para ambos.

8

Carlos ainda sonolento passou a mão pela cama a procura de sua esposa, mas ela não estava. Então levantou e saiu à procura de Mônica pela casa, pensou que ela estivesse na cozinha, não a encontrando perguntou por ela a Marilda.

— Dona Mônica acordou bem cedo e não quis, acordá-lo. Lembrou-se que tinha uma reunião muito importante no hospital. Só tomou um cafezinho e saiu apressadamente.

— Hum! — Resmungou Carlos, demonstrando ter ficado chateado diante da atitude de Mônica. — Ela deveria ter me acordado.

Carlos tomou seu café da manhã calmamente, se arrumou e não quis ir dirigindo até o centro, decidiu ir para o trabalho de metrô. Desceu na estação da Candelária e foi caminhando para o escritório. Parou em uma cafeteria na Rua Santa Luzia e pediu um café expresso como era de costume. Enquanto saboreava seu delicioso café, percebeu alguém se aproximando.

— Bom dia! Com licença, posso falar com o senhor?

Carlos se virou instintivamente para a esquerda em direção a voz feminina que requeria sua atenção.

— Doutor Carlos, desculpe-me interromper o seu café, mas eu gostaria muito de falar com o senhor. É muito importante.

— Desculpe-me, mas... eu a conheço? Como sabe meu nome?

— Trabalho no mesmo hospital que sua esposa. Já vi o senhor frequentando algumas vezes o hospital, mas nunca tivemos a oportunidade de conversarmos.

— Estive lá algumas vezes sim, mas isso já faz algum tempo.

— Sei disso, e como o senhor nunca mais apareceu por lá, então venho buscando uma oportunidade para conversarmos.

— Hoje você conseguiu a sua oportunidade. Estou a seu dispor, em que posso lhe ser útil? Você aceita um café, um suco...

— Não, obrigada! — Interrompeu a jovem. — Preciso conversar em particular, inclusive precisarei da sua máxima discrição, pois, o assunto é muito grave.

— Sugiro então que conversemos em minha sala, vamos ao meu escritório que fica bem próximo daqui.

Sugeriu Carlos, e a jovem concordou. Seguiram em direção ao escritório, quando estavam no elevador, Carlos pode perceber que a jovem estava bastante nervosa.

— Se acalme. Independentemente do problema dará tudo certo.

Disse Carlos tentando tranquilizar a jovem.

— Está falando por mim ou por você?

Indagou a jovem olhando fixamente nos olhos de Carlos.

— Agora você está me deixando preocupado, quero dizer, curioso.

A jovem nada respondeu, apenas desviou o olhar se entretendo com seu celular. Ao chegar no escritório, pediu que a jovem aguardasse na recepção e logo iria lhe atender. Carlos chamou Adriana em sua sala e relatou tudo que lhe acontecera desde a hora que descera do metrô até aquele momento.

— Sinceramente não sei o que ela quer conversar comigo, só sei que o assunto é muito grave. Algo me diz que tenho algum envolvimento nesse assunto, ainda não sei o que é, mas logo saberei, isso eu te garanto.

— Fique calmo meu amigo. Pode deixar que as coisas por aqui eu resolvo. Avisarei a todos, inclusive a recepção para não te interromper e nem passar ligação. Temos algumas reuniões com alguns clientes mais tarde, mas se precisar transfiro para outro dia.

— Obrigado minha amiga. Se você não se incomodar, poderá conduzir essas reuniões, sozinha. Por mim não tem problemas.

— Eu me incomodo sim, se precisar transferirei para outra data. Tenha cuidado Carlos, se precisar estarei aqui ao lado. Boa sorte para você.

Carlos agradeceu, suspirou profundamente e interfonou para a recepcionista pedindo que encaminhasse a jovem até a sua sala. Logo que a jovem entrou, ele indicou que se acomodasse em uma cadeira confortável de frente a sua mesa, mas ela sugeriu que se sentassem em um grande e confortável sofá posicionado à direita de sua sala, tendo à frente uma grande estante que combinava com a mesa.

— Tem um belo escritório Dr. Carlos.

Observou a bela e estonteante jovem.

— Obrigado! Você poderia ir direto ao assunto que veio tratar, por favor?

— Com certeza. Então iniciarei nossa conversa lhe fazendo uma pergunta. Está preparado?

— Perfeitamente, pode perguntar.

— O senhor conhece bem a sua esposa? Confia nela?

— Você disse que me faria uma pergunta, mas, na verdade, são duas. É claro que a conheço e confio nela, caso contrário não haveria razão para estarmos mais casados.

— O que vou lhe revelar a respeito da sua esposa é algo muito grave. Desculpe desapontá-lo, mas sua esposa está te traindo!

— O quê? Isso é impossível! Ela jamais faria uma coisa dessa comigo. Como ousa tentar denegrir a integridade da minha esposa!

— Doutor Carlos. — Interrompeu a jovem calmamente. — Tenho provas e estão aqui comigo. Tenho muitas gravações.

— Eu… quero ver essas provas!

Disse Carlos em tom furioso.

— Com certeza mostrarei todas as provas para o senhor, mas peço que me ouça com atenção e sem me interromper, por favor.

— Está bem, prometo que não a interromperei mais. Prossiga.

— Na verdade, ela não está mais te traindo, eles terminaram o relacionamento, inclusive devido à gravidez que culminou na morte do bebê.

— Não me lembre disso, que tristeza pela minha menina que eu tanto desejava.

— Sua menina? Ora, não seja ingênuo doutor! Aquele bebê não era seu.

— Não? Como assim?

Carlos ficou transtornado.

— Sua esposa tinha um caso com o diretor técnico. Tudo começou com ele elogiando muito a competência dela, na execução das funções, e acenou-lhe uma possível promoção ao cargo de diretora clínica. Ela demonstrou resistência no começo. Sabe como ela é ambiciosa, ele continuou flertando com ela, e ela foi gostando, ele insistindo e ela foi cedendo. Ela sempre estava na sala dele, e ele às vezes ia até o consultório dela. Não demorou muito e começaram o relacionamento amoroso.

— Que coisa nojenta tudo isso.

Balbuciou Carlos já indignado.

— E tem mais. Em algumas viagens dela para participar de congressos, ele viajava com ela ou ia ao final do expediente para se encontrarem depois do congresso. Se encontravam em hotéis, e algumas vezes tinham relação na sala dele mesmo. Esse caso deles não durou muito tempo, depois que ela engravidou e revelou-lhe a paternidade da criança eles se afastaram. Ele disse que não poderia assumir nada porquê tinha esposa e filhos que dependiam muito dele, e ele amava muito a esposa dele. Ela era apenas uma aventura.

— E qual foi a reação dela?

— Ela ficou furiosa com a atitude dele e disse-lhe que nunca cobrou nada dele. Com o passar dos meses, ela temia que o senhor apesar de estar muito feliz com a gravidez, descobrisse que o bebê não era seu e com isso não reconhecesse a paternidade e isso tudo poderia se transformar num grande escândalo. Também disse o quanto estava arrependida e que o senhor não merecia isso que ela estava fazendo.

— Que mulher desgraçada!

Esbravejou Carlos.

— Foi quando ele sugeriu o aborto e prometeu que ela seria promovida após a licença. Enquanto ela estava de licença, ele articulou a demissão da diretora que ocupava esse cargo, deixando tudo preparado para sua esposa. Foi muito fácil convencer o diretor-geral do hospital e os demais médicos que ela era a pessoa mais indicada para ocupar o cargo.

A jovem colocou algumas gravações da conversa do casal gravado por ela mesma para Carlos ouvir. Depois de algumas horas ouvindo, Carlos pediu para interromper, pois, não queria mais ouvir a voz deles que já estava lhe causando tamanha repugnância.

— Qual o seu interesse nesse caso? Qual é seu nome mesmo?

— Prefiro não me identificar. A princípio eu iria extorqui-
-los, mas depois esse caso tomou tamanha dimensão, até chegarem a planejar tirar a vida de um bebê, então decidi que não
queria nenhuma vantagem pecuniária, e iria denunciá-los mesmo, para o senhor ou para a diretoria geral do hospital, mas eu
os denunciando para o hospital seria muito pouco em relação
ao que ela fez com o senhor.

— Muito obrigado pela consideração. Pensei que a finalidade de um hospital fosse salvar e não tirar vidas, e também
jamais pensei que serviria de local de encontros amorosos.

Disse Carlos em tom de ironia.

— O senhor sabe muito bem que a finalidade do hospital
é salvar vidas, e se tem alguém desviando a finalidade do hospital essa pessoa é sua esposa.

— Desculpe-me pela ironia. — Justificou Carlos. — Mas
como você conseguiu gravar esses áudios?

— Sou secretária dele, aí ficou fácil de gravar as conversas
deles.

— Entendi, e como você sabia que eu estaria naquela cafeteria, naquele horário?

— Estou de férias, e tenho te seguido desde sua residência a alguns dias, e descobri que o senhor frequenta aquela
cafeteria diariamente quase no mesmo horário, aí esperei a
oportunidade.

— Após ouvir tudo isso, fiquei sem chão. Eu tinha tantos
planos, mas ela conseguiu estragar tudo.

— Bem doutor, já terminei o que vim fazer aqui, agora é
com o senhor.

— Posso ficar com esses áudios? Você tem cópia?

— Não tenho cópia de nada, e não me interessa mais esse
assunto. Como disse, o meu objetivo seria revelar toda essa
sujeira para o senhor. Só peço que não me exponha, por favor.

— Tem minha palavra. Agradeço-te muito por tudo que fez, e agirei com cautela, para tomar as decisões mais acertadas possíveis.

— Adeus doutor Carlos, lhe desejo boa sorte.

— Adeus minha jovem e agradeço mais uma vez por tudo.

Carlos abriu a porta e acompanhou a jovem até a saída de sua sala. Ela sorriu e se despediu, Carlos ficou observando-a até sumir definitivamente. Ele voltou para sua mesa, estava atônito, não sabia o que fazer com tanta informação para digerir. Estava ciente que não tinha mais condições de trabalhar hoje. Tentava organizar os pensamentos, quando fora interrompido por Adriana.

— Está tudo bem Carlos? Você está nervoso, está suando muito. O que houve? Quer falar sobre o que vocês conversaram?

— Desculpe-me, mas hoje não. O assunto é tão grave que não sei ainda o que fazer.

— Você sabe que pode contar comigo, sempre.

— Sim, eu sei, mas tenho que descascar esse abacaxi sozinho, depois conversamos, porque estou agora sem condições psicológicas.

— Eu te compreendo.

— Também não tenho condições de trabalhar mais hoje, e nos próximos dias também não, assuma o controle das coisas por aqui, por favor. Vou para casa.

— É tão grave assim?

— Mais do que você possa imaginar. Conseguiram estragar o meu dia!

— Seja o que for, mantenha a calma.

— Tentarei, mesmo assim, obrigado. Você pode chamar um carro pelo aplicativo para mim por favor, não tenho condições de encarar o metrô agora. Alguns minutos depois, Adriana o avisou que o motorista estava o aguardando na portaria.

— Obrigado minha amiga. Até mais.

— Tchau, Carlos, vai com Deus, e se cuida.

Carlos entrou no carro e fora conduzido em direção ao seu apartamento, que era o último lugar que gostaria de estar indo agora, mas não poderia fugir dos problemas, sabia ter um grande problema para resolver. Pagou a corrida e entrou no prédio apressadamente. Cumprimentou o porteiro e se dirigiu imediatamente para o elevador. Ao entrar em casa Marilda se assustou com a chegada dele, naquela hora, porque Carlos só chegava geralmente próximo ao jantar.

— Aconteceu algo? Algum problema? O senhor em casa a essa hora.

— Está tudo bem Marilda, só quis voltar para casa mais cedo, e não se preocupe com almoço para mim.

Marilda conhecia seu patrão muito bem, o suficiente para saber que ele estava com problemas sérios. Algo acontecera e não estava nada bem, ele estava muito sério e com ar de preocupado, mas ela não quis insistir.

— O senhor quer beber uma água ou um suco?

— Não! Obrigado.

Carlos saiu e se trancou no quarto. Ele abriu o cofre e pegou uma pistola que comprara já a alguns anos, estava sem munição, pegou a caixa de munição e foi introduzindo os cartuchos no carregador da pistola lentamente.

— É hoje que essa desgraçada me paga!

Sussurrou Carlos, que estava tomado de um ódio mortal por Mônica. Colocou a pistola carregada no cofre novamente e foi tomar um banho.

9

Já passava das dezenove horas, quando Mônica entrou tranquilamente em casa e se assustou deparando com Carlos na sala de estar à sua espera.

— Boa noite, querido, que surpresa, você em casa a essa hora.

Mônica ficara satisfeita em saber que Carlos estava à espera dela. Foi em direção ao marido e o beijou, mas não fora correspondida.

— O que houve? Parece estranho.

— Temos que conversar Mônica.

— Tudo bem, mas pode ser depois do jantar? Estou faminta.

— Se não tem outro jeito, pode ser imediatamente após o jantar.

— Está me deixando preocupada, meu amor.

Carlos não respondeu uma palavra, simplesmente a olhou seriamente e saiu em direção a sala de jantar. Marilda acabara de pôr a mesa, eles jantaram calados, o silêncio era tanto que se podia ouvir o som dos talheres tocando os pratos. Acabaram o jantar e foram para o quarto.

— O que está acontecendo, meu amor?

Perguntou Mônica franzindo a testa, expressando um ar de preocupação com a atitude do marido.

— Não farei rodeios, irei direto ao assunto, vou te fazer uma pergunta e quero que seja sincera comigo. Você já me traiu, Mônica?

— Como assim? Que pergunta é essa? Eu te amo Carlos, você tem dúvidas do meu amor por você?

— Não me responda com perguntas! Perguntarei de novo! Você já me traiu, Mônica? Seja sincera! — Mônica logo começou a chorar. — Me perdoa Carlos, eu... eu me envolvi com uma pessoa, mas não significou nada. Eu juro!

— Só queria saber se você teria a dignidade de me contar a verdade ou negaria, mas para adiantar a conversa e me poupar dos detalhes, quero lhe dizer que já estou sabendo de tudo.

— Como assim? Quem te contou?

— Isso não interessa, tenho tudo gravado, inclusive os detalhes mais sórdidos das safadezas de vocês. Não respeitaram nem o local de trabalho! Vocês são repugnantes!

— Me perdoa, meu amor.

— Por que você fez isso, Mônica dos Santos? Por que fez isso comigo? Eu quero entender!

Mônica chorava copiosamente, e não conseguia responder às perguntas de Carlos.

— Não estou te jogando na cara, mas quando te conheci, você não tinha nada! Me encantei pelo seu jeito simples de ser. Me casei com você, te incentivei a estudar, paguei seus estudos, e te dei conforto. Hoje você é o que é, uma médica reconhecida, porque eu te ajudei, sem mim você não seria nada!

— Eu sei Carlos, e sou muito grata por tudo isso, e não há dinheiro que pague por tudo que você fez por mim.

— Então, por que Mônica? Me explique, eu preciso entender. O que eu fiz de errado?

— Você não fez nada de errado, meu amor. O problema não está em você, mas em mim.

— Como assim? Me explique, eu quero entender.

— Como você disse, eu não era nada, não tinha nada! Mas você é diferente, sempre teve tudo, e nasceu em berço de ouro. Aproveitei a oportunidade que você me ofereceu, me dediquei aos estudos, fui me especializando e cresci na minha profissão. Até que um dia... o meu superior me acenou com uma promoção. Eu te confesso que no início ignorei, mas ele insistiu e isso mexeu comigo. Lutei com todas as minhas forças, mas quando dei por mim já estava envolvida. Vi a oportunidade de ascender em minha carreira, mas, ao mesmo tempo, não queria te magoar, porque você não merecia isso.

— Ascender na carreira, Mônica? De forma imoral? Se prostituindo?

— Não pensei nas consequências, meu querido. Como uma tola, caí nas artimanhas dele.

— Você disse muito bem, Mônica. Como uma tola! "A mulher sábia edifica sua casa, mas a tola a derruba com as próprias mãos".

— Saímos algumas vezes, e infelizmente acabei engravidando dele.

— Vocês tinham relações sexuais sem preservativos?

Carlos estava muito furioso.

— Não! Mas por ironia do destino ou castigo talvez, naquela noite estávamos em um congresso e no final, saímos para comer alguma coisa, bebemos mais do que devíamos, não me lembro se o preservativo rasgou ou não usamos mesmo, e acabei engravidando. Falei com ele da gravidez e ele disse que não poderia assumir nada porque tinha esposa e filhos que dependiam dele. E que eu era apenas uma aventura para ele, mas respondi que nunca cobrei nada dele.

— Que vergonha.

— Me disse para ficar tranquila que você assumiria esta criança sem problemas.

— E como você decidiu acabar com isso?

— Vi que você ficou feliz com a gravidez e com o fato de ser pai. Não poderia estragar a felicidade que você estava sentindo. Nunca imaginei que você fosse curtir tanto a gravidez, aí resolvi guardar comigo esse segredo. Mas, com o passar dos meses fui refletindo e não queria mais continuar com essa mentira. Falei para ele o quanto você era maravilhoso, uma ótima pessoa e não merecia nada disso que eu estava fazendo. Disse também o quanto eu te amava, e que só fiz isso mesmo por pura ambição, mas estava arrependida.

— Vivi uma mentira esse tempo todo, Mônica? Estou decepcionado.

— Foi quando ele sugeriu que eu fizesse o aborto e me prometeu que cuidaria de tudo para que eu fosse promovida quando retornasse da licença. Concordei prontamente. Nunca quis ter esse filho dele mesmo, e com isso nosso casamento estaria salvo.

— Salvo? Houve um crime, traições, vocês cometeram atos imorais, e agora você vem me dizer que nosso casamento está salvo?

— Sim, Carlos, eu me arrependi de tudo que fiz, estou te pedindo perdão e peço que você me perdoe.

— Não! Não é assim que as coisas funcionam, não é tão simples assim como você pensa. — E num ato de desespero, Mônica sugere algo ao marido.

— Quero te propor uma coisa, Carlos. Você escolhe uma pessoa que seja do seu interesse e tenha um relacionamento com ela pelo tempo que você achar necessário. Eu vou aceitar, vou sofrer bastante, mas vou aceitar pelo bem do nosso casamento.

— Você está louca! Acha mesmo que irei me relacionar com alguém somente pelo fato de me vingar de você? Por pura vingança?

— Sim, e o que importa é que depois continuaremos juntos, até mais unidos quem sabe.

— Você não me conhece. Jamais irei me relacionar com alguém simplesmente por vingança, só para me vingar de você ou de qualquer outra pessoa que seja, se eu fizer isso me sentirei mais sujo que você, e além disso não resolverá esse problema causado por você.

— Me perdoa Carlos, vamos tentar dar a volta por cima, e tudo voltará a ser como antes, eu prometo.

— Você não pode prometer nada! Nem agora e, nem depois.

— Por favor Carlos, me dê uma chance.

Implorou Mônica.

— Neste momento, estou me perguntando. O que esperar desse nosso relacionamento? Houve uma traição, perdi totalmente a confiança em você, e o que sinto por você, com certeza deixarei de sentir. Você não merece o meu amor.

— Não fale assim, Carlos. Por favor.

— Não aguentaria viver nem mais um dia ao seu lado. Vamos pôr um ponto final na nossa relação.

— Eu te amo demais, meu amor.

— Não! Eu é que te amo demais! Mas, você trocou todo amor que eu te dei por uma aventura.

— Eu... eu te amo.

— Chega Mônica! Eu quero que você saia desse apartamento, e quero que saia agora!

— Eu não tenho como sair agora.

Mônica estava aos prantos.

— Tudo bem. Se não sai você, então saio eu. Preciso respirar ar puro, porque o clima aqui está poluído demais e é melhor que eu saia mesmo, caso contrário poderei fazer algo que posso me arrepender no futuro.

— Algo favorável a mim, ou seja, a nós dois?

— Não Mônica. Seria algo contra você!

— Se você prefere resolver assim, o que posso fazer?

— Você não me dá outra alternativa. Te dou vinte e quatro horas para desocupar esse apartamento. Quando eu voltar amanhã à noite, se eu ainda encontrar suas coisas aqui, prometo que serei capaz de colocar tudo no estacionamento, ao lado do seu carro. E, não é uma ameaça, é uma promessa!

— Você vai para onde a esta hora?

Perguntou Mônica preocupada. Ele nada respondeu, pegou sua carteira, seu celular e saiu batendo a porta. Carlos chegou à rua ainda sem destino, estava meio atordoado, parecia estar no meio de um pesadelo, mas não, era real. De repente sua vida perdeu o rumo, tudo ficou sem sentido, na verdade, faltou-lhe o chão. Ele não queria ir para casa de ninguém, não tinha parentes próximos e não gostaria de incomodar nenhum amigo àquela hora, e também não estava preparado para dar explicações do motivo de estar na rua àquela hora, não nesse momento. Foi quando ele lembrou de um hotel muito conceituado no Centro. Chamou um carro pelo aplicativo e seguiu para lá. Chegou na recepção e pediu o melhor quarto, não importava o preço, só queria ter algumas horas de sossego e tranquilidade longe de tudo e de todos. Ao entrar no luxuoso quarto, passou pelo bar e deparou com uma garrafa de whisky Chivas Royal Salute 21 anos. Ele sabia que iria se arrepender depois, mas nesse momento, ela seria sua melhor companhia. Saboreou cada gole daquele líquido de cor âmbar dourado profundo, sentindo a força e a intensidade daquela bebida, enquanto pensava o quanto Mônica fora importante em sua vida, mas que a partir de agora não representava mais nada para ele. Carlos chorou intensamente e adormeceu.

10

Acordou com o celular berrando, eram onze horas, e Adriana estava do outro lado da linha querendo saber se ele iria trabalhar.

— Não! Não tenho condições, estou resolvendo uns problemas pessoais seríssimos e estou sem nenhuma estrutura para encarar a rotina do escritório no momento.

— Está tudo bem com você?

— Estou caminhando, ainda não sei para onde, mas estou caminhando.

— Estou muito preocupada com você, meu amigo. Posso te ajudar em alguma coisa?

— Não se preocupe, o pior já passou. Logo colocarei você a par de tudo que está acontecendo, mas no momento já está me ajudando bastante ficando à frente desse escritório, sozinha.

— É o meu trabalho, mas não se preocupe, aqui está tudo sobre controle. Se cuida ouviu?

— Prometo que vou me cuidar. Tchau!

Carlos desligou o celular, estava de ressaca, efeito da garrafa de whisky que ele tomara completamente, mas só assim conseguira dormir. Pediu um café e foi para o banho, ficou uns longos minutos em baixo do chuveiro, quando de repente lembrou da arma que deixara carregada no seu quarto, no cofre. Agradeceu a Deus naquele momento, pois, não fizera nada que viesse a se arrepender da noite passada. Tomou seu café amargo, ficou pensativo por alguns minutos, se arrumou e saiu. Estava decidido aonde iria e o que faria. Fechou a conta no hotel, chamou um veículo pelo aplicativo e saiu em direção ao subúrbio. Não muito depois, já estava em seu local de destino, o valor da corrida fora debitada no seu cartão de crédito. Desceu, apertou a campainha de uma residência e logo foi atendido, a mãe de Mônica viera abrir o portão.

— Que surpresa agradável. Já faz muito tempo que não recebemos sua visita, entre meu filho.

Carlos sorriu, abraçou e beijou a sogra. O pai de Mônica estava na sala assistindo o jornal.

—Veja quem veio nos fazer uma visita.

Disse a sogra toda sorridente. O pai de Mônica deu um salto do sofá e cumprimentou Carlos, todo sorridente.

— Que prazer em revê-lo. Está tudo bem? Onde está Mônica, não quis vir com você?

— Está tudo bem sim! Na verdade, ela não sabe que estou aqui, é sobre ela mesma que vim para falar.

— Mas agora você não falará nada Carlos, almoçaremos primeiro. A comida está quentinha, acabei de fazer.

Disse a sogra toda satisfeita com a presença do genro.

— Como eu poderia recusar um convite desse. Sua comida é irresistível.

Os pais de Mônica tinham um grande apreço por Carlos. Não só porque eles reconheciam tudo que ele fizera pela filha deles, mas também pelo motivo de que ele era um ótimo marido para ela. Sabiam que a filha fizera uma ótima escolha e viam o quanto eles se amavam. Terminado o almoço, Carlos pouco comeu e logo foram para a sala conversar, estavam impacientes.

— O que me traz aqui não é nada agradável, pelo contrário, é muito triste e irei direto ao assunto, sem rodeios.

— Já estou ficando preocupada.

Disse a mãe de Mônica.

— Eu e Mônica, estamos nos separando.

— O quê? Que brincadeira é essa, Carlos.

Disse o sogro.

— Infelizmente falo sério, e o motivo é que a filha de vocês me traiu, descobri por terceiros, tenho provas com tudo gravado, e depois ela assumiu tudo. Inclusive o bebê que ela perdeu não era meu, e sim fruto desse relacionamento dela.

Os pais de Mônica ficaram estarrecidos, a mãe entrou em crise de choro e o pai envergonhado pela situação, não sabia o que dizer.

— Carlos... sentimos muito pelo ocorrido.

— Sei que sentem.

Carlos contou toda a história para eles, mas omitiu os detalhes mais sórdidos. Eles não mereciam passar por mais constrangimento do que já estavam passando.

— Apesar de ser minha filha, quero dizer que você está certíssimo. No seu lugar eu faria a mesma coisa.

Disse o sogro irritado.

— E ela, onde está?

Perguntou a mãe de Mônica.

— Neste momento, provavelmente deve estar arrumando as coisas dela. Dei um prazo de vinte e quatro horas para ela deixar o apartamento, e ela tem até a noite. Nem passei a noite em casa, fui para um hotel, disse que quando eu voltasse não gostaria de vê-la por lá.

— Será que não haveria alguma hipótese de vocês se acertarem? É uma pena a separação de vocês, afinal é uma união muito bonita e invejada.

— Não tem como minha sogra. O que ela fez é muito grave, e não será diferente. Acabou!

— Eu te entendo Carlos, e te dou toda razão, no seu lugar teria feito a mesma coisa.

Disse o sogro apoiando totalmente a decisão do genro.

— Me desculpem, eu não vim aqui fazer fofoca, vim para deixar vocês cientes de tudo o que está acontecendo, e como eu a tirei dessa casa para nos casarmos, me senti na obrigação de vir até aqui para explicar tudo o que está acontecendo.

— Você está certíssimo, nós é que pedimos desculpas por todo o ocorrido. Não sei onde ela estava com a cabeça para jogar tudo fora.

Desabafou a mãe de Mônica.

— Ambição! Tudo isso por ambição. Não bastava tudo que eu dava para ela. Quis crescer na carreira, porém optou por escolher a forma mais suja, e pensar que fui o maior incentivador de sua carreira, mas queria que ela crescesse pelos próprios méritos e não apelando desse jeito.

Ele estava sofrendo, eles podiam ver nitidamente o quanto ele ainda amava sua filha, mas estava sofrendo por tudo que ela lhe causara.

— Você é como um filho para nós, é o filho homem que não tivemos, e estamos muito tristes e envergonhados com tudo isso.

— Não fiquem envergonhados, não é culpa de vocês, sei que deram uma ótima criação para ela, mas como disse, tudo isso foi por pura ambição, ela não mediu as consequências.

Carlos se despediu deles e partiu, não tinha mais nada a fazer ali, continuar com essa conversa só iria magoá-los ainda mais. Mônica, provavelmente retornaria para a casa dos pais e ele não queria se encontrar com ela, não naquele momento, não por agora. Ele também não queria ver ninguém conhecido, não queria conversar com ninguém nesse momento, então optou por passar a tarde no centro, vendo "vitrines". Depois lembrou haver muito tempo que não ia ao cinema, e resolveu assistir a um filme qualquer, na metade da sessão adormeceu, acordou no final do filme, não entendendo nada. Olhou as horas, esperou o filme terminar e saiu. A essa altura Mônica provavelmente já desocupara o apartamento, então decidiu voltar para casa.

<h1 style="text-align:center">11</h1>

Carlos entrou em seu apartamento, e Marilda veio recebê-lo, estava muito preocupada com ele.

— Boa noite, Senhor Carlos. Está tudo bem com o senhor?

— Não está não, mas ficará, Marilda. Mônica já desocupou o apartamento?

— Sim, ela passou a manhã organizando a mudança dela e foi embora bem à tardinha.

— Que bom! Demorei voltar para casa para evitar me encontrar com ela, se por acaso ainda estivesse por aqui.

— Ela me pediu ajuda na arrumação e enquanto preparávamos as malas, ela me contou o motivo da separação e estava ciente que não teria volta. Não por ela, mas pelo senhor.

— Não vou negar que ela foi uma pessoa muito importante para mim, mas agora acabou. Não tem mais volta.

— Ela está bastante arrependida e está sofrendo muito. Chorou o tempo todo, enquanto fazia as malas. Disse que se pudesse voltar no tempo, faria tudo diferente.

— Mas é impossível retroceder, sei que ela está sofrendo bastante, como eu também estou, mas são consequências dos próprios erros dela mesma. Sei que ela está sendo sincera, e eu ainda a amo muito, mas não tem como continuar confiando nela. Quando se perde a confiança em uma pessoa, acabou, não tem como continuar o relacionamento.

— Compreendo o senhor.

— Se eu a perdoasse e continuasse com ela, qualquer atraso dela, eu ficaria logo pensando que ela poderia estar aprontando novamente, não teria mais tranquilidade na minha vida.

— Estou muito triste, afinal vocês formavam um belo casal, esses anos todos, nunca vi uma briga de vocês, era lindo ver a união de vocês.

— É, mas acabou. Ela me pediu perdão, mas não consigo perdoá-la agora. Um dia até posso perdoá-la, mas ficarmos juntos novamente, nunca mais.

— Trabalho aqui há anos, fui contratada por seus pais, quando o senhor ainda nem existia, e depois cuidei do senhor quando era um bebê, eles se foram, e continuei aqui trabalhando, depois chegou dona Mônica e sempre foi tudo perfeito. Sinceramente, todos esses anos foram só de alegria, a não ser na morte de seus pais. Nunca pensei que passaria por um momento de tamanha tristeza nesse apartamento, como o que estamos passando hoje, mas ultimamente eu sentia que teria algo de ruim para acontecer. Eu me sinto como se fosse da família, e estou muito triste.

Carlos notou que Marilda estava chorando e logo se apressou em consolá-la e abraçá-la.

— Não fique assim Marilda. Você é da família, na verdade, não tenho nenhum parente próximo que eu conheça, e você é minha única referência familiar. Prometo que tudo isso irá passar, e dias melhores estão por vir.

— Pode ter certeza que sim. O senhor quer jantar?

— Não se preocupe comigo, já estou indo dormir e te aconselho a fazer o mesmo. Amanhã será outro dia e logo tudo isso fará parte do passado.

Ele entrou para o quarto e tomou um banho bem quente para relaxar. Deitado na cama notara que nunca havia achado aquela cama tão grande como estava achando agora. Pensava em Mônica, e como deixar de pensar nela? Será que ela já jantou? Conseguira dormir ou está pensando em tudo que aconteceu? Por que estou me preocupando? Ela não é mais problema meu, e não fui eu que dei causa a tudo isso que está acontecendo. Será que um dia conseguirei, perdoá-la? Porventura conseguirei, esquecê-la? Ficou pensando assim e acabou adormecendo.

12

Carlos O'Briain acordou cedo, não para trabalhar, pois, resolvera ficar essa semana em casa para tentar por sua vida em ordem, mas pelo costume de acordar cedo diariamente na companhia de sua esposa. Resolveu sair para caminhar na orla, quando retornou, foi tomar um banho enquanto a mesa do café era posta. Marilda o serviu e ele saboreava o delicioso desjejum, e lembrou que não podia mais contar com a companhia de Mônica nas refeições, tudo que fosse fazer a partir de agora, seria sozinho. Ligou a TV para assistir o jornal matinal, desligou em seguida, tudo estava muito chato. Carlos estava achando o apartamento enorme, nunca lhe pareceu tão grande antes. Mônica preenchia esse apartamento com sua presença e alegria radiante.

— Maldita Mônica.

Resmungou Carlos, tomado de uma mistura de ódio e revolta. Ligou para o escritório e falou com Adriana que ficaria essa semana em casa, e pediu para ela continuar à frente coordenando os trabalhos, e que ele só retornaria na semana seguinte.

— Como você está, meu amigo?

— Estou péssimo, preciso muito falar com você pessoalmente, mas não estou querendo aparecer aí no escritório.

— Quer que eu vá aí na sua casa?

— Não. Faremos o seguinte, daqui a uma hora me espere na portaria do prédio que irei te pegar para conversarmos. Não te convido para o almoço, porquê com certeza serei uma péssima companhia.

— Tudo bem, daqui a uma hora estarei na portaria te aguardando.

Passado a hora combinada, ele encostou o carro em frente ao prédio e Adriana que já estava à sua espera, entrou imediatamente.

— O que houve? Você está com uma aparência péssima!

— Obrigado! Já vou te colocar a par de tudo que está acontecendo, é só o tempo de sairmos desse trânsito e eu achar um local para conversarmos.

— Ao lado do Tribunal de Justiça tem uma pracinha onde poderemos conversar sem sermos incomodados.

— É para lá que iremos então.

Ao chegarem, procuraram um local onde pudessem conversar sem serem interrompidos. Carlos colocou Adriana a par de tudo o que estava acontecendo, não omitiu um detalhe sequer.

— Estou estarrecida. Ao mesmo tempo, em que sinto pena de você, me dá uma revolta da Mônica, ela não tinha o direito de fazer isso com ninguém, muito menos com você, sou testemunha de tudo que você fez por ela.

— Estou sofrendo demais Adriana. Eu ainda amo muito a Mônica. Jamais pensei que o nosso amor chegasse a esse ponto de despedida.

— Sinto tanto por você, meu amigo.

— Mas está decidido, não tem mais volta. Vou entrar com o divórcio e gostaria que você tomasse a frente desta causa, não passe para ninguém do escritório, por favor.

— Pode ficar tranquilo, resolverei pessoalmente, me mande a documentação.

— Bem já te coloquei a par de tudo que está acontecendo, agora vou te deixar de volta lá e retornarei para casa.

— Realmente você não está em condições de trabalhar. Fique tranquilo, deixa que estarei à frente de tudo. Só te peço que se cuide meu amigo.

— Vou tentar Adriana, vou tentar.

Carlos deixou Adriana de volta em frente ao prédio, e voltou para a solidão do seu apartamento. Entrou em casa e foi logo separar a documentação para dar entrada no divórcio. Já que não teria mais volta, queria resolver logo essa situação. A dissolução do casamento seria extrajudicial, não tinham filhos, e o casamento fora feito em regime de separação total de bens. Na época fora orientado pelos amigos que esse regime seria o melhor para ele, já que era o único herdeiro de uma fortuna que seus pais deixaram, incluindo imóveis alugados, ações de grandes empresas pagadoras de bons dividendos e uma diversificada carteira de fundos imobiliários, que lhe garantia mensalmente bons proventos. Na época, não aceitou sem relutância o conselho dos amigos, mas hoje, se pudesse, agradeceria pessoalmente aos amigos um por um. Não pelo dinheiro, pois, não era apegado à riqueza, mas por sua ex-esposa que não merecia um centavo de sua fortuna. O silêncio foi interrompido pelo toque do seu celular. Era o diretor-geral do hospital onde Mônica trabalha.

— Bom dia, Carlos!

— Bom dia, Heitor! A que devo a honra desta ligação?

— Acabei de saber de sua separação com Mônica e não acreditei. Vocês formavam um belo casal, tinham uma união de causar inveja. Então pensei, se isso mesmo aconteceu, deve ter sido algo muito grave.

— Como as notícias circulam, fiquei surpreso.

— Não fique, meu amigo. O que você aprontou?

— Quer mesmo saber a verdade? Eu não fiz nada.

— Somos amigos, Carlos. Apesar de não nos falarmos com frequência, devido nossos trabalhos, ainda somos amigos. Te considero como um irmão.

— Sei disso, Heitor, também te considero muito.

— Você está no trabalho?

— Não, estou em casa. Decidi tirar esta semana de folga para pôr minha vida em ordem.

— Vamos marcar um almoço para hoje? Só assim nos vemos novamente e você me coloca a par desse assunto.

— Me convenceu, aceito o convite. Que horas?

— Às doze e trinta, no "Le Blé Blanc", irei fazer as reservas.

— Combinado, até lá então.

Carlos chegou pontualmente no horário marcado, foi recebido pelo maitre e logo foi conduzido até a mesa reservada, onde Heitor que também acabara de chegar, estava o aguardando. O maitre apresentou-lhes o cardápio. Um garçom imediatamente lhes perguntou se aceitariam um aperitivo, eles recusaram, e logo lhes trouxeram o couvert. Heitor sinalizou para o garçom.

— Gostariam de fazer o pedido?

— Sim, quero pedir um "Boeuf Bourguignon".

— O mesmo pedido para mim.

Disse Carlos.

— Bebidas?

— Louis Latour Bourgogne Pinot Noir. Quero uma garrafa.

Nenhuma palavra fora proferida durante a refeição, eles estavam famintos.

— Não quis estragar o paladar desta saborosa refeição, mas já que terminamos... me conte o que aconteceu com vocês, por favor.

Carlos o olhou com um olhar apreensivo como se estivesse lutando contra uma dor insuportável.

— O que aconteceu é que Mônica me traiu.

— O quê? Besteira Carlos, era notório o amor de vocês, ninguém tinha dúvidas disso.

— Tenho provas, tudo gravado, eu ouvi tudo e te digo mais, muita coisa aconteceu dentro do seu hospital.

— Como assim? Com quem ela se envolveu? Quem gravou?

Heitor estava surpreso e, ao mesmo tempo, decepcionado.

— Quem gravou as conversas eu não posso revelar, prometi segredo para preservar minha fonte. O canalha com quem ela se envolveu é o seu diretor técnico.

— Malditos! Além disso, dentro do hospital! — Esbravejou Heitor. — Não respeitaram nem o local de trabalho.

— Ela me confessou tudo. Não só usaram o hospital, mas em algumas palestras que ela participou, eles se encontravam. E quer saber o motivo? Ambição! Ele acenou esse cargo de diretora clínica para ela, e ela prontamente se envolveu.

— Só de saber desse envolvimento deles, já me deixa revoltado. Dei uma oportunidade a ela no meu hospital, por você e pela nossa amizade, apesar de ela ser uma ótima profissional, não é o suficiente para chegar ao cargo de diretoria. Quanto ele veio falar comigo a respeito de promovê-la, considerei o profissionalismo, mas o que pesou bastante foi a nossa amizade. Eles fizeram do meu hospital um local para encontros amorosos, eu não posso admitir que ninguém o faça, muito menos eles que ocupam cargos de diretoria.

— Por pouco não estraguei a minha vida. Estava preparado para tirar a vida dela e depois me entregaria para a polícia, mas pensei bem e vi que sou melhor que eles.

— Nada justifica tirar a vida de alguém.

— Você tem razão, Heitor.

— Não me leve a mal o que vou lhe dizer, mas ainda bem que vocês não tiveram o bebê, como ficaria a criança no meio dessa situação.

— Você quer saber mais uma. A criança que ela estava grávida não era minha.

— Não?

— Era fruto desse relacionamento deles. Como ela viu que fiquei muito empolgado com a gravidez, eles combinaram dela fazer eu acreditar que o filho seria meu, mas ela ficou com medo de mais tarde eu descobrir a verdade e não assumir a paternidade, além do escândalo que tudo isso poderia causar. Ele propôs o aborto e ela seria promovida quando retornasse da licença, e assim aconteceu.

— Malditos! Que diabos Mônica tinha na cabeça para aceitar um plano maquiavélico desse? O que ela estava pensando da vida?

— Na verdade, eu nunca vi Mônica empolgada com a gravidez, eu sim, sempre quis o bebê desde o momento que soube que ela estava grávida, e quando eu soube ser uma menina, fiquei mais feliz ainda.

— Pensei que vocês estavam curtindo juntos essa gravidez.

— Não mesmo. Nunca vi muita empolgação da parte dela, e eu sempre insistia para pensarmos em tentar outra gravidez e ela sempre desconversava, dizia que ainda não estava preparada.

— É lamentável meu amigo.

— Não quero parecer egoísta, mas foi melhor assim, imagina eu ter assumido essa paternidade e depois descobrir que a filha não era minha?

— Imagino o problema que seria.

— Mas vou te confessar uma coisa, ainda sinto muito a falta da Mônica, você não sabe como aquele apartamento está enorme. Às vezes tenho a impressão de que ela irá entrar por aquela porta e tudo será como antes, como se nada estivesse acontecido, mas aí caio na real e vejo que nada será como antes entre nós.

— Está muito recente ainda, e, além disso, vocês eram bastante unidos, é natural nesse momento tudo que você está sentindo, mas você vai superar tudo isso, a vida continua. Agora tenho que voltar ao hospital, tenho muito trabalho por fazer.

— Tudo bem, eu pago esta conta, Heitor.

— Nada disso Carlos, eu fiz o convite, deixa comigo. Fique tranquilo, eu vou tomar serias providencias com relação aqueles dois.

— Não estou te cobrando nada, só te contei os detalhes porque você quis saber, mas também não poderia te esconder um problema gravíssimo desse.

— Eu sei, e não posso e não vou tolerar esse tipo de comportamento no meu hospital, jamais.

Heitor pagou a conta, os dois saíram, se despediram e cada um chamou um transporte pelo aplicativo.

— Heitor, obrigado por me ouvir.

— Ânimo meu amigo, da próxima vez que te encontrar, isso tudo será uma página virada na sua vida.

Disse Heitor, tentando, reanimá-lo.

— Tomara que sim, meu amigo.

Carlos sorriu e entrou no carro. Pediu para o motorista dar uma parada em frente ao prédio do seu escritório, deixou um envelope com a documentação para o divórcio na portaria e solicitou que entregassem pessoalmente a Adriana, pegou o transporte novamente e retornou para o conforto do seu apartamento.

13

A semana passou muito rápida, Carlos acordou muito empolgado. Afinal estaria retornando para o escritório depois de uma semana de folga, se recuperando dos dias atribulados que tivera. Até Marilda percebeu a empolgação do patrão.

— Bom dia, Marilda!

Cumprimentou Carlos com um sorriso.

— Bom dia! Está empolgado hoje, patrão.

— Muito! Afinal estou pronto para retornar as minhas atividades profissionais que escolhi por paixão, amo praticar o direito.

— É muito bom ver o senhor animado novamente.

— Não vou dizer que já estou superado dos últimos acontecimentos, mas mergulharei no trabalho, não tenho mais tempo para lamúrias.

Carlos tomou o seu desjejum e saiu em direção ao escritório. Pegou o metrô e desceu na estação Cinelândia, e fez o mesmo percurso de sempre, de quando não descia de carro, inclusive aquela visita matinal a cafeteria, que quando não tinha tempo para saborear o café no balcão, pedia para viajem. Essa cafeteria servia um dos melhores cafés do bairro, e isso fazia toda diferença nas manhãs de Carlos. Parou em frente ao prédio do seu escritório, contemplou à vista e pensou em como era privilegiado por trabalhar no centro, próximo de tudo, não se preocupava com aluguel, pois, todo o andar era seu. Foi o primeiro a chegar no escritório, quando Adriana chegou e o viu trabalhando, sorriu e foi cumprimentá-lo.

— Ei! Esta missão de ser a primeira a chegar, é minha. Bom dia, Carlos.

— Bom dia, Adriana. — Carlos a cumprimentou sorrindo. — Não tenho a pretensão de tirar essa missão de você, mas hoje acordei disposto e não quis perder tempo.

— É muito bom te ver retomando sua rotina novamente. Como você está?

— Estou bem, não direi que estou recuperado, ainda sinto muita a falta dela, mas irei superar.

— Com certeza. Bem-vindo de volta, chefe.

— Obrigado Adriana. Quero te agradecer por assumir o comando desse escritório na minha ausência. Reconheço que você tem se dedicado bastante a esse escritório.

— Estarei aqui sempre para somar, é minha obrigação, e também é minha gratidão pela oportunidade que só você me deu, e serei grata, sempre.

— Tenho visto os seus esforços, e te agradeço muito por tudo.

— Mudando de assunto, marquei para quarta-feira a assinatura da separação oficial sua e de Mônica, sinto te informar, mas vocês terão que estar frente a frente, sei que será doloroso para vocês dois, mas é inevitável.

— Ótimo! Assim resolveremos logo isso e ela sairá definitivamente da minha vida, logo estarei oficialmente livre.

— Mas ainda ficarão as lembranças, meu amigo.

— Sim, você tem razão, mas logo farão parte do passado.

— Bom, estou muito feliz pelo seu retorno, mas tenho um escritório inteiro para coordenar.

— Bom trabalho, Adriana.

— Mas já que o senhor voltou, os pepinos, mandarei para cá para você resolver.

— Pode mandar, estou ansioso para descascar esses pepinos, e se prepare, está convidada para almoçar comigo hoje, é por minha conta.

— Obrigada. Precisamos mesmo colocar os assuntos em dia.

Ambos sorriram e Adriana saiu em direção a sua sala. A rotina de trabalho intenso no escritório, fez com que a manhã passasse muito rápida. Às doze e trinta, Adriana bateu na porta.

— Estou à sua disposição.

— Já são doze e trinta? Não percebi a hora passar, iria fazer uma ligação, mas deixarei para quando eu retornar do almoço.

Combinaram ir a um rodízio de massas, próximo ao escritório.

— Dizem que a comida de lá é ótima.

— Então descobriremos a verdade, hoje.

O restaurante estava cheio, mas logo o garçom conseguiu uma mesa para eles.

— Bebidas?

Perguntou o garçom. Adriana se antecipou pedindo dois refrigerantes e copos com gelo e limão.

— Como você está lidando com o término do seu casamento, Carlos?

— Estou bastante magoado, ferido, e decepcionado também. Jamais esperei isso dela. Mônica foi uma pessoa que me encantou desde o primeiro momento. Quando a vi, pensei, esta é a mulher que quero para mim, ela era muito simples, mas encantadora, entrei de cabeça nesse relacionamento, mas me dei mal. O pior é que a safada me propôs fazer o mesmo que ela, para ficarmos bem.

— Ela te propôs isso?

— Sim. No maior descaramento, disse que eu poderia escolher uma pessoa do meu interesse e sair pelo tempo que eu precisasse e depois de tudo isso, ficaríamos bem, como se nada tivesse acontecido.

— Foi um ato de desespero Carlos, coitada, foi a maneira que ela encontrou para tentar salvar o casamento.

— Ela pensou que eu iria aceitar sair com uma pessoa simplesmente por vingança? Julgo que eu seria o pior homem do mundo. Repudio qualquer homem ou mulher que faça uma coisa dessa.

— Sinceramente, estou passada, não sei o que a Mônica tem naquela cabeça.

— Traição não é para acontecer com ninguém, mas infelizmente pode acontecer, agora a pessoa traída sair com alguém, deixar ser tocada, ser usada, por vingança? Para mim essa pessoa está sendo pior que quem traiu. Temos que ter um mínimo de dignidade.

— Concordo com você.

— Se a pessoa foi traída, termina o relacionamento e pronto, saia de cabeça erguida, mostre para a outra pessoa que você é superior a ela, mas não faça isso por vingança, não se deixe ser usado ou usada por esse motivo. Essa é minha opinião.

— Eu também concordo com tudo que você disse, e você mostrou para ela a sua dignidade e superioridade. Estou torcendo muito por você, logo você encontrará alguém que te mereça de verdade.

— Obrigado pelo apoio, você tem sido uma pessoa extraordinária.

Logo começaram a servir o rodízio e resolveram dar uma pausa no assunto para saborear a refeição.

— A comida é uma delícia mesmo.

Observou Adriana.

— Virei aqui mais vezes.

Disse Carlos, saboreando um fettuccine ao molho quatro queijos.

Terminaram a refeição, o garçom trouxe a conta, Carlos pagou e saíram.

— Tem um assunto que estou querendo te falar, já resolvi por hora, mas...

— O que é? Fale por favor.

— É a respeito do Maikon, ele é um ótimo associado iniciante, e bastante responsável, os pais dele tem dinheiro.

— E daí?

— E daí que ele quer propor uma sociedade com você. Já avisei para ele que ali a oportunidade é para associados e que você não pensa em sociedade com ninguém, pelo menos por agora. Eu disse que levaria a proposta para você, mas pode chegar uma hora que ele poderá te importunar com esse assunto, por isso estou te avisando.

— Adriana, você sabe o que eu penso com relação a isso. Comecei o escritório sozinho, nem secretária eu tinha, depois fui crescendo gradualmente e à medida que o escritório ficou maior, convidei você para trabalhar comigo, o escritório foi crescendo e chegou na proporção que está hoje. Não penso em sociedade com ninguém no momento. O único nome que está e irá continuar na parede é o meu, é o que eu penso.

— Você está muito certo. Foi o que falei para ele, estou te avisando caso ele decida tocar no assunto com você e não te pegue de surpresa.

— Marque uma reunião com todos para sexta-feira, paremos uma hora mais cedo para não atrasar ninguém e faremos uma rápida reunião, deixarei bem claro para todos o que penso a esse assunto.

— Ok. Agora depois desse almoço, só nos resta enfrentar o segundo tempo no escritório.

— Estou preparadíssimo.

14

Quarta-feira chegou, Carlos sabe que hoje ficará frente a frente com Mônica depois de um tempo sem vê-la. Como será que ela está? Será que ela ainda pensa em mim? E se ela me pedir para voltar? Essas perguntas fervilhavam na cabeça de Carlos. Não! Definitivamente não terá volta. Acabou! É vida que segue. Seus pensamentos foram interrompidos por Adriana entrando em sua sala.

— Vamos, estamos na hora. Marquei às dez e trinta no cartório e já são dez horas. Será tudo resolvido na sala do tabelião, faremos tudo com muita discrição. Como você está se sentindo?

— Tenso.

— Força Carlos, chegou a hora de pôr um ponto final nessa relação que ultimamente só te causou dor e sofrimento.

— Tem razão, Adriana. Vamos acabar logo com isso.

Chegaram ao cartório antes do horário marcado, o tabelião já estava os aguardando.

— Mônica ligou e informou que está a caminho.

Mal Adriana terminou de falar e Mônica entra na sala do tabelião, acompanhada de seu pai.

— Bom, já estão todos presentes? — Perguntou o tabelião. — Então darei início a leitura do documento.

Terminada a leitura, ambos conferiram, concordaram e assinaram. Na saída Mônica pediu para falar a sós com Carlos.

— Sinto muito por tudo que aconteceu, você é uma pessoa maravilhosa e não merecia passar por nada do que eu lhe causei. Desejo tudo de melhor para você, quero te agradecer por tudo que você fez por mim em todos esses anos. Será que um dia você conseguirá me perdoar?

— Talvez um dia eu consiga, quem sabe.

— Adeus, Carlos.

— Adeus, Mônica.

Carlos ficou observando Mônica ir embora para nunca mais voltar, sabia que agora era definitivo, Mônica se foi de vez.

— Vamos, Carlos.

Interrompeu Adriana.

— Sim, vamos… acabou, Adriana… acabou.

Adriana vez um carinho em Carlos e disse.

— Sim, meu amigo, agora acabou.

Voltaram para o escritório, Carlos estava concentrado no trabalho, mas por vezes era interrompido pela visão de Mônica partindo até sumir de vez. Carlos então chorou.

Com o passar dos dias, ele se dedicava mais ao escritório. Mônica enfim estava começando a fazer parte do seu passado. Finalmente a sexta-feira chegou, eram dezesseis horas e cinquenta minutos quando Adriana o avisou que todos o aguardavam na biblioteca. Carlos agradeceu e se dirigiram para a ampla sala onde todos os associados o aguardavam. A sala estava lotada, mas cabia tranquilamente todos os associados juntos. Adriana começou a reunião, parabenizando e informando a equipe que estava chegando novos clientes para a firma. Isso era devido ao empenho e ótimo trabalho que estavam realizando e os incentivou a continuarem dando o melhor de si, pois, todos só tinham a ganhar, e logo passou a palavra para Carlos.

— Quero agradecer a todos e fazer minhas, as palavras da Adriana, vocês sabem que eu estive passando por sérios problemas nesses últimos dias. Aqui está a Adriana, pessoa de minha total confiança, que vem desenvolvendo um excelente trabalho, soube muito bem administrar esse escritório na minha ausência e vocês também se empenharam e tem se empenhado o máximo. Tenho visto e tenho procurado na medida do possível retribuir a vocês, não só com salários compatíveis com o mercado, mas também com benefícios atrativos para tentar compensar a dedicação e lealdade de vocês. Diariamente chegam novos currículos de advogados querendo ocupar o lugar de vocês, mas não se preocupem, confio em vocês e estou satisfeito com a minha equipe. O cargo que posso oferecer e tenho oferecido a vocês são de associados, eu não pretendo ter sócios. Fundei esse escritório sozinho, comecei com ele pequeno, foi crescendo gradualmente e chegou ao tamanho que está hoje, mas foi com muito esforço e muito trabalho. Não pretendo colocar outro nome na parede ao lado do meu. Se surgir alguma proposta lá fora e for do interesse de vocês, digo que estão livres para seguir o caminho de vocês, e só posso lhes desejar boa sorte, mas, quem for ficar creiam que estarei buscando o melhor para vocês. Esse escritório não é meu, ele é nosso. Muito obrigado a todos e tenham um ótimo final de semana. Carlos encerrou o seu discurso, e todos os associados o aplaudiram de pé. Em seguida ele se dirigiu para sua sala e Adriana o acompanhou.

— Ninguém quer sair, nem mesmo o Maikon, eles amam trabalhar aqui.

— Estou sabendo, mas o recado foi dado, agora é com ele, é ficar aqui e se conformar ou sair em busca de aventura.

— Você continuará trabalhando ainda?

— Não, já chega por hoje, agora só quero mesmo e ir para casa.

— Vai de metrô ou está de carro?

— Transporte por aplicativo, amiga.

— É impressão minha ou você está evitando dirigir?

— Não é impressão sua, estou mesmo evitando dirigir. Tenho andado muito distraído ultimamente e tenho medo de acabar provocando um acidente. Enquanto isso a solução será eu viajar de metrô ou carro por aplicativo.

— Breve tudo voltará ao normal.

Disse Adriana, tentando incentivá-lo.

— Assim espero, mas está difícil.

Carlos e Adriana foram os últimos a sair, ele trancou o escritório e tomaram o elevador que Adriana já havia chamado e os estava aguardando. Ao saírem na portaria, Carlos acompanhou Adriana até a entrada do estacionamento, e ela perguntou.

— Você tem algum plano para o final de semana, Carlos?

— Não. Só estou mesmo é ansioso para chegar em casa e me trancar no meu apartamento, ele tem sido o meu refúgio.

— O que está acontecendo com sua vida social? Você tem que sair, homem! Ver pessoas, fazer novas amizades e se distrair. Lembre-se que sua vida não acabou.

— Ando meio sem vontade, mas vou melhorar, prometo.

— Tá bom. Tenha um ótimo final de semana.

— Obrigado, você também, Adriana.

Adriana entrou no estacionamento e Carlos chamou o veículo pelo aplicativo que logo veio e ambos partiram em direções opostas.

15

Carlos terminou o jantar e encheu uma taça de vinho e caminhou até a sala de estar. Ficou olhando pela janela, o tráfego na avenida. A rua estava repleta de carros, nas calçadas havia uma grande movimentação de pessoas indo a algum lugar desta noite para rirem e se divertirem. Carlos degustava seu vinho e observava calado a alegria das pessoas. De repente sentiu uma sensação, uma vontade de recomeçar sua vida novamente. Pensou no que Adriana lhe falara na entrada do estacionamento, realmente sua vida não tinha acabado, estava recomeçando. Se arrumou e saiu sem destino, não queria ir longe, apenas se divertir um pouco, mas próximo de sua casa. Lembrou que as sextas-feiras tinha música ao vivo num clube não longe de sua casa e caminhou até lá. O clube Monte Claro, foi fundado em 1950 por 282 sócios, e construíram o melhor clube do Rio de Janeiro. Inicialmente se chamava Clube Carioca Monte Claro, depois passou a se chamar Associação Carioca Monte Claro, e finalmente se tornou definitivamente, Clube Monte Claro. O clube tinha vinte e cinco mil metros de área. Na parte de lazer e serviços, os sócios podiam desfrutar de salão nobre, boate, salão de cabeleireiro, playground, auditório, biblioteca, salão de jogos, sauna, bares e restaurantes. Na parte esportiva o clube tinha o melhor campo de futsal, a melhor quadra de voleibol, ótimas quadras de basquete, ótimas quadras de tênis, sala de ginástica, piscinas com deque e espreguiçadeiras na água, além de uma excelente e privilegiada vista para o cartão postal mais famoso do Rio de Janeiro. Carlos frequentava o Clube Monte Claro desde a infância, seu pai foi um dos fundadores, ele lhe contara que na inauguração da atual sede, estivera presentes autoridades renomadas do Brasil e do exterior. Políticos de renome de diversos Estados brasileiros frequentemente estavam nos bailes do Clube. Carlos se identificou na recepção e foi direto para o salão de músicas ao vivo e se acomodou no enorme bar, o salão estava cheio, música ao vivo de ótima qualidade, pessoas se divertiam cantando, dançando e outros conversavam animados em suas mesas. Pediu um Gin Tônica Tradicional, enquanto saboreava seu drink, lembrou de como passou momentos felizes na companhia de Mônica naquele salão. Ela sempre fora animada, dançavam juntos e quando ele não estava disposto, ela dançava sozinha mesmo, ela queria era se divertir. O drink preferido de Mônica era o Cosmopolitan, uma mistura de Cointreau, suco de Cranberry, suco de limão e Vodka, isso a deixava ainda mais animadinha. Carlos estava se deixando levar pelas lembranças com Mônica, quando foi interrompido.

— Carlos? Rapaz que surpresa.

Era Victor, um amigo de infância.

— Victor? Não imaginava te encontrar aqui.

Os dois se abraçaram, já havia alguns meses que não se viam.

— E Mônica, como está? Ela não veio?

— Nós nos separamos.

— O que houve?

— Tivemos um problema seríssimo e não deu para continuar, já estamos divorciados.

— A última vez que estive com vocês, foi aqui mesmo, ela estava grávida.

— Sim, ela perdeu o bebê.

— Você está sozinho aqui?

— Estou retomando minha vida lentamente, saí desse casamento faz pouco tempo. Eu estava em casa quando me deu vontade de sair um pouco, e saí sem destino, e acabei chegando aqui.

— Estou numa mesa ali com alguns amigos, venha se juntar a nós.

Carlos avisou ao garçom e se juntou ao grupo de Victor.

— Pessoal! Esse aqui é o Carlos, um amigo de infância, acabou de sair de um casamento, era frequentador assíduo desse clube, mas agora está retornando à noite. A recepção foi calorosa, propuseram até um brinde a nova vida de Carlos. Victor era um bem-sucedido empresário, dono de uma concessionária de carros importados. Nunca pensara em se casar, não por falta de pretendentes, mas sempre dizia que não estava preparado para se comprometer seriamente com ninguém, e assim estaria sempre disponível para todas que o quisesse. Carlos se integrou rapidamente com o grupo, bebiam e se divertiam. Carlos ouvia cada história dos novos amigos, uma mais engraçada que a outra, e todos eram contra o casamento, e ainda estavam tentando convencer Carlos a esquecer de vez a vida de casado. Ele até se esqueceu de Mônica e pensou que estaria agora pronto para sair mais vezes. Estavam todos se divertindo, quando Victor foi interrompido por uma linda morena, de cabelos longos, cintura de pilão, muito bem feita de corpo. Chamou Victor em particular, e quando Victor retornou a zoeira foi total.

— Victor arrumou para hoje! Que gata, parabéns!

Todos falaram em simultâneo.

— Eu? Ela é minha amiga. Vocês nem imaginam o que ela veio fazer aqui.

— Fala logo, Victor.

Interrompeu Carlos.

— Ela veio se informar de você.

— De mim?

— Sim. Desde que você chegou ela está te observando, você despertou a atenção dela, e ela veio saber se você está sozinho, se seria comprometido, e se for do seu interesse, gostaria de te conhecer.

— Sortudo! Sortudo!

Gritaram os amigos, e todos sorriram.

— Claro que é do meu interesse.

Falou Carlos todo animado.

— Deixa comigo, irei promover o encontro, me aguarde aqui.

Victor saiu em direção à mesa da bela morena desconhecida. Não demorou muito e Victor estava de volta, mas agora acompanhado pela bela morena.

— Essa é a Lorena. Esse é o Carlos.

Victor os apresentou um ao outro.

— Muito prazer.

Disse Carlos.

— O prazer é todo meu.

Respondeu Lorena.

Carlos a convidou para irem a um local mais reservado para conversarem, e quando chegaram ela foi direta com ele.

— Serei direta, não gosto de rodeios. — Disse Lorena. — Quando vi você sentado tomando um drink, você me chamou a atenção, e imediatamente me senti atraída por você.

— E quando você chegou à mesa e chamou o Victor em particular, pensei, de onde saiu essa perfeição? Jamais imaginei que vocês estariam falando sobre a minha pessoa, todos pensamos que o Victor estaria se dando bem.

— Eu e Victor? — Lorena sorriu. — Somos só amigos e nada mais.

— E você, vem sempre aqui?

— Digamos que ultimamente, sou frequentadora assídua, mas não me lembro de ter te visto aqui antes.

— Estava afastado, problemas pessoais, se é que me entende.

— Estou entendendo.

— Você trabalha em que mesmo?

— Sou arquiteta, tenho meu próprio escritório, e você?

— Sou advogado, também tenho meu próprio escritório.

— Vejo então que já alcançamos nossa independência profissional.

— Isso é muito importante, não depender de ninguém. Você bebe algo?

— Eu estava bebendo blue margerita.

— Garçom! Blue margerita e gim tônica tradicional.

— Não é muito forte, essa bebida?

— Estou acostumada já.

Respondeu Lorena sorrindo. Eles não se separaram mais naquela noite, houve uma química inexplicável entre eles, ficaram juntos até o final do "happy hour". Na saída, todos se encontraram em frente ao clube, eles se despediram e Carlos disse que acompanharia Lorena até sua casa. Todos sorriram aprovando a união entre eles.

— Para aonde vamos?

Perguntou ele.

— Moro na Rua Humberto de Campos.

— Não acredito!

— O quê?

— Somos vizinhos, e como não te vi antes?

— E onde você mora?

Perguntou Lorena em tom de curiosidade.

— Moro na Carlos Góes.

— De repente passamos um pelo outro algumas vezes e nem percebemos.

— Você não passaria despercebida por mim, jamais.

— Bobo.

Disse Lorena em tom de brincadeira. O carro que ele chamou pelo aplicativo logo veio e Carlos abriu a porta para ela.

— Estou com sorte, ainda existe cavaleiro.

Ele nada respondeu, apenas sorriu, e logo chegaram ao destino de Lorena. Ele pagou ao motorista do aplicativo e desceram em frente ao prédio de Lorena.

— Como ficamos? Trocamos telefone?

Perguntou ele. Ela pensou um pouco e logo teve uma ideia.

— Não! Faremos assim. Domingo estarei na piscina do clube ou no bar da piscina, se você aparecer teremos futuro, caso contrário, foi um prazer te conhecer.

— Combinado então.

Ele se despediu beijando-a no rosto. Esperou que ela entrasse em seu condomínio e logo se retirou.

Carlos levantou tarde na manhã de sábado e Marilda estranhou.

— O que houve? O senhor sempre acorda cedo.

— Ontem eu estava entediado e resolvi ir ao clube.

— Não acredito!

Exclamou Marilda demonstrando felicidade, pois, sabia que Carlos passara por maus bocados ultimamente e precisava se distrair um pouco.

— Pelo jeito estava ótimo por lá, acordando somente agora.

Brincou Marilda.

— Estava ótimo sim, até conheci uma garota por lá, ou melhor, ela que quis me conhecer.

— Hum! Abalando os corações, patrão.

— Você precisa conhecê-la Marilda, ela é muito linda.

— É claro que quero conhecê-la e ainda a parabenizarei, pelo bem que ela já está te fazendo. Tomara que dê certo.

— É Marilda, tomara. Ficamos de nos encontrar amanhã no clube, vamos ver no que vai dar.

— Dará tudo certo, estarei torcendo. Uma coisa tenho certeza. — Marilda falou consigo mesma. — Essa moça vai fazê-lo esquecer dona Mônica.

16

A manhã de domingo estava quente e ensolarada, Carlos saiu em direção ao clube, estava ansioso se conseguiria se entender com Lorena. Afinal foram alguns anos envolvidos com Mônica, e estava decidido definitivamente afastá-la de sua vida, já estava mais que na hora de se envolver com outra pessoa, e ela parecia ser a mulher ideal. Carlos foi direto para a piscina a procura de Lorena e ela não estava lá. Ficou preocupado, mas lembrou que ela disse que poderia estar no bar do clube, e quando virou para o bar, ela estava de pé acenando para ele. Eles se cumprimentaram e ele a beijou no rosto.

— Estava em dúvidas se você viria mesmo.

Disse ela, contente por ele ter comparecido.

— Eu não tive dúvidas, e estava ansioso para te encontrar.

— Já é um bom sinal.

— Vamos ficar naquele lado da piscina, tem umas espreguiçadeiras e poderemos conversar mais à vontade.

Lorena concordou assentindo com a cabeça.

— Me fale de você. Está sozinha a algum tempo?

— Sim, já faz algum tempo que não me envolvo com ninguém. Estava me dedicando ao meu trabalho, e saindo para me divertir sozinha. Não é que não tenha aparecido pretendente, meu último relacionamento foi meio conturbado, ele era muito ciumento e eu sou bastante independente, não gosto de ninguém no meu pé. Isso não quer dizer que eu desse motivo, ele que via problemas em tudo, e logo vi que não daria certo e terminei, e estava decidida a não arrumar ninguém tão cedo, e você?

— Bem, eu saí de um casamento de alguns anos. Nós nos dávamos muito bem, tínhamos uma ótima relação, eu até cheguei a pensar que teria arrumado a mulher perfeita, me dediquei muito a ela, eu realmente me sentia realizado, até que finalmente ela cometeu algo gravíssimo, algo que não pude perdoá-la. Não teve outro jeito, a não ser a separação imediatamente.

— Vocês tinham filhos?

— Não, sem filhos.

— Menos mal. Quando tem filhos envolvidos fica mais complicado.

— É verdade. Ela perdeu o bebê e não engravidou mais, não que eu não quisesse ter filhos, eu sempre quis ser pai, mas ela não se sentia ainda preparada.

Carlos evitou detalhar os motivos de sua separação. Acabara de conhecer Lorena e não se sentia confortável em expor sua vida íntima para alguém que acabara de conhecer. Só falara o que realmente Lorena precisava saber. Ela o ouvia atentamente sem dizer uma palavra, não o queria interromper.

— O nosso regime de casamento foi pela separação de bens, então o divórcio foi rápido, menos traumático.

— Bom, você disse que quer ser pai, mas eu não tenho vocação para maternidade. Você vê isso como problema?

— Isso não é problema por agora, estamos nos conhecendo e tenho bastante tempo para te convencer.

— Estou sendo muito sincera com você, caso no futuro você venha me cobrar e eu não mude de ideia.

— Sem problemas, gosto da sua sinceridade.

— E a respeito do que te falei de quando te avistei na sexta-feira no clube, e fiquei bastante interessada, quero deixar bem claro que sou muito difícil de me interessar por alguém logo de cara, mas quando te vi, tinha certeza que queria você.

— E como teve tanta certeza assim?

— Eu me excitei quando te vi.

Ele a olhou nos olhos, seus olhos se encontraram e eles sorriram. Ele percebeu a sinceridade nela.

— Eu também senti um algo diferente por você.

Falou isso e imediatamente não perdeu tempo, se aproximou de Lorena, e a beijou delicadamente nos lábios.

— Você tem certeza?

Perguntou Carlos.

— Sim, toda certeza.

Ele colocou a mão carinhosamente na nuca de Lorena e a puxou para si e a beijou intensamente. Depois decidiram dar um mergulho e ficaram na piscina por algum tempo e decidiram almoçar ali mesmo no clube. O clima entre eles, ficara intenso, o desejo de Carlos era levá-la para sua casa imediatamente, mas se conteve. Era o começo, era o nascer de uma esperança para ambos.

— Tenho planos para nós dois está noite, algum problema?

— No que você está pensando?

Perguntou Lorena com ar de curiosidade.

— A princípio gostaria de te levar para jantar em um restaurante aqui próximo, comida italiana contemporânea, vinho refinado, e vamos ver no que vai dar.

— Eu topo. Então vamos embora, preciso descansar um pouco para a noite estar pronta para você.

— É bom mesmo que esteja, viu?

Ela sorriu-lhe. Saíram do clube de mãos dadas, passear pelas ruas do Leblon agora para eles, era como se estivessem passeando num bosque florido, nada mais importava agora, somente eles dois. Ele a deixou na entrada do prédio, prometendo que a noite estaria de volta para pegá-la. Foi para casa fazer o mesmo que ela, ainda não tinha se recuperado da noitada de sexta-feira, não dormiu o suficiente para se sentir descansado, afinal estava afastado a algum tempo da vida noturna e precisava estar pronto. Tinha planos com Lorena para essa noite e não queria que nada atrapalhasse o primeiro encontro, tudo tinha que estar perfeito, tudo tinha que ser perfeito.

Carlos chegou pontualmente no horário combinado para apanhar Lorena, fora intencionalmente de carro, ela entrou e seguiram para o restaurante, por sorte conseguiram estacionar em uma vaga próxima ao restaurante.

17

A varanda do restaurante por ser charmosa, era disputadíssima. Lorena optou por ficarem na varanda mesmo, e assim seria mais fácil para saírem após o jantar. O garçom se aproximou com o cardápio, Carlos pediu uma sugestão e foi indicado uma massa de salmão, tagliatelli com peixe e molho cremoso e para acompanhar o prato a dica do sommelier foi um Château Raymond — Lafon, ela concordou e ele fez o pedido para dois.

— Esse jantar está uma delícia.

Disse Lorena entusiasmada.

— Concordo com você, a comida aqui é de primeira, a cozinha está de parabéns.

— Esse vinho também é maravilhoso. Está tudo perfeito.

Carlos sorriu, era tudo que ele gostaria de ouvir.

— Você quer mais um pouco de vinho?

— Sim, por favor.

Carlos degustava o vinho enquanto olhava Lorena nos olhos, ela também lhe retribuía o olhar de maneira sedutora e com um leve sorriso nos lábios. Carlos segurou uma das mãos de Lorena olhando-a nos olhos e fez o convite.

— Pretendo te levar para um local mais reservado e aconchegante, onde poderemos desfrutar desse maravilhoso final de noite. O que você acha?

— Por que não?

Respondeu Lorena toda meiga. Carlos pagou a conta e saíram, entraram no carro e foram diretos para um hotel que Carlos já tinha em mente. Entraram no quarto e Carlos trancou a porta. Sem perda de tempo, ele a pegou pela cintura e juntou o seu corpo ao dela, eles se beijaram, imediatamente ele encheu as mãos da suavidade dos longos cabelos dela e segurou com força, enquanto a beijava ardentemente. Ele a virou de costas e a abraçou enquanto lhe beijava a nuca e pescoço, depois a despiu lentamente e a deitou na cama, beijando cada centímetro daquele corpo, começando pelos pés e foi subindo lentamente, enquanto Lorena suspirava e gemia.

— Eu quero você... quero muito sentir você em mim.

Lorena estava completamente excitada. Carlos contemplou aqueles seios pequenos e rígidos a sua frente, Lorena gemia ao sentir a boca quente de Carlos em seus seios. A sensação era maravilhosa, sentindo Carlos sugando seus seios daquele jeito.

— Eu sou sua... sou toda sua... sou completamente sua. Sussurrava Lorena enlouquecendo ainda mais ao Carlos, que a penetrou com movimentos intensos e vigorosos enquanto lhe beijava ardentemente a boca. Lorena gemeu alto e relaxou o corpo. Carlos deitou ao lado dela, sentindo a sensação de terem chegado ao orgasmo, juntos na primeira vez.

— Estava gostoso demais.

Disse Lorena.

— Primeira de muitas que virão.

Disse Carlos, beijando carinhosamente o rosto de Lorena. Ela fechou os olhos e disse.

— Me diz que isso não é um sonho, por favor.

— Não é um sonho, é tudo real o que estamos vivendo aqui.

— Você é maravilhoso, onde você estava que não te encontrei antes?

— Você que é maravilhosa.

Disse, acariciando o corpo dela. Lorena não disse nada, apenas permaneceu de olhos fechados, desfrutando de todo carinho que Carlos dava a ela.

— Você é muito linda, e quando está fazendo amor, fica ainda mais linda.

— Estou me entregando completamente a você, espero que cuide bem de mim.

— Com certeza cuidarei muito bem de você, minha linda.

Descansaram por um tempo e foram juntos para o chuveiro, ele começou a ensaboar as costas dela e com isso o clima esquentou entre eles, e ali mesmo no chuveiro fizeram sexo.

Estavam se arrumando para irem embora e Lorena insinuou.

— Eu passaria a noite toda com você, mas... temos compromisso, os nossos trabalhos nos aguardam.

— Eu também gostaria muito de ficar aqui com você, mas amanhã terei um dia intenso e a semana não será diferente.

Respondeu Carlos. Eles se beijaram mais uma vez e saíram, deixando o hotel, e parou o carro em frente ao condomínio dela.

— Na próxima vez, gostaria que conhecesse o meu apartamento.

— Combinado, passarei o próximo final de semana com você então.

Carlos a beijou, se despediu e seguiu direto para seu apartamento.

Deitado em sua cama, ficou pensando o quanto Lorena parecia ser uma boa pessoa, e com certeza seria uma ótima companheira para ele, enfim ele precisava disso, e logo acabou adormecendo.

Carlos acordou às sete horas, Marilda já havia posto a mesa do café.

— Bom dia sr. Carlos, fico feliz que sua vida esteja voltando à normalidade.

— Bom dia, Marilda, é verdade, Lorena está sendo um dos melhores acontecimentos na minha vida ultimamente. Você precisa conhecê-la, não, quero dizer, você vai conhecê-la, ela é uma pessoa incrível.

Disse Carlos bastante empolgado.

— Estou ansiosa por isso, e irei agradecê-la pessoalmente pelo bem que ela está lhe fazendo.

— Você terá sua oportunidade de conhecê-la e poderá agradecê-la pessoalmente, ela virá para cá esse final de semana.

— Que ótimo.

— Bom, vou tomar um banho, me arrumar e partir para o escritório, pois, a semana será intensa.

Marilda estava feliz ao ver a empolgação de Carlos. Ele tinha passado por maus bocados ultimamente e precisava recuperar-se, ela sabia que sozinho seria muito difícil isso acontecer, mas essa jovem desconhecida, estava contribuindo positivamente para que Carlos superasse o trauma causado por Mônica. Ainda não a conheço, pensou Marilda, mas já gosto dessa menina Lorena.

18

Carlos chegou cedo ao escritório, quando Adriana chegou, ele já estava trabalhando.

— Bom dia! O que ouve? Você está com uma aparência ótima.

— Bom dia para você também, Adriana. — Cumprimentou Carlos sorrindo. — Tive um final de semana maravilhoso, senta que a história é longa.

— Sério? Sou toda ouvidos.

— Na sexta-feira, terminei o jantar e fiquei pensando no que você me falou na entrada do estacionamento. Refleti bastante, aí me arrumei e saí sem destino, não queria ir longe de casa, fui parar no clube monte claro de onde sou sócio, mas não frequentava a bastante tempo. Encontrei uns amigos por lá, e ainda conheci uma garota.

— Me conta mais, já estou adorando essa história.

— Na verdade, foi ela que quis me conhecer.

— Como assim? Explique-se, já fiquei curiosa.

— Estava sentado com uns amigos bebendo e conversando, quando de repente surgiu em nossa mesa uma bela de uma morena e chamou um dos meus amigos para conversar em particular. Eu jamais imaginei que a história fosse comigo, depois ele me falou que ela ficou interessada em mim e gostaria de me conhecer. Empolguei-me na hora! Ele promoveu o encontro, e começamos a conversar, e fluiu tão bem que até já saímos, e posso te dizer que meu final de semana foi intenso.

— Que ótimo Carlos, breve Mônica ficará no passado.

— Vou te falar uma verdade. Nem lembrei de Mônica nesse final de semana.

— Como ela é? Tipo físico.

— Morena pouco mais clara que a outra.

— Muito diferente da outra?

— Sim. No físico principalmente, a Mônica chamava atenção pelo corpão, mais cheinha, essa chama atenção pela beleza e pelo corpo mignon. A outra tem cabelos escuros e ondulados, essa tem cabelos claros, mais lisos e mais curtos, eu estou gostando.

— Estou muito feliz em saber que aos poucos você está conseguindo se recuperar.

— Na verdade, tenho que te agradecer, foram suas palavras que me fizeram refletir e dar um novo rumo a minha vida.

Adriana sorriu satisfeita, sabendo que contribuiu positivamente para a mudança de Carlos.

— No que eu puder ajudar, você poderá sempre contar comigo, mas o que você está fazendo que está tão concentrado neste notebook? Estou curiosa.

— Estou organizando meu controle de investimentos. Você acredita que desde que Mônica partiu, não acompanhei mais nada.

— Acredito, você ficou completamente largado de tudo.

— Ainda bem que minha conta corretora e bancária são do mesmo banco, desta forma os proventos e dividendos caem direto na minha conta corrente, se não fosse assim, estaria tudo parado na corretora.

— Eu não entendo nada disso, muito mal conheço poupança e renda fixa.

— Assim você está deixando de ganhar dinheiro, tem investimentos melhores que renda fixa.

— Como assim?

— Eu, por exemplo, invisto em renda variável, fundos imobiliários e ações de boas empresas pagadoras de dividendos, mas a maior parte dos meus investimentos estão em ações. Tenho também uma parte do meu dinheiro alocado em renda fixa, sendo minha reserva de emergência e minha reserva de oportunidades.

— Para que serve estas reservas?

— A reserva de emergência é para o caso de eu precisar de um dinheiro urgente, não precise vender meus ativos, e a reserva de oportunidades são para o caso de aparecer algum ativo com um bom preço.

— Você tem bastante dinheiro investido?

— Posso te dizer que tenho o suficiente para não precisar trabalhar mais na minha vida. Posso viver dos meus rendimentos tranquilamente.

— Que ótimo. Você fez algum curso nesta área?

— Primeiro aprendi com meu pai, depois fui me especializar. Meu pai era investidor qualificado, bem, na verdade, ele era investidor profissional.

— E qual a diferença de um para o outro?

— Investidor qualificado segundo a Comissão de Valores Mobiliários, é a pessoa física ou jurídica que comprove ter mais de R$1.000.000,00 investidos no mercado financeiro, ou ter sido aprovado em algum exame de qualificação técnica com certificação aceito pela entidade. Já o investidor profissional é aquele que tem mais de R$10.000.000,00 investidos no mercado financeiro e ateste isso por escrito. Todo investidor profissional é um investidor qualificado, mas nem todo investidor qualificado é um investidor profissional, mas como se não bastasse, meu pai tinha também várias certificações.

— Poxa! Que sorte a sua, herdou uma fortuna de seu pai. Você também fez cursos de certificação?

— Sim, fiz vários cursos e leio muitos livros também, procuro estar sempre atualizado.

— Se não for te atrapalhar, você poderia me ensinar?

— Com certeza. O primeiro investimento que você precisa fazer antes de tudo é investir em conhecimento, não precisa comprar livros agora, trarei alguns livros para você começar a ler, e conforme for surgindo as dúvidas, eu te oriento. Vou te indicar uns vídeos aulas também, que irá te ajudar bastante. Depois o resto é no dia a dia, ou seja, é na prática.

— Muito obrigada pela ajuda, mas mudando de assunto, na parte da tarde terei uma reunião com um futuro cliente e sua noiva que vão se casar e estão cheios de dúvidas quanto à qual regime de bens deverão adotarem no casamento deles.

— Quero participar dessa reunião.

— Sabia que você iria se interessar por esse caso.

— Quando eles chegarem me avise, gostaria de participar com você, as demais reuniões se derem para você realizar sozinha eu agradeço.

— Da sim, são todas tranquilas.

— Ótimo! Vou continuar pondo em ordem meus controles.

Carlos estava colocando em dia seu controle financeiro, com a crise gerada por Mônica, o controle financeiro de Carlos virou um caos, inclusive perdera algumas oportunidades nos seus investimentos, o que ele sempre manteve rigorosamente em dia. Carlos foi interrompido por uma mensagem que chegara em seu aplicativo de mensagens instantâneas, era Lorena.

— Posso te ligar?

— Sempre!

Respondeu Carlos, e imediatamente o telefone tocou.

— Bom dia, minha linda.

— Bom dia, estou atrapalhando?

— Jamais! Quando quiser ligar, esteja à vontade.

— Tá bom, queria saber se você gostou de ontem.

Lorena estava curiosa para saber a opinião do parceiro, afinal, havia algum tempo que ela não se relacionava com ninguém, e estava curiosa em saber se causara boa impressão.

— Não gostei não.

— Não?

Perguntou Lorena intrigada.

— Não gostei, eu amei.

— Ah, seu bobo, que susto.

Respondeu Lorena sorrindo.

— E você, gostou?

Perguntou Carlos.

— Para mim, foi perfeito.

— Que bom! Como está seu dia?

— Aqui está tudo tranquilo, e com você?

— Está tudo em ordem.

— Estou ansiosa para chegar sexta, para nos vermos novamente.

— Se quiser podemos antecipar, já que sexta está muito longe.

— Nada disso, esperaremos até sexta, nós vamos matando a saudade pelo aplicativo ou por telefone mesmo.

— Mas não é a mesma coisa.

— Você está muito apressadinho, pode acabar ficando mal-acostumado, será sexta-feira mesmo e não se fala mais nisso. Brincadeira hein, só liguei mesmo foi para te ouvir um pouco, e qualquer coisa eu te mando mensagem. Beijos.

— Obrigado por ligar, beijos.

Lorena surpreendeu Carlos, ele não esperava nenhuma mensagem ou ligação dela, e com isso ela causou uma ótima impressão, e isso era bom para eles, e ótimo para o relacionamento que estava começando. Carlos saiu sozinho para almoçar, não queria a companhia de mais ninguém, a não ser a dele mesmo. Fez uma rápida refeição e saiu a procurar um banco numa pracinha próxima dali, sentou e ficou refletindo sobre os últimos acontecimentos em sua vida. Tinha uma mulher que aprendeu a amá-la, que fazia tudo que estivesse ao seu alcance por ela, mas ela não o valorizou. Trocou tudo por uma aventura, por uma ambição idiota, que quase o levou a ruína, e agora a vida estava sendo generosa com ele novamente, e colocou em seu caminho uma mulher que aparentemente parecia ser uma ótima pessoa. Não tinha planos com ela ainda, era tudo muito recente, mas estava disposto a viver com ela o presente, o hoje, porque o amanhã era futuro, e sendo assim era incerto. Logo teve que interromper seus pensamentos, lembrou ter que retornar para o trabalho, tinha uma reunião para realizar, retornou apressado para o escritório, o elevador demorava tanto que parecia uma eternidade, talvez o cliente já estivesse o aguardando, e ele não gostava de fazer ninguém esperar por ele. Abriu a porta do escritório e na recepção só estava sua secretária, o cliente ainda não havia chegado, que alívio. Só teve tempo de tomar uma água, e logo foi informado que o cliente acabara de chegar.

— Encaminhe eles para a sala de reunião, e estarei indo logo em seguida. Chamou Adriana e ambos se dirigiram para a sala de reunião. Tratava-se de um jovem empresário muito rico, dono de vários pontos comerciais, incluindo lojas e salas em imóveis empresariais, que grande parte dos seus bens fora herdado de seus avós, além da empresa própria que ele mesmo administrava. Sua noiva também era dona de uma fortuna, e sua empresa mantinha negócios no Brasil e exterior. Ele e sua noiva, estavam preocupados em que regime de bens adotariam ao se casarem, pois, havia muito dinheiro envolvido nessa história, não que eles não se amassem, ou não confiassem um no outro, mas ninguém sabe o amanhã.

— Eu e minha noiva já presenciamos alguns casos que nos deixaram cautelosos, e no nosso caso há muito dinheiro envolvido, se é que me entendem.

Falou o rapaz.

— Eu te entendo muito bem, nós só sabemos com quem nos casamos no dia do divórcio.

Falou Carlos em tom incisivo.

— Por favor, não pensem mal de nós ou coisa parecida, é que herdamos uma fortuna de nossos familiares e temos a responsabilidade de manter esse legado.

— Fiquem tranquilos, isso tudo é muito natural, e nós estamos aqui para orientá-los e ajudá-los no que vocês precisarem. Existem quatro modelos de regime de bens a escolher no casamento e eu irei explicá-los um por um, e cabe a vocês, somente a vocês, tomarem a decisão que for mais confortável para suas vidas.

19

— Essa decisão que vocês estão prestes a tomar é muito importante para suas vidas, e deve ser tomada com muita responsabilidade, principalmente no que diz respeito ao patrimônio do casal. Assim surge a importância de se decidir qual o regime de bens deverá ser adotado, e essa escolha tem que ser tomada antes do casamento. Após a escolha do regime de bens, vocês deverão realizar um pacto antenupcial. Esse pacto é um contrato jurídico de natureza patrimonial onde vocês deverão estipular qual o regime de bens será adotado e deverá ser realizado por escritura pública, caso contrário será considerado nulo. O pacto antenupcial é obrigatório, exceto para o regime da comunhão parcial de bens. Até aqui alguma dúvida?

— Não senhor, pode prosseguir.

— O primeiro regime e o mais escolhido é o regime de comunhão parcial de bens. Nesse regime, em caso de divórcio, cada pessoa tem direito a metade dos bens adquiridos durante o casamento. Os bens adquiridos antes do casamento não entram na divisão, bem como os bens que lhe sobrevierem durante o casamento, por doação ou sucessão.

— Já no regime da comunhão universal de bens ou comunhão total de bens, cada pessoa terá direito a metade de todos os bens que cada um tenha antes ou depois do casamento, não importando se foi por herança ou testamento.

— No regime de participação final dos aquestos, durante a constância do casamento, cada cônjuge mantêm o seu próprio patrimônio, bem como a administração individual de seus bens, e na dissolução do casamento, haverá o direito de meação sobre os bens adquiridos de forma onerosa durante o casamento.

— Por último temos o regime de separação total de bens, por esse regime nenhum bem se mistura, nem antes e nem durante o casamento.

— É esse regime que iremos adotar. Como deveremos proceder então?

— Não se preocupem, a Adriana irá combinar tudo com vocês, com relação aos custos e documentação.

— Está ótimo então.

— Como vocês tomaram conhecimento desse escritório?

— Foi por indicação, conheço um cliente de vocês e ele me recomendou, inclusive dando ótimas referencias.

— Temos bastantes clientes que vieram por indicação, nosso lema é atendemos bem para atendermos sempre.

— Fiquei bastante impressionado com a estrutura organizacional e o atendimento de vocês. Eu não estou satisfeito com os serviços que o escritório que representa a minha empresa e meus negócios vêm desempenhando, e estou pensando em contratar vocês.

— Estamos de portas e braços abertos para recebê-los.

— Vocês atuam na área do direito empresarial?

— Atuamos em todas as grandes áreas do direito, e toda nossa equipe de advogados são especialistas, inclusive alguns com mestrado e doutorado.

— Está decidido, a partir de agora vocês estão contratados para administrar juridicamente meus negócios.

— Seja bem-vindo, Adriana passará todas as coordenadas, e agradecemos a confiança em nós, depositada.

Carlos saiu da reunião com a sensação do dever cumprido, sentia prazer em prestar um bom atendimento, era seu dever como técnico do direito, orientar seus clientes a tomarem a melhor decisão para suas vidas, pois, qualquer decisão tomada no presente, iria refletir para sempre no futuro.

Ao final do expediente todos estavam ansiosos para saírem no horário, uns iriam para seus cursos, suas faculdades e outros iriam para suas casas mesmo. Segunda-feira era um dia que dificilmente ficava alguém depois do expediente. Carlos chegou em casa, estava cansado do dia de trabalho, do trânsito, mas estava feliz, sentia a sensação do dever cumprido, e no momento queria mesmo era tomar um banho, jantar e descansar.

— Marilda, falei com Lorena e ela confirmou que virá na sexta-feira à noite para passar o final de semana aqui em casa. Por favor, prepara aquele jantarzinho que só você sabe fazer.

— Pode deixar, irei caprichar tanto nesse jantar que ela não vai mais querer ir embora.

— Menos Marilda, bem menos, também não vamos exagerar.

Carlos e Marilda não aguentaram segurar o riso, até fizeram piadas com a situação, a alegria estava de volta naquele lar. Ele terminou o jantar e foi para a sala terminar de ler o jornal. O celular tocou era Lorena ligando para conversarem, ficaram no telefone até bem tarde, depois desligaram e Carlos foi dormir.

A semana foi passando tranquilamente, Carlos e Lorena se falavam a distância pelo aplicativo, quando queriam ouvir a voz um do outro faziam ligações. Enfim chegou a tão aguardada sexta-feira, Carlos acordou cedo, se arrumou, tomou seu desjejum e saiu tranquilamente para o escritório, resolveu ir trabalhar de carro, pois, tinha certeza que teria que apanhar Lorena no trabalho. O dia foi arrastado, a hora não passava de jeito nenhum, e por volta das quinze horas Lorena ligou.

— Você poderia vir me buscar aqui no trabalho?

— Posso sim, já esperava que fosse me pedir isso e vim preparado.

— Quando você chegar me avise por favor para eu descer logo.

— Ok. Até lá então.

Logo que terminou o expediente, Carlos se despediu do pessoal e pediu a Adriana para fechar o escritório, ele tinha um compromisso.

— É o que estou pensando?

— Combinamos de passarmos o final de semana lá em casa, e estou indo buscá-la no trabalho.

— Que romântico, tenham um bom final de semana.

— Tchau, Adriana. Obrigado, e bom final de semana para você também.

Carlos se apressou em deixar o escritório, em largos passos caminhou em direção ao estacionamento, estava correndo, queria evitar o congestionamento daquele horário, e dirigiu rapidamente em direção ao escritório de Lorena. Estacionou próximo ao escritório dela, e ligou informando que já estava aguardando por ela.

— Ok, já estou descendo.

Lorena ainda demorou alguns minutos, e logo chegou até o carro.

— Demorei muito?

Perguntou e o cumprimentou com um beijo.

— Não. Você foi bastante rápida.

Após alguns minutos dirigindo pelas ruas do Leblon, não muito depois já estavam no apartamento dele.

— Marilda, queria te apresentar a Lorena.

— Estava muito ansiosa para conhecer a senhora.

Disse Marilda.

— Posso saber por quê? Agora fiquei curiosa.

Perguntou Lorena.

— Para te agradecer por tudo que a senhora tem feito pelo meu patrão. Ter te conhecido foi um dos melhores acontecimentos para ele nesses últimos meses.

— Obrigada, saiba que também é um prazer te conhecer. Carlos me fala muito de você.

— Ele também me fala muito da senhora.

— Sério? Fala bem ou mal de mim?

— Muito bem! Não se preocupe, ele não tem motivos para maldizer da senhora. Se precisar de mim, estou à disposição.

— Obrigada Marilda.

— Vocês vão jantar agora ou mais tarde?

— Mais tarde.

— Estarei à disposição, com licença.

Carlos pegou Lorena pelo braço, e gentilmente a conduziu para o quarto.

— O que você acha de jantarmos e após, irmos ao clube para nos divertirmos um pouco?

— Ótima ideia, Carlos. Vou tomar um banho, vamos jantar e após, iremos ao clube.

Marilda caprichou no jantar, não que ela não o fizesse constantemente, mas esse era especial, e no que dependesse dela, faria todo o possível para eles ficarem juntos.

— Sua comida está ótima Marilda, e quer saber de uma coisa, eu como pouco, mas está tão bom que até vou repetir.

Disse Lorena elogiando o tempero de Marilda.

— Que bom que gostou. Foi preparada com muito carinho.

— Sou suspeito para falar algo, porque sou fã da comida dela.

Disse Carlos todo orgulhoso. Terminaram o jantar e foram caminhando calmamente para o clube, ao chegarem, encontraram Victor e alguns colegas que estavam juntos na noite em que Carlos e Lorena se conheceram.

— Vejo que vocês se firmaram mesmo, fico muito feliz em ver vocês juntos. Comentou Victor, aprovando o relacionamento deles.

— E quero te agradecer por ter me apresentado a ela, estamos nos dando muito bem.

— Não! Na verdade, quem tem que agradecer aqui sou eu, por você ter me apresentado a esse homem maravilhoso.

Brincou Lorena, descontraindo o ambiente.

— Parabéns, vejo que esse relacionamento está ficando sério mesmo.

— Podemos dizer que sim, Victor.

Disse Lorena. Victor ficou satisfeito em saber que eles estavam muito bem, não se importava em ter bancado o cupido naquela noite, conhecia Carlos o suficiente e sabia da dor e decepção que ele passara com Mônica e precisava encontrar uma pessoa que realmente o merecesse. Por outro lado, conhecia também Lorena a muitos anos, e sabia do comportamento dela, lembrou que ela teve uma pessoa, tempos atrás, mas já estava sozinha a bastante tempo. Ela não era uma pessoa de entrar facilmente em um relacionamento, tinha seus critérios, tinha suas escolhas, e o fato dela se interessar por Carlos e ter tomado a iniciativa, lhe causara espanto.

— Meus caros amigos, nos desculpem não compartilharmos as mesmas mesas esta noite, é que Lorena e eu vamos ficar em um local digamos assim, mais reservado.

— Não há o que desculpar meus amigos, fiquem à vontade, e foi ótimo rever vocês e saber que estão se entendendo.

Carlos conduziu Lorena para uma mesa do outro lado do salão, pediu uma bebida para eles, e após beberem, Lorena convidou Carlos para dançar.

— Mas eu não sou bom em forró, Lorena. Posso acabar pisando no seu pé.

— Não faz mal, vamos dançar assim mesmo.

Carlos observou os casais dançando em posição de abraço fechado, com os parceiros usando contato corporal total, girando pela pista de dança, em movimentos sincronizados.

— Alguma dificuldade?

Perguntou Lorena a Carlos.

— Um pouco. Vamos dançar.

Carlos tomou Lorena pela mão e a conduziu para o meio da pista de dança.

— Vamos começar com o passo básico. — Disse Lorena. — Dois para lá, dois para cá, sendo dois passos para cada lado e girando.

— Tudo bem, creio que posso fazer isso.

Ele deslizou a mão direita ao redor da cintura dela, ela colocou sua mão esquerda sobre o ombro dele, e a mão direita dela se uniu a mão esquerda dele e começaram a dar passos laterais ritmizados de acordo com a música. Carlos estava se sentindo seguro e confiante, se sentindo um forrozeiro de primeira, depois Lorena sugeriu que alternassem com passos, frente e traz, Carlos não teve nenhuma dificuldade nesse movimento também. Dançaram algumas músicas e logo depois foram se sentar e pediram outra bebida.

— Não tive nenhuma dificuldade na execução desses movimentos, pensei que seria mais difícil.

— Você tem ritmo Carlos, assim fica muito mais fácil.

— Julgo ser a minha professora mesmo que é excelente e facilitou o meu aprendizado.

Eles sorriram, estavam ficando mais próximos a cada dia e isso era muito bom, o relacionamento deles estava se fortalecendo.

— Gostaria de aprender todos os ritmos com você, assim poderíamos arrasar neste salão, e só daria nós dois.

— É claro que eu te ensino.

— Ótimo, serei um aluno dedicado e quero dominar todos os passos do forró.

— Está bastante animado, meu amor, estou gostando de ver.

— Do que você me chamou?

— De meu amor! Você é o meu amor, ou não gostou que te chamei assim?

— Claro que gostei, só fiquei um pouco surpreso, nós só temos nos dirigido um ao outro pelo nome mesmo.

— Carlos, gostaria que soubesse que estou te levando muito a sério e tenho planos para nós dois, e isso significa que não quero aventura, penso num compromisso sincero e duradouro com você.

— Eu também estou te levando muito a sério, Lorena. Quero deixar o meu passado para trás e viver uma nova vida com você daqui para frente.

— Tudo bem Carlos, mas sugiro que tenhamos essa conversa depois, em outra hora, sem o efeito provocado pela bebida, hoje vamos simplesmente nos divertir e curtir esta noite.

Nesse momento o ritmo da música mudou, e passou a tocar músicas românticas. Carlos olhou para Lorena, pegou-a pela mão e a convidou.

— Vamos dançar? Esse ritmo domino muito bem.

Carlos a conduziu para o meio da pista, que estava lotada de casais dançando coladinhos, curtindo o romantismo da noite. Se abraçaram e começaram a se moverem lentamente ao ritmo da música suave que estava tocando, de repente se olharam e se beijaram. Terminado o baile, saíram em direção ao apartamento de Carlos, pela primeira vez, essa noite ele não a levaria até o portão de seu prédio e se despediria dela e voltaria sozinho para casa, não dessa vez! Esta noite ela era hóspede dele, e ela seria toda dele. Chegaram no apartamento e foram tomar banho, juntos, se beijaram, se acariciaram, se envolveram, e ali mesmo no chuveiro fizeram sexo.

20

Acordaram pela manhã de sábado e já passava das oito horas, não tinham pressa, o sábado seria todo deles. Tomaram café matinal que Marilda havia caprichado na preparação e arrumação da mesa. Depois foram para o escritório, queriam conversar sobre o relacionamento deles e o rumo que estava tomando.

— Vamos terminar aquela conversa que começamos no clube a nosso respeito?

— Vamos sim! — Afirmou Lorena. — Estou gostando de você ter tomado a iniciativa sobre essa conversa. Considerando que a maioria dos homens não gosta de discutir relação, você está me provando que está mesmo me levando a sério tanto quanto eu.

— Quero muito ficar com você Lorena, não estou atrás de uma aventura, desejo mesmo me casar com você e teremos os nossos filhos.

— É sobre isso que preciso conversar com você.

— Estou te ouvindo.

— Quero muito você, quero muito estar com você, mas sugiro deixar as coisas como estão. Estamos nos dando muito bem, e casamento não está nos meus planos, nem agora e, nem no futuro. Sempre que você quiser ou quando eu sentir sua falta, venho ficar com você, e mais tarde quando eu te apresentar para minha mãe, você também poderá frequentar meu apartamento, e até mesmo dormir lá quando desejar, mas casar, morar juntos, isso eu não quero.

— Porque não? Nós nos curtimos, nos damos super bem, qual o problema de dividirmos o mesmo apartamento, e compartilharmos as mesmas coisas, juntos?

— Minha mãe sofreu muito com o casamento dela com meu pai, ele era uma pessoa muito difícil, e presenciei tanta coisa que fiquei traumatizada, não quero isso para mim. Não estou dizendo que você possa ser assim, longe disso, você é uma pessoa maravilhosa, mas se quiser ficar comigo, será sem casamento.

— Tudo bem se você não quer casar, não será isso que impedirá de estarmos juntos.

— Outra coisa, eu não penso na hipótese de ser mãe, gosto de crianças dos outros, meus sobrinhos, amo demais, mas ter filhos, jamais, não tenho vocação para ser mãe.

— Algo mais?

— Não, só isso, que me lembre.

— Lorena, não será isso que vai nos separar, quero você do seu jeito, quem sabe um dia você possa mudar de ideia.

— Não mudarei de ideia.

— Respeito a sua decisão, e quero muito ficar com você mesmo assim. Estou disposto a abrir mão de tudo isso para poder ficar com você, do jeito que você é.

— Eu sabia que estaria fazendo uma ótima escolha quando decidi ficar com você.

— Quero que você saiba que estou gostando muito de você, Lorena.

— Eu também estou gostando demais de você, Carlos.

Ele não deixou transparecer, mas ficou decepcionado com a decisão de Lorena, o seu sonho de ser pai estava ficando cada vez mais distante e se tornando quase impossível. Outra coisa também que ele tivera dificuldades de entender é como que um casal que se amam, se entendem e se gostam, por que não podem dividir a mesma casa? Enfim essas coisas ele não entendia, mas estava disposto a abdicar de tudo isso pelo bem do relacionamento deles. Lorena era incrível, muito inteligente, além de bonita, sabia se expressar muito bem, eles se entendiam e conversavam por horas sem se sentirem cansativos.

Os meses foram passando e a relação deles se fortalecia mais a cada dia. Descobriram que primeiro, além do amor que sentiam um pelo outro, haviam se tornado, grandes amigos.

— Sabe Carlos, a verdadeira amizade é aquela que nos permite falar, não só das qualidades, mas também dos defeitos um do outro, e temos nos permitido isso. Você sabe que não somos perfeitos, temos as nossas dificuldades, mas a nossa amizade é tão pura e verdadeira que tem mostrado para nós mesmos o seu valor perante nossas dificuldades.

— É por isso que nos damos tão bem, meu amor.

— Ainda bem que eu te encontrei, nem sei se te mereço, você é um homem maravilhoso e me faz me sentir muito bem. Cheguei até a desacreditar do amor, e quem me queria eu não estava afim, já estava me acostumando com a solidão, até que você chegou e veio para ficar, você me faz muito feliz.

— Eu também estava me sentindo péssimo devido ao meu relacionamento anterior. Não fiquei assim porquê terminamos, mas pela forma que terminamos, o motivo que deu causa a nossa separação, isso que me deixou arrasado, até que conheci você que me fez tão bem, e me fez esquecer toda a mágoa e revolta que eu sentia.

— Você quer conversar sobre isso? Quer me contar o motivo da sua separação?

— Hoje não Lorena, quem sabe um dia talvez.

— Ok, quando você estiver preparado para falar, saiba que estarei sempre pronta para te ouvir.

— Estamos juntos a quase um ano, e está na hora de te dar a chave do meu apartamento, para quando você quiser vir não precise interfonar, agora você poderá entrar direto.

— Muito obrigada, querido.

Carlos foi convidado para almoçar na casa de Lorena para conhecer sua mãe, foi muito bem recebido pela sogra, era uma senhora muito bonita e muito expressiva também. Lorena lhe contara que seu pai havia falecido quando ela ainda era adolescente.

— Agora sei quem Lorena puxou na beleza.

A mãe de Lorena sorriu agradecida.

— Ela tem me falado bastante de você, Carlos. Ela é uma pessoa muito difícil de se envolver com alguém, e parece que você conquistou o coração dela. Fico feliz pelo relacionamento de vocês.

— Também estou muito feliz de estar namorando sua filha, queria algo mais sério com ela, mas... ela nem quer ouvir falar em casamento.

— Conheço muito bem a minha filha, o suficiente para saber que ela não irá mudar de opinião.

— Respeito a opinião dela. Eu a amo e a quero mesmo assim, do jeito como ela pensa, do modo como ela quer.

— Vejo que Lorena encontrou uma pessoa que realmente se preocupa com ela e gosta dela.

Mesmo com esse discurso, Lorena percebera um pouco da frustração de Carlos, não seria como ele queria, como ele planejara toda sua vida. Ele era um homem tradicional, queria se casar de verdade, ter filhos, formar uma família. Apesar de não falar nada, não reclamar nada, ela percebera o desconforto de Carlos com essa história, e ela se preocupava um pouco com tudo isso.

21

Carlos estava trabalhando em silêncio a manhã toda, ultimamente não comentara nada sobre seu relacionamento com a amiga.

— Está tudo bem com você e Lorena?

Perguntou Adriana.

— Está sim, por que a pergunta?

— Você tem andado calado ultimamente, percebi que tem evitado falar sobre vocês dois.

— Você me conhece mesmo. Lorena é uma pessoa excepcional, conseguiu me fazer esquecer a Mônica, estou gostando dela de verdade, mas ela vem tomando umas decisões que está me deixando muito triste e preocupado, ou seja, ela estragou os meus planos para com ela.

— Como assim, Carlos?

— Propus casamento, e ela me respondeu que não quer casar, disse que ficaremos juntos, mas cada um, no seu apartamento.

— Conheço alguns casais assim.

— Mas eu gosto da vida de casado, e tem mais, ela não gosta de crianças, não o suficiente para ser mãe.

— Assim é muito complicado.

— Eu a amo e estou abrindo mão dessas coisas, para poder ficar com ela.

— Mas isso não é justo Carlos, desde que te conheço você tem esse desejo de ser pai. Isso pode até te tornar uma pessoa frustrada.

— Sei disso, mas não vou abandoná-la! Lorena foi a melhor coisa que me aconteceu nesses últimos meses.

— Não estou te dizendo para abandoná-la, Carlos, mas você deve conversar com ela sobre o seu desejo de ser pai, de formar uma família.

— Já conversamos, ela nem quer mais tocar nesse assunto, e respeitarei a decisão dela.

— Se é assim, então por que está tão quieto e pensativo?

— Logo irei me acostumar com a ideia.

— Está bem, a vida é sua. Não está mais aqui quem falou. Só espero que não se arrependa no futuro.

— O que você queria falar comigo?

— Tratar com você a respeito do nosso almoço de final de ano, afinal, já é uma tradição sairmos todos juntos para comemorar no último dia útil antes do natal.

— Sim, é verdade, e esse ano não faremos diferente, cuide das reservas por favor. Como esse ano passou rápido!

— Passou muito rápido mesmo.

— Organiza tudo com o restaurante como você sempre faz.

— Pode deixar, irei cuidar de tudo.

— Estou bastante satisfeito com o desempenho da equipe, e estava pensando neste ano dar uma gratificação para cada um. Colocarei um valor em envelopes nominais e entregarei pessoalmente a cada um de nossos associados.

— Ótima ideia, Carlos! Se eles já estão satisfeitos, com esse gesto só irá aumentar a satisfação de cada um em trabalhar aqui.

— Está decidido, farei isso então.

Chegado à manhã do último dia útil antes do natal, Carlos determinou que todos trabalhariam até as treze horas e depois seguiriam para o restaurante, com almoço rodízio, tudo pago pelo escritório. Ele reuniu todos os associados e agradeceu a dedicação e empenho de cada um, no decorrer do ano, e disse esperar contar com cada um deles com a mesma dedicação no próximo ano. Depois entregou o envelope com uma gratificação a cada um dos colaboradores, abraçando um por um e desejando-lhes boas festas. Mais tarde seguiram para a churrascaria. Várias mesas foram reservadas no restaurante situado no bairro do flamengo, onde já era uma tradição fazerem ali, a comemoração de final de ano. Após o almoço, Carlos pagou a conta e ali mesmo se despediu de todos os presentes, já que o escritório só voltaria a abrir em fevereiro, e nesse período o escritório funcionaria em regime de plantão. Antes de voltar para casa, Carlos se lembrou de comprar o presente de Marilda, Lorena e sua mãe, logo depois das compras foi para casa.

— Marilda, como você sabe, todo ano tradicionalmente, recebemos as pessoas aqui em casa para as festas de final de ano, mas excepcionalmente este ano, não receberemos ninguém.

— É uma pena, porque as festas de final de ano aqui já se tornaram uma tradição.

— É verdade, mas infelizmente não tem clima para festas aqui.

Todo ano Carlos e Mônica recebiam vários convidados para passarem com eles a noite de natal e réveillon, mas esse seria o primeiro ano que passaria sem Mônica e não fazia sentido receber convidados em casa.

— Esse ano eu gostaria que você fosse passar as festas junto de seus familiares, e aproveite e tire umas férias, porque durante o mês de janeiro estarei viajando, e não haverá necessidade de te manter aqui.

— O Senhor ficará bem?

— Ficarei sim, passarei as festas no apartamento da Lorena. Pode ficar tranquila e curta bastante junto de seus familiares. Aqui está seu presente, não repare, pois, era Mônica que se encarregava da compra dos presentes, mas fiz o melhor que pude.

— Outro presente, o senhor quer dizer né, porque só esta viagem já é um presentão que estou recebendo.

Ele simplesmente sorriu.

— Já fiz o depósito do seu decimo terceiro salário na sua conta e acrescentei uma gratificação, as férias depositarei mais tarde porque não havíamos conversado a respeito.

— Muito obrigada! Quero desejar para o senhor um feliz natal e um ano novo repleto de felicidades e realizações.

— Obrigado Marilda, desejo o mesmo para você e seus familiares. Prepare sua mala que comprarei sua passagem para amanhã, e não se preocupe, eu te levarei ao aeroporto.

Carlos acompanhou Marilda até a entrada da sala de embarque do aeroporto, se despediu dela com beijo e abraço. Um sentimento de tristeza tomou conta dele nesse momento, desde que ele começou a entender as coisas, a figura de Marilda sempre esteve presente nas festas organizadas pelos seus pais e depois por ele e Mônica. Marilda sempre esteve à frente organizando tudo, e agora, nada mais seria como antes, o futuro era incerto e imprevisível.

22

Era véspera de natal, Carlos acordou e foi preparar seu café da manhã, não poderia contar com Marilda para isso, lembrou que havia dado férias para ela passar as festas com seus familiares. Por um momento chegou a se arrepender por ter feito isso, mas logo afastou esse pensamento egoísta de sua mente. Ele estava muito triste porque nesse dia, nos anos anteriores, a essa hora, seu apartamento já estaria uma grande movimentação, com idas e vindas ao mercado, Mônica selecionando as bebidas e os pratos para a noite. Ela era bastante animada para organizar festas tanto quanto sua mãe, enfim, estariam todos na maior agitação e agora só restava o silêncio, ele estava sem nenhuma companhia.

— Por que, Mônica! Por que você tinha que estragar tudo! Carlos gritou como se Mônica pudesse ouvi-lo, mas, na verdade, ele estava sozinho. O celular tocou, era Lorena do outro lado da linha.

— Bom dia meu amor, estou contando com você aqui a noite, combinado?

— Combinado, a noite estarei aí com você.

— Por que você não vem para cá agora? Vem ficar aqui comigo. Não fique aí sozinho.

— Mais tarde irei, estou querendo ficar mais um pouco aqui.

— Você quem sabe, estarei te aguardando meu amor. Tchau! Beijo.

— Beijo, mais tarde irei ficar com você.

Como ele gostaria que nada disso tivesse acontecido, ele não trocaria nada ao contrário de estar com Mônica, seu primeiro e verdadeiro amor. Hoje, o único presente que ela deixara para ele foi a dor por amá-la demais, confiar nela demais, e essa dor era só dele e de mais ninguém. Seu apartamento estava vazio como nunca esteve, desde a sala, quarto, cozinha, até o corredor, e essa dor o consumia.

— Hoje eu não tenho mais o meu amor e só me restou a dor, mas foi ela que preferiu seguir esse caminho, foi ela mesma que decidiu fazer o que fez, não é justo que eu pague por isso, muito menos faça Lorena pagar por uma conta que não seja dela. — E então ele chorou.

Carlos decidiu que não daria mais ibope para essa dor, e que definitivamente Mônica não iria mais interferir em sua vida. Tomou um longo banho, se arrumou e partiu para o apartamento de Lorena. Ao chegar, foi recebido por ela, e ele a abraçou de tal forma que parecia que não queria mais soltá-la.

Lorena percebeu.

— O que houve? Está tudo bem?

— Está tudo bem sim! Só quero que saiba que você é o meu porto seguro.

— Obrigada meu amor, fique tranquilo, vou cuidar muito bem de você.

A noite de natal foi diferente, mas bastante animada junto de Lorena e de seus familiares. Houve troca de presentes, comeram, beberam e se divertiram bastante.

— Já são quase três horas da manhã e estou caindo de sono, você vem comigo?

— Sim, irei te acompanhar até o seu quarto.

Se despediram de todos e foram para o quarto.

— Eu não percebi que você queria dormir.

— Quem disse que quero dormir?

— Você mesma disse estar caindo de sono.

— Foi desculpa para vir para cá.

— Até acreditei que você estaria mesmo com sono.

— Sono... quero é comemorar esta noite com você. Serei o seu presente de natal.

— Estou louco por esse presente.

Fizeram amor e quando terminaram estavam tão exaustos que ali mesmo logo pegaram no sono. Já não era a primeira vez que Carlos dormia no quarto dela. Quando acordaram já passava das onze horas, e ainda sonolentos, foram para a cozinha procurar algo para comerem.

— Já está quase na hora do almoço, por que vocês não esperam um pouco e almoçam de uma vez? Comeremos as sobras de ontem.

Falou a mãe de Lorena.

— Então tomarei só uma xícara de café, minha sogra.

— Eu também quero café.

Disse Lorena. Pegaram o café e foram se sentar na sala.

— Estou pensando em depois do réveillon tirar uns dias de férias, e quem sabe fazer uma pequena viagem.

— Vai viajar no Brasil mesmo ou para o exterior?

— Estou pensando em passar uns dias no Nordeste. As praias de lá são maravilhosas.

— Que legal, pena que ficarei todos esses dias sem te ver.

— Não exatamente, quando digo que estou pensando em viajar, você está inclusa, você é minha companhia, mas só se você quiser ir, é claro.

— Quero muito ir com você. Vamos ao meu quarto que preciso te mostrar algo. Quando chegaram ao quarto, Lorena tirou um pacote de dentro do guarda-roupa, era um conjunto de lingerie branca.

— Meu conjunto de lingerie para passar o réveillon, o que você achou?

Apesar do pouco tempo que estavam juntos, Lorena sabia como despertar o interesse de Carlos por ela.

— Lindo, mas tem certeza que esta micro calcinha caberá em você?

— Com certeza. — Lorena sorriu. — Ela estica.

— Não vejo a hora de te ver vestida com esse conjunto, mas depois terei o prazer de te despir.

— Sem dúvidas, essa parte é com você mesmo.

— Pegue o seu notebook, por favor, vamos efetuar logo a compras das passagens.

— Qual região do Nordeste exatamente você está planejando ir?

— Para Pernambuco, exatamente para Porto de Galinhas.

— Não! Jura? Sempre quis conhecer Porto, mas nunca tive oportunidades.

— Então a sua oportunidade chegou, minha querida.

— Quantos dias você pretende ficar por lá?

— Penso que umas duas semanas seria o ideal. Temos o mês de janeiro inteiro para aproveitarmos, já que só retornarei ao escritório em fevereiro, mas não precisamos ficar lá o mês todo, podemos viajar para outro lugar.

— Tenho curiosidade de conhecer a serra gaúcha.

— Podemos passar uns dias lá também. Como você é friorenta, este mês é o que apresenta as maiores altas de temperatura por lá. Vamos fazer assim, passamos duas semanas em Porto de Galinhas e voltamos, trocamos as bagagens e viajamos para Gramado.

— Combinado, então amanhã iremos ao "shopping", quero comprar uns biquínis de praia para a viagem.

— Você tem um monte de biquínis de praia, Lorena.

— Já estou enjoada deles, irei fazer doação de todos, quero tudo novo para a viagem.

— Só você mesma, Lorena.

Ele falou isso e sorriu.

— Mulheres meu querido, a maioria são assim mesmo.

— São todas iguais, só mudam de endereço, não é?

Ambos sorriram. Carlos foi para seu apartamento depois do almoço, e no dia seguinte, Lorena apareceu para irem ao "shopping" fazerem compras, almoçaram por lá e retornaram para o apartamento de Carlos, por ali ficaram juntos até a véspera de ano novo. A cidade estava agitada, Leblon estava lotado de turistas vindo de toda parte do Brasil e de outros países para participarem da grande festa da virada de ano na tradicional queima de fogos de Copacabana. As pessoas estavam empolgadas, caminhavam pelas ruas do bairro que estavam bem mais movimentadas que de costume.

— Vamos logo ao mercado comprar o que falta para sua mãe, porque mais tarde o supermercado ficará lotado.

— Vou ligar para ela para saber se quer algo mais e podemos ir.

— Pronto! A mala já está arrumada, agora só voltarei aqui para pegar a mala para podermos viajar.

A noite estava maravilhosa, nenhum sinal de chuva, não estava frio, mas também não estava calor, a temperatura estava agradável, apesar de estar em pleno verão. No apartamento de Lorena, todos estavam envolvidos nos últimos preparativos para a grande festa da virada de ano. Carlos observou que as pessoas ficavam mais empolgadas na virada do ano do que no natal, provavelmente pelo motivo de estar relacionado com a sensação de um novo ano, um novo começo, mas ele não via diferença entre trinta e um de dezembro e primeiro de janeiro. Nada de místico acontecia à meia-noite, muitos faziam promessas de deixar de beber, fumar, perder peso ou até mesmo iniciar uma atividade física por exemplo, mas essas resoluções não terão nenhum valor e estarão fadadas ao fracasso, se não tiver a motivação correta, o compromisso e a determinação.

Lorena estava um luxo, trajava um vestido longo, decote ombro a ombro branco e calçava sandálias douradas, Carlos estava usando uma calça de alfaiataria com estampas de corte sequinho, camisa de linho aberta, colocada para dentro da calça e calçava um mocassim marrom.

— Como estou?

— Linda como sempre.

Enfim chegou a tão esperada virada de ano, todos se abraçavam e desejavam uns aos outros, votos de dias melhores no decorrer do novo ano que estava chegando, garrafas de champanhe foram abertas, comes e bebes foram oferecidos a todos. Correram para a janela da sala para verem a queima de fogos, o céu estava iluminado pelo espetáculo pirotécnico que os fogos de artifício proporcionavam, era uma grande festa.

— Festa mesmo, será a que faremos no seu quarto mais tarde.

Sussurrou Carlos nos ouvidos de Lorena.

— Com certeza, podemos dizer que comemoraremos de maneira mais intensa e prazerosa, se é que me entende.

Carlos sorriu pela forma de Lorena se expressar.

— Está rindo? Eu estava na minha, você que me provocou, sabe muito bem que sua ação sempre causa em mim uma reação.

— Está apelando para a física agora?

— Meu amor, acredito que nem a ciência explica a nossa relação.

Ambos sorriram. Mais tarde alguns convidados começaram a ir embora, enquanto outros preparavam para se recolher, Carlos e Lorena não foram diferentes, pediram licença e foram para o quarto dela. Se trancaram no quarto e Carlos foi beijando e acariciando Lorena deixando-a pronta para o ato, depois despiu-a vagarosamente e foi beijando cada parte do seu corpo.

— Pega leve, a casa está cheia e você sabe como sou escandalosa.

Carlos a deitou sobre a cama que estava impecavelmente forrada e ignorando o clamor de sua amada, explorou cada centímetro do seu corpo enquanto ela gemia e se contorcia de prazer e em seguida a penetrou cuidadosamente.

— Fique tranquila, o único escândalo nesta madrugada serão as promessas que farei e as decisões que tomei para nós dois nesse novo ano que se inicia e serão declaradas e sussurradas aos seus ouvidos.

— Não fala, assim... você... assim você acaba comigo.

Carlos não cedeu aos apelos de Lorena e continuou sussurrando em seus ouvidos, se declarando apaixonadamente, ela gemia e tremia de prazer enquanto ele a penetrava de forma intensa e vigorosa levando Lorena ao clímax e ele chegando logo em seguida.

Ambos estavam exaustos e com a respiração ofegante.

— Por que você é assim?

— Assim como?

— Teimoso! Pedi para pegar leve, você sabe muito bem como fico quando sussurra no meu ouvido na hora do sexo, você me deixa louca, se eu não colocasse um pano na boca a essa hora todos já estariam sabendo o que estávamos fazendo, e eu estaria morrendo de vergonha.

— Comigo não tem essa de pegar leve não. Adoro te deixar louquinha.

— Você é malvado, mas amo as suas maldades. Cara, isso nunca aconteceu comigo antes, você me derruba legal, me deixa esgotada.

— Na verdade, a gente se completa meu amor.

— Verdade, mas agora eu só quero dormir, estou esgotada e caindo de sono. Até mais tarde.

Lorena logo pegou no sono, Carlos deitado ao lado dela meio sonolento, estava pensando na noite em que conhecera Lorena, e se ele não tivesse ido ao clube naquela noite? Talvez jamais teria a conhecido e logo pegou no sono. Acordaram já era quase uma hora da tarde.

— Pensei que não iriam acordar a tempo de almoçarmos juntos, justo no primeiro dia do ano.

Disse a mãe de Lorena.

— É que demoramos muito a dormir, na sala estávamos com sono, só foi irmos para o quarto e o sono sumiu.

Justificou Lorena. Carlos a olhou pelo canto dos olhos e ela sorriu.

— Entendi. Quando é mesmo que vocês viajam?

— Amanhã mãe, logo depois do café, serão duas semanas de muita praia, sol e água de coco.

— Eu já sou fã dos bolos de rolo artesanais, o sabor difere dos vendidos aqui nos mercados.

Disse Carlos todo empolgado.

— Eu também amo bolo de rolo, se não for pedir muito, você poderia trazer para mim?

— Claro minha sogra, qual sabor você mais gosta?

— Eu não tenho preferência, gosto de todos.

— Vou trazer vários sabores. Eu também gosto de todos, mas os meus preferidos são os de goiaba, natural, frutas vermelhas e chocolate ao leite.

— Se esquecer de trazer, não vale comprar aqui no mercado, hein.

Brincou a sogra.

— Pode ficar tranquila, não esquecerei.

Depois do almoço vou lá em casa buscar minha mala, amanhã sairemos daqui direto para o aeroporto.

— Que bom que decidiu sairmos daqui, vou com você no seu apartamento.

A tarde Carlos chamou Lorena para darem um passeio pelo bairro, e depois foram buscar a bagagem no seu apartamento.

— Esta viagem será muito importante para nós. Já estamos juntos a quase um ano e esta será a nossa primeira viajem, mas com certeza será a primeira de muitas.

— Adoro viajar, mas confesso que hoje estou meio acomodada.

— Ultimamente eu não tenho viajado, antes viajava com mais frequência, não só pelo Brasil, mas para o exterior também, estou pretendendo voltar com as viagens.

— Pode contar comigo nas próximas viagens, se puder me levar é claro.

— A próxima poderá ser para gramado, se você quiser.

— Claro que quero, é mais um lugar que tenho curiosidade de conhecer.

— Então está decidido, a segunda quinzena de janeiro passaremos em Gramado. Já peguei tudo que preciso, vamos para sua casa.

23

— Vocês me liguem assim que chegarem lá... prometem?

A mãe de Lorena pediu para eles no aeroporto, quase implorando.

— Não se preocupe mamãe, assim que chegarmos a gente te liga informando como foi a viagem.

— Tenham uma boa viagem, divirtam-se minhas crianças e aproveitem bastante.

— Pode ficar tranquila minha sogra, vamos nos divertir com certeza.

— Agora vão, senão vocês irão perder o avião.

Eles pousaram no Aeroporto Internacional do Recife/Guararapes às doze e vinte daquela tarde, resolveram procurar um restaurante na cidade porque estavam famintos e ainda tinham mais cinquenta minutos de viagem até o destino do casal. Escolheram um restaurante de cozinha italiana, que serviam massas caseiras e pratos italianos tradicionais. O restaurante possuía uma vista linda para o mar, dois minutos de caminhada para a praia mais próxima e seis quilômetros para o "shopping".

— Aqui também é um ótimo lugar para se hospedar.

— É sim, mas desta vez o nosso destino é outro, quem sabe em uma próxima viagem poderemos vir para cá? Vamos prosseguir viajem logo após terminarmos o almoço. Prosseguiram a viagem de carro chamado pelo aplicativo, já que o táxi estava cobrando o triplo do valor pela corrida que duraria aproximadamente uns cinquenta minutos. Carlos optou por fazer reserva em um resort, devido a toda infraestrutura voltada para o lazer e entretenimento, incluindo atividades ao ar livre, o que seria ótimo para Lorena caso ela não quisesse sair.

Lorena contemplava o resort enquanto Carlos pagava a corrida. Ele escolhera o melhor resort da região, localizado à beira do mar cristalino de Porto de Galinhas, cercado pela natureza, com cenários incríveis.

— E então, o que achou?

— Meu Deus! É muito lindo. Se por fora é assim, como deverá ser por dentro?

— Muito melhor.

Afirmou com prazer, não deixando de perceber o brilho nos olhos dela, e quando chegaram diante do quarto ele abriu a porta e ela entendeu que ele estava certo. Carlos havia reservado a suíte master, composta por hidromassagem e por uma linda banheira interna, vistas para os jardins, equipada com uma cama "king-size", mobiliário contemporâneo e ar condicionado central.

— Eu tinha razão?

Ela olhava para ele com expressão de felicidade, enquanto ele deixava as malas em um canto qualquer do quarto. Ela suspirou profundamente e estirou-se na confortável cama.

— Estou tão cansada da viagem que sou capaz de pegar no sono se continuar deitada.

— Você não está se esquecendo de nada?

— Do que meu amor? Que eu me lembre não.

— De ligar para sua mãe, prometeu que ligaria assim que chegássemos.

— Você tem toda razão, obrigada por me lembrar, ela não me perdoaria se eu não ligasse.

— Eu não deixaria que isso acontecesse.

— Você é demais, é o homem mais correto, mais organizado e mais compreensivo que já conheci.

Lorena ligou para sua mãe informando que haviam chegado bem, e deu detalhes da viagem e de como era o resort, não esqueceu de dizer também que foi Carlos que lhe lembrou de ligar para a mãe. Desligou o celular e resolveu tomar um banho, e alguns minutos mais tarde, fechou o chuveiro e voltou enrolada numa toalha.

— O que vamos fazer agora?

— Vamos conhecer a cidade, se você estiver disposta é claro, mas você disse estar muito cansada da viagem.

— Estava, mas depois desse banho me reanimei. Vamos sair.

A vila estava lotada, parecia que todos os turistas do mundo inteiro foram para lá. Andar a pé era a melhor senão a única opção, os bares também estavam lotados, efeito do calor intenso que fizera durante o dia. A vila ficava localizada entre praias e o sol chegava a queimar, a maioria dos turistas estava trajando roupas leves devido ao intenso calor que fazia.

As belezas de Porto de Galinhas são um encanto, águas mornas em tons azul e verde, piscinas naturais, vida marinha, estuários, corais e coqueirais. Existe beleza em tudo que se vê. A praia da vila de Porto de Galinhas é o melhor balneário do Nordeste, e está entre às dez melhores praias do Brasil. Na maioria dos passeios é possível conhecer novas paisagens. Carlos e Lorena caminharam pela orla da praia da vila e estavam encantados com tudo que viam.

— O pôr do sol aqui é uma experiência única.

Exclamou Lorena.

— Única e enriquecedora.

Acrescentou Carlos. Mais tarde eles não resistiram e cederam ao agito dos bares e restaurantes da vila, procuraram um menos badalado e aconchegante para conhecerem. Optaram por um restaurante com decoração inspirada na região Nordeste, eles serviam pratos diferenciados que misturavam de pescados a frutos-do-mar. Escolheram o Camarulu, composto por camarão com mel de engenho e arroz com maracujá, e para acompanhar o prato, escolheram um vinho com aromas florais e adocicado.

Durante a refeição Lorena percebera que Carlos por diversas vezes se distraia olhando a mesa ao lado, onde jantavam um casal com uma criança, e os pais a serviam com todo o esmero. A criança sorrindo, agradecia em retribuição, todo o cuidado dos pais dispensado a ela, e por um momento ele esteve tão ausente que Lorena teve que alertá-lo que o jantar estaria esfriando. Saíram do restaurante já tarde e à noite ventava tanto que era capaz de sentir um friozinho. Lorena estava tremendo de frio, e Carlos a abraçou tentando proteger e aquecer sua amada enquanto retornavam para o resort. Deitaram envolvendo-se em um grosso cobertor, ela olhou para ele com um olhar de desespero.

— Você me ama? Responda-me honestamente.

— É claro que eu te amo. Porque essa pergunta agora?

— Eu não sei… só sei que... preciso muito de você.

— Fique tranquila, meu amor. Você é muito importante para mim.

Carlos a abraçou, mas não tentou nada naquela noite, não sabia o motivo, mas Lorena estava confusa, por qual motivo ela estaria em dúvidas do seu amor por ela? Ele estava cansado e logo pegou no sono. Lorena estava pensativa, ele sente falta de uma família. Sente falta de ter um filho, eu não posso dar esse filho que ele tanto quer, mas… e se ele me deixar? Demorou a dormir naquela noite, as lagrimas rolavam em seu rosto, ela estava desesperada.

24

Carlos acordou cedo, e Lorena continuou dormindo por mais uma hora.

— Já acordado tão cedo?

— Você é que dormiu mais do que de costume.

— É que você pegou logo no sono, mas demorei a dormir.

— Você está bem, querida?

— Sim, estou bem.

— O que foi aquela reação ontem? Quer conversar sobre isso?

— Não quero, mas preciso.

— Então me fale o que houve.

— Ontem, eu por diversas vezes te vi admirando, quase babando aquela criança acompanhada do casal que estavam na mesa ao lado. Sei que você tem um desejo enorme de ser pai, de construir uma família, mas eu não sou a mulher ideal para me casar e ser a mãe dos seus filhos.

— E, porque não? Você é uma pessoa maravilhosa, eu te amo muito Lorena e quero passar a minha vida ao seu lado.

— Não é tão simples assim, Carlos.

— Porque não?

— Já te expliquei, não tenho a menor vocação para ser mãe.

— Tudo bem, respeito sua opinião, embora não concorde, mas não estou te cobrando nada.

— Eu sei, mas quando te vi admirando aquela criança, fiquei desesperada.

— Me desculpe, tomarei mais cuidado a partir de hoje.

— Não se trata de você tomar ou não mais cuidado, sei que o seu desejo de ser pai é muito grande. Uma hora você irá me cobrar.

— Estou bem, posso muito bem conviver assim, só eu e você.

— Oh, Carlos. Tenho muito medo de te perder, fico desesperada só de imaginar. Sentiria muito a sua falta.

Lorena estava visivelmente transtornada, havia um tom de desespero em sua voz, e seus olhos se encheram de lágrimas.

— Tire isso da cabeça. Eu te amo, e você não vai me perder porque eu não pretendo me separar de você. Não se preocupe.

— Você quer dizer que não se importa o quanto custe a você... você...

— Estou dizendo que não vou embora, com ou sem filhos, quero ficar com você.

— Oh, meu querido, sinto muito por tudo isso.

— Não sinta, vamos aproveitar a vida, vamos desfrutar desse passeio maravilhoso.

Lorena estava em dúvidas, ela não tinha mais certeza. Sentia que no futuro teriam problemas, e ele provavelmente iria se afastar dela, já podia imaginar Carlos se afastando dela, e isso era desesperador.

— Estou te esperando para tomarmos café juntos, vamos?

— Está bem, vou tomar um banho e me arrumar.

Carlos ficou preocupado com ela, ele a amava muito e não queria vê-la sofrer, mas também sabia que com ela jamais realizaria o seu desejo de ser pai, mas mesmo assim não estava em seus planos se separar dela. Tomaram o desjejum no resort e saíram para conhecer a vila, mais tarde beberam café no charmoso e aconchegante café real, era tudo que o turista precisava para tomar um delicioso café a qualquer hora do dia. Depois visitaram e comeram bolo de rolo na casa do bolo de rolo.

— Este é o bolo mais tradicional de Pernambuco.

Disse o atendente.

— Lembra um rocambole em miniatura.

Observou Lorena.

— Não o compare com o rocambole. Não deixe que a ouçam, é quase uma ofensa aqui esta comparação.

Advertiu o atendente.

— Desculpe-me, não falei por mal.

Lorena ficou preocupada.

— Não se preocupe, é só uma brincadeira.

Mais tarde retornaram para o resort, ela parecia mais animada, logo foram tomados pela paixão e pelo desejo de um pelo outro e fizeram amor, e ele a possuiu intensamente como se fosse devorá-la.

Uma semana depois, já haviam passeado de buggy, tomado, água de coco a vontade e explorado toda a vila. Na semana seguinte, que seria a última da permanência deles ali, se dedicaram a conhecerem as praias mais distantes, incluindo um passeio de jangada para observação de cavalos-marinhos em seu habitat natural. No último dia já haviam explorado o máximo daquele lugar, e estavam encantados com tudo que viram.

— Com certeza, sentirei saudades de tudo isso, foram ótimos esses dias que passamos aqui.

Lamenta Lorena.

— Podemos voltar outra vez, quando você quiser.

Ela ficou pensativa por um instante. Será que voltariam? Ela não tinha mais certeza de nada. Lorena sentia-se se afastando dele aos poucos, mesmo contra sua vontade. — É... um dia, talvez! Quem sabe?! — Complementou Lorena, para não o deixar sem resposta.

Malas já arrumadas, todas as lembranças compradas, principalmente os tão recomendados bolos solicitados pela sogra, chamaram um carro pelo aplicativo e deram início a viagem de volta. Chegaram ao aeroporto do Rio de Janeiro às cinco e quarenta da tarde, e meia hora mais tarde, já estavam no apartamento de Lorena.

— Que isso. Vocês estão muito bronzeados.

Admirou-se a mãe de Lorena.

— O sol lá é de queimar, mãe, mas é um verdadeiro paraíso, nem dá vontade de voltar para casa.

— Então você estava querendo me abandonar?

— Claro que não, se eu pudesse, levaria você para ficar comigo.

— Aqui estão os bolos de rolo, como prometido.

— Muito obrigada, meu filho! Então? Quando vocês pretendem viajar para o Sul?

— Por mim, o mais rápido possível, vai depender de Lorena.

— E então filha? Está dependendo de você.

— Eu... quero conversar com ele primeiro. Vamos ao meu quarto por favor.

— O que houve querida, você estava tão empolgada, e agora está nesse desânimo. Quer viajar ou não?

— Eu não sei.

— É claro que você sabe, me responda por favor.

— Eu não sei... estou confusa.

É claro que ela sabia, mas estava com uma sensação de tristeza, se sentindo corroída pela dor, pela culpa do que estava fazendo com ele, lhe negando uma família, um filho que ele tanto desejava, logo ele que era um homem tão bom para ela.

— Está bem Lorena, não vou insistir mais.

Ela o olhou com olhar de tristeza e desespero, lágrimas rolaram de seus olhos, mas ela ficou calada.

— Quer que eu vá embora? Quer ficar sozinha?

Ela assentiu com a cabeça, e logo se abraçaram.

— Vou para casa, qualquer coisa me liga ou me mande mensagem.

Carlos estava preocupado, depois de uma viagem tão maravilhosa, e outra já programada, como ela pôde ficar assim, o que houve afinal?

Três dias se passaram e Lorena ainda não entrara em contato com ele, nunca ficaram tanto tempo assim sem se comunicarem. Carlos não resistiu e ligou.

— Você está bem? Ainda está confusa?

— Ainda estou.

A voz dela estava triste.

— Posso te ajudar em algo? Gostaria de vê-la.

— Não acho uma boa ideia, vamos esperar.

— Esperar o que, Lorena?

— Esperar eu estar pronta para falar com você, pessoalmente.

— Você está me deixando muito preocupado. Vamos tentar resolver essa situação.

— Já decidi, quando estiver preparada entro em contato com você. Tchau, Carlos.

Ela não deu tempo de Carlos argumentar qualquer coisa e desligou o celular. Com Lorena fazendo tanto suspense, boa coisa não estaria por vir, pensou Carlos. Ele tentou ficar tranquilo, não fizera nada de errado, acabaram de chegar de uma viagem maravilhosa, o que poderia ser de tão sério para que ela estivesse se preparando para falar? Já que estava sozinho no seu apartamento, preferiu tomar vinho e assistir filmes do que se preocupar com o que Lorena tinha ou não para falar, até porque não iria resolver nada mesmo. Cinco dias depois, Carlos já estava impaciente, mas conforme combinado não ousou ligar para ela, passou a manhã conferindo sua carteira de investimentos, após o almoço, seu celular tocou, era Lorena.

— Carlos, tudo bem? Gostaria de me encontrar com você para conversarmos, poderia ser hoje?

— Poderia ser até agora.

— Algum problema de você vir aqui em casa mais tarde?

— Não, nenhum problema. Estarei aí às cinco horas.

— Combinado, até lá então.

Lorena estava fria no celular, ele seria o culpado pela mudança no tratamento dela para com ele? Por que ela estaria agindo assim?

As dezessete horas em ponto Carlos estava na casa de Lorena e foi recebido pela sogra.

— Olá, Carlos! Está tudo bem com você?

— Excluindo esse problema com sua filha, o resto está tudo muito bem.

— Vocês formam um casal tão bonito, é uma pena que isso esteja acontecendo, mas independentemente de qualquer coisa, o conceito que tenho de você continuará o mesmo.

— Muito obrigado, eu também tenho uma grande consideração por você.

— Ela está te aguardando no quarto. Estou torcendo para que vocês resolvam essa situação da melhor maneira possível.

— Assim espero.

Carlos não abriu a porta do quarto como de costume, preferiu bater.

— Pode entrar.

Respondeu Lorena.

— Está tudo bem com você, Lorena?

— Está sim, e com você?

— Melhor agora, que sei que iremos resolver nossa situação.

Ele não a beijou, não a abraçou, não fez nenhum gesto que fosse em direção a ela, apenas entrou e sentou.

— Quero que você saiba que essa decisão que tomei foi muito difícil para mim e sei que será para você também.

Carlos não disse uma palavra, apenas a ouvia atentamente.

— Pensei muito, refleti bastante e cheguei à conclusão que é melhor terminarmos nosso relacionamento.

— Por quê? O que foi que fiz de errado?

— Nada! Você não fez nada de errado, muito pelo contrário, você é uma pessoa maravilhosa.

— Você que é maravilhosa, por favor Lorena…

— Não torne as coisas mais difíceis para mim Carlos. Eu não posso me casar com você, não pretendo ser a mãe dos seus filhos e sei que você idealiza ter uma família, você sonha em ser pai, e não é justo eu estar impedindo a realização dos seus sonhos.

— Você não pode ou não quer?

— Eu não quero me casar porque não penso dividir o mesmo espaço com alguém. Esta rotina de dormir e acordar todo dia com a pessoa ao lado, não estou preparada para isso. Eu até me casaria com você, mas seria você no seu apartamento e eu no meu.

— Você quer dizer que iriamos continuar como estamos agora? Mudaríamos somente o estado civil?

— Sim, e sem filhos.

— Não é o futuro que desejo para nós dois, quero acordar com você todos os dias, dividirmos o mesmo espaço, e todas as coisas de casais normais.

— Eu não quero isso para mim, por isso estou decidida a terminar com você.

— Não faça isso. Você vai cometer um erro, minha querida.

— Eu já pensei, repensei e não vou mudar de opinião, mesmo que eu venha a sofrer.

— Responda-me honestamente, é isso mesmo que você quer?

— Eu te amo muito, e a prova de amor que te dou, é te liberar para ter a vida conjugal e a família dos seus sonhos.

— Eu não sei o que pensar... nem o que dizer. — Sua expressão era de decepção. — Você me amou algum dia?

— Eu não só te amei, como ainda te amo muito.

As lágrimas rolavam pelo rosto dela. Carlos negava com a cabeça, não conseguia aceitar, não queria acreditar em tudo que acabara de ouvir, estava quase sem respiração. Olhou para ela com um olhar tristonho, acariciou o seu rosto e disse.

— Eu também te amo muito.

Logo se abraçaram.

— Vou respeitar sua decisão, e quero dizer que você foi a mulher mais incrível, mais honesta e mais maravilhosa que eu já conheci até hoje. Muito obrigado por tudo.

— Você também foi o melhor homem que eu já conheci, e também te agradeço por tudo que vivi ao seu lado. Aqui está a chave do seu apartamento, estou te devolvendo.

— É uma pena, é lamentável que nosso relacionamento tenha chegado ao fim. Adeus, Lorena.

— Adeus, Carlos. Me perdoe por tudo.

— Não há o que te perdoar.

— Carlos a abraçou fortemente mais uma vez, se despediu da mãe dela e saiu sem olhar para trás.

Ele não foi para seu apartamento imediatamente, parou um pouco em uma praça próximo ao seu prédio, estava bastante atordoado com tudo que acabara de ouvir, não sabia ao certo o que estava sentindo por Lorena nesse momento, talvez uma mistura de amor e ódio. Lorena era muito diferente de Mônica, jamais faria com ele o que Mônica fez, e, no fundo, ele entendia as razões dela terminar com ele. Ela jamais deveria aceitar viver uma vida a dois a qual iria contra os seus princípios e valores, e era grato por ela ser honesta com ele.

Continuou pensando em toda situação e descobriu o que realmente estava sentindo por ela, e não era nada negativo, apenas nutria um forte sentimento de gratidão, afinal foi Lorena quem conseguira tirar Mônica de sua vida para sempre. Decidiu que estaria torcendo por ela para que conseguisse encontrar a pessoa certa, ela merecia a felicidade, e quanto a ele, pensava que jamais encontraria a mulher ideal, a companheira que poderia fazê-lo feliz. Depois quis voltar para casa e se trancou e se refugiou no seu apartamento, e de lá não pretendia sair tão cedo.

25

Carlos começou o novo ano com um agressivo plano de trabalho no primeiro dia útil de retorno após o recesso. Chegou no escritório às sete horas e fez o desjejum ali mesmo. Marilda só retornaria das férias no final de semana e ele estava com planos de trabalhar até às oito ou nove horas da noite, e mais tarde deixou claro que quem quisesse trabalhar após o expediente, poderia continuar com ele, e seriam generosamente recompensados.

— Porque toda essa compulsividade com o trabalho?

Perguntou Adriana.

— Estou sozinho em casa, Marilda só retornará no final de semana e não estou querendo ficar muito tempo em casa.

— E cadê sua namorada?

— Estou solteiro, sou um homem livre.

— O que houve?

— Fizemos uma viagem para Porto de Galinhas logo após o réveillon, foram duas semanas maravilhosas, quando retornamos, ela pediu um tempo e depois decidiu terminar.

— Vocês estavam tão bem. Aconteceu algo?

— Não tiro as razões dela, a culpa foi toda minha.

— O que você fez de tão grave assim, Carlos?

— Não fiz nada demais. Fomos jantar em um restaurante por lá, e tinha um casal com uma criança na mesa ao lado, eles estavam felizes, pareciam tão unidos, que me distrai admirando-os, e Lorena me pegou olhando por diversas vezes e deu um problema. Contornei a situação, mas quando chegamos aqui ela preferiu dar um tempo para pensar e decidir, e acabou culminando na nossa separação.

— Que chato isso, Carlos.

— É complicado, Adriana. Ela não quer dividir o mesmo apartamento, até aceita se casar, mas cada um, no seu apartamento, e também não quer ter filhos, e como fico? Ela disse que uma hora eu poderia cobrar dela, e acredito que cobraria mesmo. Sou muito grato a ela por tudo que fez por mim, mas não vou mais abdicar do que mais quero no momento por ninguém. Vou cedendo, cedendo, e no final como eu fico? Se for para ser assim, prefiro ficar sozinho.

— Realmente é muito complicado. Só espero que você não tenha outra recaída, foi bastante preocupante como você reagiu naquela época.

— Está falando da minha separação com Mônica?

— Sim, isso mesmo.

— Fique tranquila, sem chance de acontecer novamente, já superei aquele trauma.

— Que bom ouvir isso.

— Não quero mais compromisso e nada sério com ninguém tão cedo. Agora quero, é trabalhar bastante e ganhar enormes e polpudos honorários.

— E por falar nisso, suas recentes vitórias nos julgamentos e nos acordos judiciais estão chamando atenção.

— Como assim?

— Um jornalista ligou e está querendo marcar uma entrevista para matéria de capa da revista dele, com você e seu escritório.

— Sério isso? Então pode marcar, é só me avisar o dia e a hora para eu vir todo alinhado.

Brincou Carlos.

— Mais alinhado do que você já anda?

— Afinal serei capa de revista, tenho que estar bastante elegante.

— Agora que você ficará enjoado mesmo.

Eles sorriram.

Na edição seguinte da revista Capital e Poder, a capa trazia uma foto de Carlos de braços cruzados, trajando um terno feito sob medida, posando na entrada do seu belo e imponente escritório. No interior da revista tinha mais fotos de Carlos sentado a sua mesa, fotos do escritório e de Carlos junto de seus associados. A reportagem contava a incrível história de um jovem rico, filho único, que herdara uma fortuna de seus pais, e a cada ano ficava mais rico, e como advogado, enfrentara vários desafios que desenvolveram habilidades que contribuíram na consolidação da sua carreira e sucesso profissional. Perguntado sobre sua vida afetiva, ele dissera que terminara um romance recentemente e estaria livre no momento, e logo foi nomeado como um dos solteiros ricos mais cobiçados da cidade. Após a publicação da revista, Carlos notara como os olhares e cabeças se voltavam para ele imediatamente, nas secretarias dos tribunais, belas jovens serventuárias quase se digladiavam para atendê-lo. Telefonemas de pessoas se dizendo serem seus amigos convidando-o para festas e coquetéis eram quase que diários, sendo que ele nem conhecia a maioria dessas pessoas, na verdade, ele estava se divertindo muito com tudo isso.

Carlos saiu para o almoço e ao retornar, havia uma pessoa aguardando por ele na recepção. Curiosamente era o pai de Mônica que ansiosamente esperava por ele.

— Vamos a minha sala onde poderemos conversar tranquilamente.

— Obrigado pela atenção, Carlos.

— Está tudo bem? Como estão todos por lá?

— Estamos bem, exceto Mônica que nos preocupa bastante.

— O que houve com ela?

— Eu só vim por achar que é muito importante. Ela não tem se alimentado direito, está acamada, e insiste em falar com você, nem que seja pela última vez.

— Eu não tenho mais nada para tratar com ela, e conversar com ela não é do meu interesse.

— Por favor, aceite esse convite, não por ela, mas por nós, por mim e a mãe dela, mesmo que seja pela última vez.

— Está bem, aceitarei ir falar com ela, mas é por vocês, que são pessoas que considero muito e não posso negar esse pedido, e não por ela que não teve a mínima consideração por mim. Infelizmente não ficarei para o jantar, minha visita será rápida, é só o tempo de ouvir o que ela tem para me falar, trocar umas palavras com ela, e só. Combinado?

— Combinado! Muito obrigado, Carlos.

— Hoje, assim que terminar o expediente, passarei por lá para falar com ela.

— Muito obrigado mais uma vez, Carlos.

Terminado o assunto, logo se despediu e saiu. Carlos ficou pensativo. O que será que Mônica tem de tão importante para lhe falar? Não contava vê-la novamente, mas não poderia negar um pedido do seu ex-sogro.

Assim que terminou o expediente, Carlos apressadamente arrumou sua mesa, saiu e foi falar com Adriana.

— Hoje estou com pressa, Adriana, tenho que sair agora.

— Porque toda essa pressa? Posso saber?

— Marquei com meu ex-sogro de dar uma passada por lá, ele falou que Mônica está mal e quer falar comigo.

— Hum! Tenha cuidado, Carlos. Pode ser uma armadilha por parte dela.

— Fique tranquila. Estarei preparado, não sinto mais nada por ela. Só estou indo lá mesmo em consideração a eles, quanto a ela, não tenho apreço nenhum.

— Boa sorte para você.

— Obrigado, até amanhã.

Carlos desceu apressadamente, retirou o carro no estacionamento e saiu em direção a residência dos pais de Mônica. Após a separação, ela retornou para a casa dos pais e de lá não saiu mais. Seria para ficar próxima aos pais ou, por que não tinha condições de bancar um apartamento? Carlos ficara sabendo que ela não trabalhava mais no hospital, Heitor demitiu os dois imediatamente após a conversa que tiveram no restaurante, mas provavelmente ela conseguira outra colocação, talvez não com a mesma remuneração. Ele não sabia mais nada relacionado a ela e nem gostaria de saber, afinal ela não significava mais nada para ele. Estacionou o carro próximo ao portão da residência deles, apertou a campainha e logo seu ex-sogro veio abrir o portão. Ao entrar em casa, a mãe de Mônica veio recebê-lo.

— Que surpresa maravilhosa, é sempre um prazer receber você em nossa casa após tanto tempo.

— O prazer é todo meu, confesso que senti saudades de vocês, mas as circunstâncias e os compromissos não permitiram que eu viesse visitá-los. Carlos estava apenas sendo gentil, na verdade, não pensou neles em nenhum momento.

— Vai jantar conosco?

— Infelizmente não, serei o mais breve possível, só vim mesmo porque não poderia deixar de atender um pedido de vocês, mas como disse, só ficarei o tempo necessário.

— Que pena. Mônica o aguarda em seu quarto, você sabe o caminho, fique à vontade.

— Obrigado.

Ele foi caminhando em direção ao quarto dela, estava tudo muito estranho, a cada passo que dava parecia que o quarto ficava mais distante, a impressão que tinha era que estava sendo arrastado e não indo por vontade própria, sinceramente ele não queria estar ali. Bateu na porta e ouviu uma voz moribunda solicitando que entrasse. Se a voz era ruim, a aparência dela era muito pior. Aquela Mônica linda que ele conhecera no passado e que despertava a atenção e olhares, hoje encontrava-se acamada em estado deprimente, ele quase sentiu pena dela.

— O que houve com você, Mônica?

— Estou me sentindo muito mal ultimamente.

Por um momento Carlos teve vontade de dizer que tudo aquilo que ela estava sentindo era fruto dos erros dela, "isso tudo é consequência do que você me fez passar", mas não falou, guardou para si tudo que gostaria de dizer para ela naquele momento.

— Você ainda trabalha no mesmo hospital?

— Não, fui demitida dias após a nossa separação. Trabalho em outro hospital, mas com esse meu estado de saúde nem sei se ainda terei um emprego.

— Você está de licença?

— Sim.

— Então não há com que se preocupar, logo você se recupera e voltará para o seu trabalho.

— Não é o trabalho dos meus sonhos, ganho bem menos que no anterior, mas é o que tenho no momento.

— Agora você precisa se recuperar para estar bem e voltar logo ao trabalho.

— Posso te confessar uma coisa?

Ele assentiu com a cabeça.

— Estou nesse estado é devido ao que fiz com você. Eu preciso que você me perdoe, eu me arrependo amargamente de tudo que fiz você passar, mas julgo que jamais terei o seu perdão, jamais você me perdoará.

Mônica começou a chorar.

— Ei... Calma Mônica, eu já te perdoei há muito tempo.

— É sério? Ou só está falando isso para me acalmar?

— É sério, não há mais o que perdoar, porque já te perdoei faz tempo.

— Assim fico mais aliviada, mas mesmo assim como pude errar com você desse jeito.

— Não se preocupe, já superei.

— Li a matéria publicada contando sua história e sobre seu escritório e como herdou e triplicou os bens deixados pelos seus pais. Agora você está famoso, está crescendo na carreira e está fazendo muito sucesso. Meus parabéns!

— Muito obrigado.

Mônica fez uma pequena pausa, limpou a garganta e mudou o rumo da conversa.

— Li também que você terminou um romance recentemente e estaria livre no momento.

— Isso mesmo. Quando nós nos separamos fiquei um tempo sozinho, estava sofrendo muito, abandonei tudo e todos, até o escritório, acabei deixando de lado. Deus foi tão bondoso para comigo que colocou uma pessoa no meu caminho, na verdade, ela foi um anjo na minha vida, me incentivou, me deu apoio, me deu carinho na hora que eu mais precisava e me devolveu a auto estima. Ela me fez muito bem e continua sendo uma pessoa maravilhosa, mas infelizmente não conseguimos nos entender o suficiente para vivenciarmos uma relação de maneira mais profunda.

— Como assim?

Mônica franziu a testa.

— Nós nos dávamos muito bem em tudo, mas quando o assunto era relacionado a viver juntos, casar e morar na mesma casa, aí tínhamos divergências, e como não conseguimos chegar a um acordo, decidimos pelo término da relação.

— Isso não aconteceu conosco, os anos que passamos juntos nós nos amamos muito, na verdade, ainda te amo. Vamos tentar esquecer o passado e começarmos uma nova vida. Prometo que farei de tudo para você se sentir o homem mais feliz do mundo.

— Fui muito feliz com você Mônica, mas você sabe qual foi o meu erro?

— Não sei.

— Meu erro foi te amar demais! Não enxerguei quem era você de verdade. Você é uma pessoa extremamente gananciosa, e esse seu comportamento te conduziu a queda e consequentemente a ruína.

— Então você não me perdoou.

— É claro que te perdoei, mas não é pelo fato de ter te perdoado que tenho que ficar com você. Eu te perdoei não para você fazer parte da minha vida novamente, até porque não te quero mais. Não te perdoei por você, mais por mim mesmo.

— Então me diz que você me esqueceu.

— Posso até lembrar o quanto, fomos felizes, mas acabou! Nossa história terminou! Desejo sinceramente que no futuro você encontre uma pessoa bacana e que vocês sejam felizes. Não quero que ele faça com você o mesmo que você fez comigo, tudo que passei por sua causa não desejo para ninguém. Quero que você saiba que não ficou nenhuma mágoa e nenhum ressentimento, simplesmente não tem mais volta.

— Eu te compreendo Carlos, não vou insistir, tentei, se você me aceitasse de volta seria tudo muito diferente, mas como você não quer, respeitarei sua decisão. Agora que sei que você me perdoou, vou me recuperar, voltar a trabalhar e seguir a minha vida. Também desejo que você encontre uma mulher que te mereça, eu só tenho a te agradecer por tudo de bom que me aconteceu por estar ao seu lado.

— Obrigado, espero que se recupere logo, seja muito feliz. Adeus, Mônica!

— Adeus, Carlos, obrigada por vir.

Mônica o viu partir e sabia que dificilmente o veria novamente.

— Perdi você meu único e verdadeiro amor, por um erro inconsequente, te perdi para sempre.

Mônica sussurrou estas palavras e chorou.

26

Carlos chegou em casa e encontrou Marilda ainda na cozinha. A conversa com Mônica o deixara arrasado, não por falar com ela, mas por vê-la naquela situação depressiva.

— Você não faz ideia de onde estou vindo.

— Não seria do trabalho?

— Não! Fui visitar Mônica, o pai dela esteve hoje no escritório e quase me implorou para ir vê-la, disse que ela estava muito mal.

— Ele mentiu com relação ao estado dela?

— Não, ela realmente está muito mal, mais por sentimento de culpa e remorso.

— E como foi lá com ela? Algo que eu precise me preocupar?

— Não exatamente, mais confesso que quase senti pena dela.

— Pena?

— Sim, ela estava num estado deprimente, mas penso que consegui provocar nela uma reação de despertamento. Espero que ela acorde para a realidade da vida.

— Como assim?

— Curiosamente ela pensou que como eu estava perdoando-a, então deveria aceitá-la novamente.

— Coitada, em que mundo essa menina vive? Se fosse outra pessoa, creio que nem teria ido visitá-la, ainda mais depois de tudo que ela aprontou com o senhor.

— É verdade, mas fui mais pelos pais dela que me pediram, e eu não poderia negar esse pedido, mas deixei bem claro para ela que não tem mais volta, e quer saber de uma coisa, foi um grande alívio quando cheguei à rua. Não pretendo vê-la novamente, nem voltar lá nunca mais. Agora vamos esquecer Mônica, caso contrário posso até perder a fome. Só quero mesmo é jantar, tomar um bom banho e dormir, amanhã será um novo dia.

Carlos chegou mais tarde no escritório, fora visitar um cliente e ficou por lá para o almoço. Mal ele se acomodou em sua mesa, Adriana entrou com um convite na mão toda sorridente.

— Como foi a visita ontem?

— Se está se referindo a Mônica, foi tranquilo, o estado de saúde dela está meio precário mais isso é provavelmente pelo sentimento de culpa que ainda sente e pelo fato de pensar que eu jamais a perdoaria. Deixei claro que já a havia perdoado e não tinha nenhum ressentimento, depois ela tentou me convencer a voltarmos, mas fui categórico em dizer que isso era praticamente impossível.

— Que bom saber que está firme nas suas convicções, e isso é para você, um mensageiro veio trazer este convite. O governador irá oferecer um jantar na próxima semana para alguns políticos, empresários, autoridades e aliados, e você foi convidado, com direito a levar uma acompanhante.

— Não pretendia sair para nenhum evento público.

— O governador mandou te dizer que não é um convite, é uma convocação, e ele não aceitará nenhuma desculpa sua.

— Ele é candidato a reeleição, não é mesmo?

— Sim, e pelo fato de você estar na mídia impressa, ele não vai deixar escapar esta oportunidade de associar sua imagem a dele.

— Ele nem precisaria se preocupar, com o bom trabalho que vem desenvolvendo no Estado, sua reeleição é praticamente certa.

— Mas lembre-se que ele é nosso cliente a anos, e também tem indicado muitos clientes para cá, e agora que irá concorrer à reeleição está contando com sua presença.

— Estou sabendo, não só com a minha presença, mas também com minha colaboração para a campanha, mesmo que não estivesse a fim eu jamais deixaria de ir a esse evento. Prepara um cheque no valor de cento e cinquenta mil reais para eu assinar, e depois liga pedindo para um mensageiro de lá vir buscar a contribuição, por favor.

— Já tem alguém em mente para te acompanhar?

— Não, mas posso te levar de companhia.

— Eu não Carlos, não conte comigo, por favor.

— E quem levarei então?

— Alguém que esteja à altura desse jantar.

— Se eu estivesse com Lorena ainda, ela seria a pessoa ideal para me acompanhar, além de elegante é discreta, sem dúvidas eu não teria problemas, já que no convite diz que o traje é a rigor.

— Por que não a convida?

— Porque não quero criar nela nenhuma expectativa, já que ela optou por terminar, então manterei distância.

— Eu não me recordo de nenhuma que seja adequada a te acompanhar nesse jantar.

— Não se preocupe, darei um jeito de encontrar alguém.

— Estou certa que sim.

Carlos ligou para Paulo, um amigo de faculdade, dono de um escritório de advocacia, que por diversas vezes estiveram em lados opostos nos tribunais e travaram intensas batalhas judiciais. Eram profissionais, logo, tudo que era dito, tudo que poderia ser usado contra o lado adversário era aproveitado, mas jamais suas acirradas discussões saíram das salas de audiências e fora levado para o pessoal, nada interferiria na amizade deles.

— Paulo! Estou precisando muito falar com você, se possível ainda hoje.

— Pode ser aqui no escritório, na minha sala, ou prefere em um local mais reservado?

Perguntou Paulo.

— Pode ser na sua sala. Sairei daqui às dezoito horas, em vinte minutos no máximo estarei aí.

— Ok, meu amigo, estarei te aguardando.

As dezoito horas em ponto Carlos saiu em direção ao escritório do amigo. Quando chegou a recepção do escritório do amigo, a secretária o informou que Paulo já estava o aguardando.

— Entre e tranque a porta, assim poderemos conversar mais à vontade.

Falou isso e pegou duas cervejas no frigobar, abriu a primeira e ofereceu a Carlos que aceitou sem hesitação, abriu a segunda cerveja e bebeu no gargalo, só parando quando já estava quase na metade da garrafa.

— Estava morrendo de sede.

Brincou Paulo.

— Percebi isso.

— Estou curioso para saber o que de tão importante te trouxe aqui hoje.

— Preciso de uma acompanhante para o jantar com o governador.

Carlos disse isso e tomou outro gole de cerveja. Paulo tomou alguns goles de cerveja e começou a rir.

— Você é um dos solteiros ricos mais cobiçados da cidade e está com dificuldades para arranjar uma acompanhante?

— Não quero qualquer acompanhante, preciso de uma profissional, de uma pessoa de confiança, que roube a cena nesse jantar.

Paulo ficou pensativo por alguns minutos e logo Carlos voltou a falar.

— Eu poderia arrumar qualquer garota daqui, mas não quero ter problemas no futuro. Quero uma pessoa discreta, de preferência de longe.

— Está disposto a pagar o custo?

— Desde que seja uma profissional e não me crie problemas.

— Creio que tenho o que você precisa.

— Sei que tem, por isso vim na pessoa certa.

Paulo acessou o seu PC e após uma pesquisa minuciosa, encontrou o que estava procurando. Era o maior site de acompanhantes e garotas de programa de São Paulo. As deslumbrantes jovens deusas vestiam apenas lingerie que mal cobria os seios, e outras nem isso usavam.

— Vou te enviar o link e você poderá acessar e escolher com calma. Todas são garotas selecionadas, de alto padrão, e são todas discretas, a maioria delas tem curso superior e tem seus trabalhos.

— Está brincando.

— Não! Falo sério. Muitas delas começam quando são universitárias, para pagar os estudos, entende? Depois de formadas, acabam gostando e continuam nisso e conciliam às duas profissões.

— É uma dessas que estou precisando.

— Escolha com calma, depois é só dar um telefonema e marcar tudo com ela.

Beberam mais algumas cervejas e depois Carlos agradeceu, se despediu e foi direto para casa. Logo após o jantar se trancou no quarto e foi acessar o site, estava bastante empolgado. O site tinha fotos e vídeos curtos de garotas de todos os tipos, o maior número disparado era de morenas, seguido por loiras, orientais, ruivas e mulatas, nessa ordem, Carlos preferiu loira. Dê todas as, cento e oito loiras, uma que chamou sua atenção se chamava Luana Porsche, pelo menos era como dizia se chamar. Sua descrição era de vinte e sete anos, um metro e setenta de altura, cinquenta e oito quilos, manequim trinta e seis, loira, olhos azuis, cabelos compridos, seios médios, pés trinta e seis, biótipo sarada, nada de tatuagens, silicones, piercing, e não fumante, bebida socialmente, fala fluentemente o português, inglês e alemão, e não era famosa. Carlos pensou. Perfeita! Num vídeo curto ela se auto declarava: doce, elegante e super educada. Feita para homens, classe A, que procuram uma linda acompanhante com um bom nível cultural, e estou disponível para viagens. Carlos viu que ao lado do nome constava um número e um convite para falar com ela, pelo aplicativo de mensagens instantâneas, adicionou o número e enviou uma mensagem e logo foi respondida por ela, trocaram algumas palavras e logo mudaram para chamada de vídeo. Conversaram por um longo período, ela informou residir em Itaim Bibi, e ele, na zona sul do Rio de Janeiro, mas tinha negócios em São Paulo.

— Estamos apenas a cerca de pouco mais de uma hora de distância um do outro, de avião, é claro.

— E você teria coragem de vir aqui?

— Se eu teria coragem? Estarei aí amanhã!

— Vem a negócios ou só para me ver?

— Quero te ver pessoalmente e conforme for te propor um negócio.

— Você sabe que tenho preço.

— Vai me cobrar para te levar para jantar?

Perguntou Carlos, demonstrando perplexidade.

— Depende de onde será esse jantar.

— No seu bairro, gosta de comida japonesa?

— Amo culinária japonesa.

— Então te levarei em um dos melhores restaurantes japoneses do seu bairro.

— Estou ansiosa.

Na noite seguinte se encontraram no local combinado para jantar no restaurante japonês, considerado por muitos, um dos melhores restaurantes japoneses de São Paulo. O ambiente era descontraído que mesclava a culinária com exposições de artes e performances musicais. O restaurante servia pratos clássicos da culinária japonesa como sushis, sashimis, além de grelhados de frutos-do--mar, salmão e lula. Pescoços se esticaram e cabeças se voltaram para eles quando foram conduzidos para uma mesa discretamente localizada no lado esquerdo do restaurante. Luana era ainda mais bonita pessoalmente, seu português com um leve sotaque alemão a deixava ainda mais linda e "sexy". Estava vestida discretamente com uma calça jeans, uma blusa social cara e um blazer. Seus longos cabelos loiros estavam soltos, seus olhos azuis, era a coisa mais linda que ele já vira. Carlos estava babando já imaginando ela despida.

Debateram vários assuntos desde política, futebol e cinema, ela era muito inteligente.

— Li no seu perfil que fala três idiomas.

— Está desatualizado, na verdade, falo quatro, incluindo o francês.

— Estou impressionado.

Pediram o primeiro prato e uma garrafa de vinho Muscadet de Sèvre et Maine, depois o segundo e uma sobremesa. A conversa era fácil com ela, os dois se entenderam muito bem.

— Você é brasileira? Pergunto devido ao seu leve sotaque.

— Tenho dupla cidadania, nasci na Alemanha em Munique, minha mãe é paulista, meu pai veio para São Paulo, se conheceram, se apaixonaram e se casaram. Foram morar na Alemanha e nasci lá, cresci com minha mãe falando da cidade de São Paulo, me despertou uma curiosidade de conhecer aqui, vim a passeio e depois me mudei definitivamente para cá e me tornei brasileira, paulistana; e você é carioca mesmo? Trabalha em que área?

— Sim, sou carioca, nasci no Rio de Janeiro, mas meu pai era irlandês e minha mãe era do Sul. Sou advogado, tenho um escritório de advocacia.

— Um advogado? Interessante, já sei quem procurar quando estiver em apuros.

Ela falou isso e sorriu. Carlos pensou: Que sorriso lindo e perfeito. Beberam o restante do vinho e Carlos pediu a conta.

— Tenho um flat próximo daqui, vamos para lá ou para um hotel?

— Nenhum dos dois. Vim para te conhecer pessoalmente e te convidar para me acompanhar a um jantar oferecido pelo governador do Rio de Janeiro, na semana que vem, você aceita?

— Isso tem um preço. Ainda mais se tratando de um jantar chique de negócios. Nesse caso serei exclusivamente sua antes, durante e após o evento.

— Estou disposto a pagar. Dê o seu preço.

— Tem passagem aérea ida ao Rio e volta a São Paulo.

— Compro suas passagens, não se preocupe. Nesse caso terei que saber seu verdadeiro nome devido às passagens.

— Meu nome verdadeiro é Bárbara Schneider. Vou te enviar uma foto do meu RG para a compra das passagens. A princípio compre só a ida, vai que eu goste do Rio e queira ficar alguns dias por lá. Vou pensar no valor e te falo mais tarde.

— Combinado. Adeus Bárbara, te aguardo no Rio.

Assim que Carlos chegou em seu apartamento, recebeu uma mensagem de Bárbara informando o valor para ser sua acompanhante no jantar do governador. Carlos concordou com o valor cobrado, estava disposto a pagar muito alto só para ter a companhia dela, no jantar, logo em seguida recebeu uma foto do RG dela para efetuar a compra da passagem.

27

Na manhã do dia que seria o jantar com o governador, Carlos estava no aeroporto à espera de Bárbara que estava prestes a chegar. Não demorou muito e ela apareceu meio desconfiada procurando por Carlos, que logo se antecipou e foi ao encontro dela.

— Você fez alguma reserva para mim em algum hotel?

— Não! Não precisa.

— E aonde ficarei até a hora do jantar?

— Comigo, no meu apartamento, você será minha hóspede.

Bárbara ficou surpresa de Carlos a estar levando para seu apartamento.

— Por que a surpresa? Você confiou em me convidar para visitar o seu flat, porque não posso levá-la para o meu apartamento?

— Mas lá tenho os meus meios de proteção.

— E quem disse que aqui, eu também não tenha os meus?

Bárbara sorriu pela forma como Carlos se expressou. Entraram no carro e seguiram em direção ao apartamento dele.

— Marilda, essa aqui é a minha amiga Bárbara, ela ficará hospedada aqui hoje, por favor, prepara algo para ela comer, deve estar com fome.

— Como vai moça linda.

— Olá Marilda, é um prazer conhecê-la, e obrigado pelo elogio. Saí de casa muito cedo e estou com um pouco de fome.

— Fique tranquila, em instantes, preparo um café especial para a senhora.

— Após o café, creio que você vai querer descansar um pouco.

Observou Carlos.

— Sim.

— Quer que eu prepare o quarto de hóspedes?

— Não precisa se preocupar, ela ficará no meu quarto, mas mesmo assim, obrigado.

— Entendi.

Respondeu Marilda.

Carlos carregou a mala de Bárbara para o seu quarto, e após o café ela deitou em sua cama para descansar um pouco da viagem. Carlos estava todo empolgado com o que via, aquilo tudo deitada em sua cama, e estava a sua disposição, ele sentiu como se estivesse sonhando.

— Deixarei você descansar um pouco, estarei no escritório quando você acordar.

— Não pretendo dormir, só estou descansando um pouco.

Passadas cerca de duas horas que Bárbara estava deitada na cama de Carlos, ela finalmente apareceu no escritório.

— Conseguiu descansar?

— Sim, até consegui tirar uma soneca.

— Que bom! Agora vamos falar do seu traje para logo mais à noite.

— Eu trouxe um vestido, quer que eu experimente para você ver como ficará?

— Por favor, Bárbara, eu adoraria.

É claro que Carlos teria que ver o que ela vestiria, com antecedência. Não se tratava de um evento qualquer, mas sim, um jantar com o governador e seus convidados. Sem sua supervisão ela poderia chocar todos os convidados e arranhar sua relação com o governador e ainda gerar comentários negativos que, seriam lembrados por muito tempo. Para surpresa dele, ela apareceu dentro de um estonteante vestido preto longo, ombro a ombro, com fenda até a altura da coxa, um espetáculo, era "sexy" sem ser vulgar, sapatos pretos com salto alto, colar e brincos de pérola. Carlos aprovou tudo que via, e para complementar, ele foi até o cofre e pegou um bracelete de ouro com brilhantes e colocou em seu braço.

— É só um empréstimo.

— Estou certa disso, é muito lindo.

Disse Bárbara sorrindo.

— Ele complementará a sua beleza. Disse isso e ambos sorriram.

Uma fila de carros se formava do lado de fora do Palácio Laranjeiras aguardando os veículos da frente serem revistados. Havia centenas de policiais e seguranças tanto na entrada quanto nas dependências do Palácio. O convite e identidade foram solicitados pelo segurança na entrada.

— Esse procedimento é para o bem da segurança de todos os presentes. Aproveitem a noite.

Disse cordialmente o segurança.

— Sem problemas. Obrigado e tenha um bom trabalho.

Carlos estacionou o carro no local indicado, e logo que desceram foram conduzidos por uma policial até a entrada do salão onde já estavam vários convidados reunidos tomando drinques. Bárbara estava de braços dados com Carlos, e com seu leve sotaque sussurrou.

— Nunca imaginei que um dia estaria em um jantar num Palácio de verdade.

— E como está sendo a experiência?

— Até agora está muito bom.

A policial sinalizou para que entrassem e ela retornou para o seu local de serviço. Nisso um fotógrafo se posicionou e fez uma foto deles. Imediatamente se aproximou deles um garçom com uma bandeja cheia de taças de champanhe, ambos se serviram. O salão estava tomado de pequenos grupos de conversação que se formavam na medida que iam chegando. Bárbara se fez notar por todos, uma mão se levantou tentando chamar a atenção de Carlos. Era um rico empresário, cliente de Carlos que despertava o interesse de todos no grupo falando sobre o próspero mercado de exportação e como utilizava uma plataforma para gestão de comércio exterior, tornando suas operações mais ágeis, eficientes e seguras. Colocou a mão no ombro de Carlos e se gabou para os demais.

— Esse é o homem responsável por eu estar ganhando uma fortuna no exterior.

— O mérito é todo seu, eu simplesmente o defendo e o oriento no interesse dos seus negócios.

Brincou Carlos sorrindo para todos.

— Como é modesto esse meu advogado.

Todos sorriram. Foi solicitado a atenção de todos os presentes, e o governador discursou por quase uma hora. A batalha já estava praticamente ganha, a reeleição era dada como quase certa, não havia chances para os adversários devido ao grande trabalho que o governador vinha desenvolvendo ao longo dos quatro anos que estava à frente do governo do Estado do Rio de Janeiro. O mérito não era totalmente dele, seu êxito também se dava pela eficiente equipe de trabalho que montara no início do seu governo, e ele reconhecia isso. Ele queria mais, os próximos quatro anos iria trabalhar muito mais em benefício do povo e de seu Estado. Ao terminar seu discurso foi aplaudido por quase cinco minutos. O jantar foi anunciado e todos foram para a sala de jantar do Palácio onde muitas mesas próximas uma da outra estavam cobertas com porcelanas, pratas e cristais. Os lugares eram marcados e ao lado sentavam os seus acompanhantes. Carlos ajudou Bárbara a se sentar e notou que os olhares se dirigiam a ela, e quando todos já estavam acomodados as mesas, o jantar foi servido. Quase duas horas sentados, o jantar terminou, Carlos levantou-se e foi com Bárbara para um salão ao lado onde uma orquestra afinada tocava músicas. Carlos dançava com Bárbara, alguns casais também entraram na dança, mas outros apenas admiravam Bárbara que se movimentava com toda elegância que até parecia uma princesa, causando admiração nos homens e inveja nas mulheres, e Carlos quase ouviu uma dizendo que ela era exibida. Bárbara também despertou a atenção do governador e logo que eles terminaram de dançar, ele e a primeira dama vieram ao encontro deles com um sorriso.

— Você tem feito um ótimo trabalho, meu jovem, e vem despertando a atenção da imprensa.

— Obrigado, sr. governador.

— Vamos tirar umas fotos, nos quatro juntos?

— Seria um prazer.

Logo foi solicitado a presença do fotografo que tirou várias fotos deles.

— Quem é ela?

Perguntou o governador, demonstrando curiosidade.

— É uma amiga.

— Ela é do Rio mesmo?

— Não, é de São Paulo.

— É linda, meus parabéns pela escolha, agora você se superou.

— Obrigado.

— Posso dançar com ela?

— Mas é claro, sr. governador.

E assim, para inveja de todos e recalque das mulheres presentes, o governador do Estado do Rio de Janeiro, dançou várias músicas com a alemã nascida em Munique e agora cidadã paulistana, Bárbara Schneider, que estava hospedada em seu apartamento, e como ela mesma disse, hoje ela era toda dele.

Já era quase uma hora da madrugada, quando os convidados começaram a deixar a festa, Carlos se despediu do governador e de alguns amigos ainda presentes e saiu em direção ao seu apartamento na companhia da bela e estonteante Bárbara. Chegaram e foram diretos para o quarto, Bárbara pediu ajuda de Carlos no zíper invisível do vestido preto, para sua surpresa, ela vestia uma lingerie "sexy" na mesma cor do vestido, que despertou nele um interesse ainda maior por ela. Terminou de se despir e deitou na cama dele somente de lingerie, ele a observava de pé quase que imóvel. Ela com seu jeito sapeca, dona de seios fartos, um bumbum perfeito, e lindos, e encantadores olhos azuis o fitou e disse:

— Você não vem?

Ela imediatamente passou as mãos pelo corpo na tentativa de seduzi-lo e disse:

— Tudo isso é seu.

— Oh sim! Farei valer cada centavo que investi em você.

— Estou ansiosa por isso.

Carlos não hesitou e num gesto desenfreado lançou-se sobre sua algoz, que o seduzia com toda crueldade, despertando nele instintos que ele ainda desconhecia. Beijou todo o corpo dela, depois beijou-a na boca, seus lábios gotejavam a doçura dos favos de mel, seus olhos o encantavam como a lua cheia e sua pele era tão macia como a seda. Ela o seduzira completamente, a noite lá fora parecia passar bem devagar, no quarto, corpos juntos, mãos dadas, e ela pedia que ele sussurrasse o nome dela, o que ele atendeu prontamente.

— Isso... me beija... me morde... me mata de prazer. Dizia ela incontrolavelmente. Em seguida, Carlos deitou de costas e ela sentou-se sobre ele, cavalgando tão gostoso e intensamente que ambos chegaram ao êxtase simultaneamente. Ambos estavam tão esgotados que logo pegaram no sono, acordaram pela manhã, tomaram um banho e retornaram para a cama para ficarem juntinhos.

— Quero te fazer uma pergunta, Carlos. Você gostou?

— Se gostei? Eu amei, você é demais.

— Para mim também foi ótimo. Você não faz ideia de como é boa a sensação de ouvir alguém me chamar pelo verdadeiro nome.

— Imagino que deve ser muito difícil usar dois nomes completamente diferentes.

— Acaba se acostumando.

— Temos mais algumas horas e logo nosso contrato irá se encerrar.

— Mudei de ideia, não vou embora hoje, pretendo ficar o final de semana aqui, se você concordar é claro.

— Como minha acompanhante?

— Não! Como sua amiga! Nosso contrato está prestes a encerrar, e gostei tanto de você que daqui para frente podemos ser amigos. Você concorda?

— Concordo. Pode ficar aqui o tempo que você quiser ou precisar.

— Obrigada. Pretendo por enquanto ficar esse final de semana para ir à praia, você me leva?

— Sim, com certeza. Não sou frequentador assíduo, mas posso te acompanhar sim, mas tem algo que está me causando curiosidade.

— Pode perguntar o que você quiser.

— O que você faz quando é Bárbara?

Ela sorriu.

— Sou cirurgiã dentista, sou dona de um consultório.

— E como você começou nessa vida?

— Eu estava na faculdade e no começo foi muito difícil conciliar aluguel, mensalidades e minhas despesas pessoais. Dependia totalmente dos meus pais. Estava passando um sufoco terrível. Até que um dia recebi o convite de uma amiga da sala, me disse que dava para arrumar um bom dinheiro, e acabei indo, no começo foi horrível, mas fui me acostumando e peguei gosto pela profissão. Hoje estou mais por opção mesmo, não preciso fazer programa por necessidade, para me manter, faço porque gosto. Meu consultório me dá o retorno que preciso.

— Você é tão linda, não precisa ficar nessa vida, você é a companheira desejada, é mulher para casar e ser exibida pelo marido. Qualquer um iria querer você como esposa.

— Casar? Eu? Quem iria querer casar comigo, até parece que os homens têm medo de mulher bonita. Você teria coragem de se casar comigo?

— Claro que sim. Porque não? Desde que você abandonasse essa vida dupla, não teria problemas. O seu passado não importaria para mim, iria querer saber é de agora em diante.

— Você é determinado, hein.

— Eu não tomo decisões por impulso, reflito e analiso bastante antes de tomar uma decisão, e você é uma pessoa que eu gostaria de manter por perto.

— Nem sei o que dizer, não estava preparada para essa recepção toda da sua parte.

— Então vamos aproveitar a praia, afinal é para isso que você resolveu ficar, não é mesmo?

— É verdade.

Tomaram café da manhã e saíram para a praia, o sábado prometia ser um dia de bastante calor, típico do Rio de Janeiro. Bárbara estava vestida com um micro biquíni, que chamava a atenção de todos. Carlos no início se incomodava com todos esses olhares em sua direção, mas sabia que não eram para ele, e sim para a companhia que estava ao seu lado, e ele já estava se acostumando. Bárbara aparentava não se importar, agia com a maior naturalidade, e só pelo fato de estar numa praia do Rio de Janeiro, ela parecia com uma criança feliz quando ganha um presente que há muito tempo queria.

O final de semana foi muito agradável para os dois, enquanto ela se deliciava atacando as praias do Rio, ele a atacava em seu quarto. Gostaram bastante da companhia um do outro, no domingo à noite Carlos providenciou a passagem de volta para ela retornar a São Paulo e a levou até ao aeroporto. Na hora de se despedirem ela renovou o convite para ele ir visitá-la e prometeu retornar antes que ele sentisse sua falta. Quando ela chegou em casa, mandou mensagem dizendo que acabara de chegar e que a viagem fora tranquila.

28

Na segunda-feira, Carlos foi trabalhar, mas não madrugou no escritório como de costume, chegou no horário normal como fazia quando estava casado ou na companhia de Lorena. Quando chegou a sua sala, Adriana veio apressada lhe interrogar.

— Quem foi que você levou para o jantar do governador? Não se fala em outra coisa a não ser na sua acompanhante.

— Sério? Minha acompanhante causou tanto assim?

— Todo mundo está comentando, até aqui o povo já sabe que foi uma loira de parar o trânsito. Me conta! Quem foi?

— Você não a conhece, não é do Rio, é uma amiga de São Paulo.

— Você nunca me falou dessa amiga…

— Eu disse que daria um jeito para arrumar uma acompanhante para o jantar, não disse? Então, arrumei.

— Você não está nada discreto ultimamente, depois que saiu na matéria da revista, está muito convencido, está fazendo tudo para chamar a atenção.

Carlos sorriu.

— Eu tenho culpa se minha acompanhante era de parar o trânsito?

— É algo sério com ela? Anda Carlos, me conta logo.

— Algo sério? — Carlos sorriu. — É só uma amiga. Você está muito curiosa.

— E você muito misterioso. Não vai me falar mais nada sobre ela?

— Não há o que falar Adriana. Posso te dizer que o jantar foi ótimo, ela causou inveja nas mulheres presentes, os homens estavam babando, inclusive o governador que até me pediu para dançar uma música com ela, mas, na verdade, dançou várias.

— Até o governador? Que horror!

Ela sorriu.

— Até ele, e ainda me parabenizou pela escolha. Depois fomos para casa, ela passou o final de semana comigo e voltou para casa ontem à noite.

— Rolou algo entre vocês?

— Rolou sim, e como rolou, mas sem compromisso, nem sei quando ou se nós nos veremos novamente.

Carlos e Bárbara não se falaram por dois dias, até que ela ligou para ele.

— Estou com saudades.

— Então venha me ver.

— Bem que gostaria de ir, mas não queria te incomodar.

— Você não me incomoda nunca, venha, vamos passar o final de semana juntos.

— Sério? Então vou resolver umas coisas aqui e viajo na sexta-feira à noite.

— Vamos fazer melhor. Já que você gostou tanto do Rio e gosta muito de mar, vou te propor uma coisa. Venha na quinta à noite, dormimos e viajaremos na sexta pela manhã. Combinado?

— Combinado. Vou antecipar para quinta-feira as consultas dos clientes que estavam marcados para sexta-feira, e à noite, estarei chegando aí.

— Perfeito. Quando estiver com o horário do voo me manda uma mensagem avisando?

— Está bem, mas vamos para onde?

— Queria te fazer surpresa, mas já que perguntou, estou alugando uma casa numa ilha paradisíaca, chamada Ilha do Cavaco em Angra dos Reis.

— Vai mais alguém?

— Não, só nós dois.

— Ok, até quinta então.

— Tchau!

Na quinta-feira após o expediente, Carlos foi direto para o aeroporto buscar Bárbara que estava para chegar. Saíram cedo no dia seguinte, era a primeira viagem de Bárbara numa lancha particular. Embarcaram numa lancha luxuosa para uma viagem de aproximadamente quatro horas até a Ilha do Cavaco. A ilha paradisíaca, era propriedade exclusiva dos ricos, com apenas alguns imóveis no local, com muita privacidade, luxo e paisagem incrível da baía. A casa onde eles iriam passar o final de semana pertencia a um rico empresário que a alugava quando estava ausente. Renato, o caseiro, os aguardava no cais. A vista era reconfortante, a casa ficava numa ilha circundada pela beleza única da baía de Angra dos Reis. A casa duplex tinha quatro dormitórios sendo duas suítes, três banheiros e uma casa para o caseiro. Um cozinheiro e uma governanta estavam à disposição deles. Pediram o almoço e foram para a suíte principal desfazer as malas. Bárbara colocou seu micro biquíni e foi para a piscina, Carlos ficou atordoado ao vê-la vestida assim. O almoço foi servido, camarão, ostras e frutos-do-mar e tomaram duas cervejas. Após o almoço Carlos acompanhou Bárbara na piscina. À noite, pediram peixe grelhado e vinho branco, e após o jantar foram para o quarto porque além de muito frio, eles estavam cansados da viagem. O final de semana fora bastante agradável, tiveram tempo para se curtirem e descansarem da agitação do dia a dia da cidade, mas passou tão rápido que só perceberam estar na hora de voltar quando viram a lancha retornando para buscá-los de volta. Chegaram no Rio a noitinha e Bárbara dormiu com Carlos em seu apartamento, pegando o voo de volta para São Paulo na segunda-feira pela manhã.

— Por que você não fica mais um pouco aqui em casa descansando.

— Bem que gostaria, mas tenho clientes para atender no consultório agora pela manhã.

Então Carlos a deixou no aeroporto e seguiu caminho para o trabalho.

Passados dois meses depois do final de semana que passaram em Angra dos Reis, a presença de Bárbara a casa de Carlos era cada vez mais frequente. Ele notara que ela abandonara os trabalhos noturnos de garota de programa e estava se dedicando ao consultório e a ele, tornando-se uma frequentadora assídua da ponte aérea Rio — São Paulo. Apesar de não terem conversado a respeito, nada fora dito, nenhuma cobrança ou nenhuma exigência fora feita, estava tudo simplesmente acontecendo. Ela não era inconveniente, pelo contrário, era bastante agradável, não estavam namorando, eram apenas bons amigos e gostavam bastante da companhia um do outro, se completavam muito bem na cama e fora dela também, mas eram completamente livres. Ambos tinham anseios, os dela ela guardava em segredo, e o maior anseio de Carlos era encontrar uma pessoa que pudesse se casar, amar e ser amado, ter filhos, enfim, formar uma família. Tudo tinha sua hora para acontecer, e na hora certa ele sabia que essa pessoa iria aparecer, mas enquanto isso, estaria se divertindo e desfrutando da companhia da linda e adorável Bárbara.

Finalmente mais uma sexta-feira e com ela chegou também o final de semana. Carlos estava cansado e esgotado pelas sucessivas reuniões e pelo volume de trabalho gerado no escritório, mas ele não estava reclamando, pelo contrário, estava amando tudo isso. O escritório já tinha uma ótima carteira de clientes, isso devido aos excelentes serviços prestados, e cliente satisfeito, sempre indicam possíveis novos clientes, mas ultimamente o escritório estava tendo um aumento considerável de clientes e isso devido à matéria publicada na revista e ao jantar oferecido pelo governador que praticamente foi seu garoto propaganda naquele jantar, e quem não gostaria de ser representado pelo mesmo escritório que representava o governador. Não tivera tempo para falar com Bárbara e não sabia ao certo se ela viria, mas estava com planos de ligar para ela assim que chegasse em casa. Quando entrou em seu apartamento, para sua surpresa, a encontrou na cozinha, tomando café e conversando com Marilda.

— Que surpresa agradável te encontrar aqui hoje.

— Você não teve tempo para mim durante a semana, por isso vim pessoalmente matar a saudade.

— Você fez bem em ter vindo, já ia te ligar assim que eu chegasse, estou precisando muito de você.

Falou isso e a beijou carinhosamente.

— Eu sabia que estava precisando de mim, por isso vim.

— Esta semana fora muito complicado no escritório. Foram reuniões uma atrás da outra, e mal tive tempo de respirar.

— Estou aqui para te fazer relaxar.

— Estou precisando mesmo, quero dar uma renovada nas minhas forças. Que tal fazermos uma viagem?

— Sério? O que você tem em mente?

— Búzios. Fica na região dos lagos, é uma ótima oportunidade para você conhecer mais um pouquinho do Rio de Janeiro.

— Estou animada. Quando partiremos?

— Amanhã bem cedo. Vamos ficar numa casa de praia que já aluguei com antecedência, mesmo que você não pudesse vir eu iria para lá assim mesmo. Estou pensando em ficar lá por uns dez dias. Teria algum problema para você?

— Por mim tudo bem, eu consigo alguém para ficar no consultório no meu lugar.

Carlos precisava muito descansar, além das reuniões, estivera ocupado também em alegações finais e recursos em alguns processos judiciais, é claro que Adriana tinha competência suficiente para isso, mas ele quando estava presente, gostava de acompanhar de perto todos os trabalhos do escritório. Ele avisou a Adriana que ficaria a semana toda fora, sem problemas para ela que coordenava tranquilamente o escritório, e para isso era muito bem remunerada, e se surgisse algum problema que estivesse acima de sua competência, ela sabia como encontrá-lo. Carlos optou por sair bem cedo de casa, a travessia na ponte Rio — Niterói estava normal porque os mais apressados viajaram a noite do dia anterior, a viagem durou aproximadamente três horas. A chegada em Búzios foi tranquila, a cidade estava movimentada porque nessa época do ano era bastante procurada pelos turistas por causa das belas praias e a tranquilidade do lugar, mesmo cheia, Búzios era encantadora. Logo chegaram à casa que Carlos reservou, e tinha a pretensão de ficar uns dez dias, a residência era grande e bem arejada, toda mobiliada, com dois quartos, sala, cozinha, banheiro e varandão em toda a extensão da construção. Não iriam utilizar a cozinha, todas as refeições seriam feitas nos restaurantes da região.

O sábado prometia mais um dia de intenso calor o que era ótimo para Bárbara que parecia um peixe na água. A conexão dela com o mar era incrível, mas Carlos queria mesmo era descansar, respirar ar diferente e repor as energias perdidas, e curtir é claro, a bela companhia que estava ao seu lado. Bárbara era perfeita, toda requintada e atraente até por demais. Ela vestiu um biquíni e foram para a praia, e como sempre, ela atraia observadores do sexo oposto, Carlos a essa altura já estava acostumado, aonde iam ela despertava olhares. Tomaram água de coco e em seguida entraram no mar. No início ficaram somente na superfície, mas ela quis ir além, queria sentir um pouco mais da profundidade da praia e Carlos a protegia cuidadosamente. Bárbara teve fome e saíram à procura de comida boa, entraram num restaurante no centro, pediram salmão grelhado, ela pediu também uma porção generosa de camarão gratinado e beberam cerveja. Ela estava se acostumando a boa vida que estava levando ao lado de Carlos. Nenhum dos dois falavam em compromisso ou algo mais sério entre eles, na verdade, queriam aproveitar a vida e curtir o momento, e essa foi a promessa que Carlos fizera a ele mesmo, de não se envolver seriamente com alguém tão cedo. Após o almoço, foram para casa, tomaram um banho e deitaram na rede que estava à disposição deles na varanda. Ficaram conversando por um tempo e acabaram pegando no sono, quando acordaram já estava começando a anoitecer. Se arrumaram e foram passear na Rua das Pedras, era um ambiente perfeito e bastante democrático, que além de bares e restaurantes tinha também um bom comércio e Bárbara não poderia desperdiçar a oportunidade para fazer umas comprinhas e Carlos pagava as despesas dela com o maior prazer. Enquanto estava na companhia dele, ele não deixava Bárbara gastar um centavo, até as despesas com passagens que ela fazia na ponte aérea vindo e voltando para estar com ele, tudo era reembolsado por ele.

Passearam bastante, jantaram e tomaram uns drinques, o clima estava gostoso.

— Esse dia perfeito e esta noite maravilhosa, temos que encerrar com chave de ouro.

Sugeriu Bárbara.

— E o que você tem em mente?

— Sexo, muito sexo. Esse maravilhoso clima, combinado com esses drinques, me deixaram louca de tesão.

Sussurrou ela no ouvido dele.

— Vamos para casa, agora!

Mal chegaram à casa, Bárbara o atacou, começaram a fazer sexo na sala e em seguida, Carlos a carregou para o quarto e ali continuaram. Experimentaram todas as posições que vinha na memória, o desempenho e a sintonia deles eram perfeitos. Bárbara estava sentindo o fogo ardente de uma paixão desenfreada, se permitindo entregar-se totalmente naquela noite sem pensar no amanhã. Quando terminaram estavam exaustos, se acariciaram, se beijaram e logo dormiram. Carlos acordou pela manhã e viu Bárbara dormindo completamente nua, quis atacá-la novamente, mas ao contrário, a cobriu com um fino lençol e foi tomar um banho e ela continuou a dormir, quando despertou perguntou-lhe.

— Você acordou agora ou já faz algum tempo?

— Já faz um tempinho.

— E, porque não me acordou também?

— Você estava dormindo tão linda, tão gostosinha, que resolvi não te atrapalhar.

— Você é incrível, é um amor de pessoa.

Ela falou e foi na direção dele e eles se beijaram.

— Acordei com fome.

— Ótimo, então vamos sair para tomar café e comer alguma coisa.

— Me dê só o tempo de tomar um banho e me arrumar.

Eles só vestiram uma bermuda, camiseta e calçaram chinelo, o traje de banho estava por baixo, porque não pretendiam voltar para casa tão cedo, talvez depois do almoço, mas pela vontade da bela Bárbara só voltariam a noite para dormir. O café da manhã estava imperdível, cardápio variado, bom atendimento e preço justo. Carlos pagaria qualquer valor sem reclamar, queria impressionar Bárbara a todo momento. Desta vez não foram para a mesma praia do dia anterior. A cidade contava com mais de vinte praias, e cada uma com suas particularidades, e eles, como bons turistas queria conhecer cada uma das praias que a região poderia oferecer. Em toda praia que chegavam, cabeças se voltavam para admirá-la, mas ela ignorava a todos e só tinha olhos para Carlos, e ele se sentia orgulhoso. Ela pediu para ficarem na praia até o pôr do sol, queria curtir até o último raiar do sol e ficou encantada com tudo que via, e quem não ficaria, com todo aquele espetáculo proporcionado pela natureza.

— Que coisa mais linda! Ver o sol se despedindo, pintando o céu de amarelo e laranja.

Exclamou ela, que parecia uma criança dando pulinhos de alegria.

— É muito bonito mesmo.

Disse Carlos apreciando a felicidade da amada.

— Parece coisa de cinema.

Em seguida foram para casa tomar um belo e longo banho, saíram para jantar e retornaram logo para casa, afinal, ficaram todo o dia fora.

— Por que você não compra uma casa aqui?

— Não passou pela minha cabeça ter imóvel aqui, essa é a segunda vez que venho a Búzios, eu não sou muito ligado em praia, só estou frequentando com mais frequência por sua causa, e também para você conhecer o Rio.

— Seria muito bom ter uma casa aqui, com certeza eu seria uma frequentadora assídua.

— Por você eu até compraria uma casa aqui mesmo. Quem sabe, vou pensar melhor nesse assunto.

— Pense com carinho, ter uma casa aqui seria ótimo.

Ficaram em Armação de Búzios por dez dias, frequentando as melhores praias da região, alguns dias frequentavam uma praia pela manhã e à tarde iam em outra. Comeram nos melhores restaurantes, descansaram e aproveitaram muito bem os dias que estiveram na cidade. Agora estavam voltando para casa renovados, para Bárbara tudo isso era novidade.

29

Quando chegaram, Marilda veio ao encontro de Carlos entregar um recado a ele.

— Um parente seu ligou da Irlanda querendo falar com o senhor. Disse ser seu tio e se chama Gael.

— Estranho... deixou recado?

— Sim, está tudo anotado aqui. Falei que o senhor estava viajando, mas eu poderia tentar lhe contatar se fosse urgente, mas ele falou para eu não me preocupar, e era para o senhor ligar para ele assim que possível.

— Obrigado Marilda, ligarei depois para ele.

Bárbara dormiu ainda essa noite com Carlos e seguiu para São Paulo pela manhã.

— Que pena que eu tenha que ir para casa.

— Por que você não se muda aqui para o Rio? Deixa-me te ajudar, vende seu flat e dá entrada em um apartamento aqui e vai pagando, e ainda podemos montar um consultório aqui para você.

— Não me vejo morando fora de São Paulo. Gosto muito de lá, fico muito tranquila, me sinto em casa. Venho para cá ficar com você, viajo com você, mas eu sempre voltarei para o meu Estado do coração. Amo São Paulo.

— Você quem sabe, mas pensarei com carinho em relação à casa de praia em Búzios. Tenha uma boa viagem.

— Tchau!

Se beijaram e Carlos a viu sumir na área de embarque. Depois seguiu para o trabalho.

— E aí turista! Como vai você?

 Brincou Adriana.

— Estou ótimo.

— Estava com sua acompanhante?

— Estava sim, estávamos em Búzios.

— Hum! Já estou vendo tudo, isso acabará ficando sério.

— Não mesmo. É como dizem por aí... estamos só ficando. Não pretendo me envolver seriamente com alguém nem tão cedo. A Mônica como você sabe, foi a mulher que eu mais amei nessa vida, e às vezes ainda me pego pensando nela, e em como ela teve coragem de fazer aquilo tudo comigo. Depois veio a Lorena, pensei que ela iria me fazer esquecer a Mônica, e conseguiu mesmo, mas depois começou tomar umas atitudes estranhas, e acabou cada um indo para lados opostos e agora estou envolvido com Bárbara, mas com ela é diferente, é sexo, paixão, carinho e curtição mesmo, a gente se dá bem, mas não tem amor nessa relação, somos amigos e transamos. Penso que nunca vou ter uma esposa de verdade, mãe dos meus filhos, companheira, acho que isso não é para mim.

— Não pense assim Carlos, é claro que você vai encontrar a sua esposa, mas tenha calma, um dia surgirá na sua vida uma mulher que vai te merecer, e você poderá dedicar todo o seu amor a ela.

— Será mesmo? Será que um dia isso irá acontecer comigo, ou será quando eu estiver bem velhinho?

— Na hora certa vai acontecer e quero estar aqui para te lembrar dessa conversa de hoje.

Adriana falou isso e saiu da sala dele. Carlos ficou sozinho, pensativo e lembrou ter que fazer uma ligação internacional.

Carlos teve uma criação distanciada dos seus parentes paternos, seu pai pouco falara sobre eles. Pelo que ficou sabendo seu pai era o único que veio para o Brasil, e toda a parentela ficara na Irlanda. Ele lembrou que quando criança eram visitados raramente por um homem que se dizia ser irmão de seu pai, mas após a morte dos seus pais, nunca mais recebera visita de ninguém. Já com os parentes de sua mãe era diferente ele tinha bastante contato, e lembrou de viajarem bastante para o Sul quando era pequeno, seu pai tinha uma relação estrita com os parentes maternos de Carlos. Ele se lembrou que todos estiveram presentes no velório de seus pais, mas agora ele raramente falava com eles por telefone ou por aplicativo de mensagens. Ligou para o número que Marilda lhe passara, a pessoa do outro lado da linha tinha uma voz grave e se identificou como seu tio Gael, o mesmo que frequentava sua casa quando pequeno. Seu tio informou que ele precisava viajar com urgência para a Irlanda porque foi aberto inventário para partilha dos bens deixados por seu avô, e Carlos era o herdeiro legítimo e único de seu pai.

— Preciso que você venha urgente para cá, já que é o herdeiro legítimo de seu pai e também tem alguns bens deixados aqui por seu pai e tenho que transferir para você.

— Como assim?

— São negócios dele que eu administrava, mas quando você chegar aqui eu te coloco a par de tudo.

— Sim, tio, compreendo, irei assim que possível, mas primeiro tenho que por algumas coisas aqui em ordem e assim que eu estiver com a passagem comprada eu te ligo.

— Estarei te aguardando aqui.

Carlos jamais pensou que um dia teria contato com os parentes por parte do seu pai. Que bens seriam esses deixados por seu pai?

— Você me chamou Carlos? Disse que era urgente.

Perguntou Adriana entrando às pressas na sala de Carlos.

— Sim, chamei, senta porque estou com um problema sério.

— E o que é dessa vez?

Adriana estava preocupada.

— Recebi uma ligação de um tio meu na Irlanda, terei que viajar com urgência, para resolver sobre partilha de herança de uns bens deixados por meu avô, e sou o único herdeiro do meu pai.

— Pior que essas coisas demoram muito.

Alertou Adriana, preocupada com o tempo que ele poderia ficar fora.

— E tem mais, ele disse que tem uns bens que meu pai deixou lá para ele administrar e terei que tomar decisões a respeito, mas não faço ideia do que seja.

— Você já tem data para viajar?

— Ainda não, mas assim que eu tiver comprado a passagem eu te falo, e também teremos que comunicar aos nossos clientes a respeito da minha ausência e nesse período você ficará responsável com plenos poderes aqui no escritório. Manteremos contato mesmo à distância, quando der, venho aqui rapidamente e volto.

— Pode ficar tranquilo, por aqui iremos nos empenhar ao máximo para manter tudo em ordem.

— Sei que irão, os clientes confiam em você, e eu confio também. Meu escritório não poderia ficar em mãos melhores.

— Muito obrigada pela confiança de sempre na minha pessoa.

Agora ele precisava comunicar a Bárbara a respeito da viagem, não queria falar por telefone muito menos esperá-la vir ao Rio para poder lhe relatar com detalhes, então resolveu ir a São Paulo se encontrar com ela pessoalmente. Ela ficou feliz de recebê-lo pela primeira vez em seu flat.

— Vim passar o dia com você.

— O que houve? Te conheço o suficiente para saber que não viria aqui a não ser por um bom motivo.

— É verdade. Você me conhece mesmo.

— Pode falar.

— Aquela ligação que a Marilda me passou o recado. Era de um tio meu, e terei que viajar para a Irlanda, tratar a respeito de herança que meu avô deixou, e como meu pai já faleceu, sou o único herdeiro dele.

— Não conheço nada de direito, mas sei que essas coisas demoram.

— Sei disso, por isso vim te pedir para viajar comigo para a Irlanda.

— Não posso deixar tudo aqui e te acompanhar, bem que gostaria muito, mas tenho o consultório, meus clientes, enfim, é muita coisa envolvida.

— É uma pena, porque gostaria tanto que fosse comigo.

— Você nem tem ideia de quando irá voltar, isso pode durar meses, anos, ninguém sabe. Vá tranquilo, estarei aqui te esperando, e a gente vai se falando mesmo à distância.

— Algo me diz que isso será a causa do nosso fim.

— Vou ser muito sincera com você, também acho, mas vamos aguardar para vermos no que vai dar isso. No momento só você me interessa, mas vou ter que te esperar até quando? Isso serve para você também.

— Eu te entendo, mas quero que saiba que você é uma pessoa muito especial para mim, e uma ótima companhia.

— Você também, Carlos. Droga, por que é sempre assim?

— Assim como querida.

— Quando a gente encontra uma pessoa legal, começa a se curtir, se entender, aí vem algo para estragar tudo.

— Eu te entendo, mas não tenho a resposta para o seu questionamento.

Carlos passou a tarde e à noite com Bárbara em São Paulo, e no dia seguinte pela manhã retornou para o Rio. Comprou passagem para Dublin, escolheu uma quarta-feira, porque era o dia mais barato da semana. O avião partiu do aeroporto Internacional do Rio de Janeiro as dezesseis horas e trinta minutos com destino a Paris. Chegaram no aeroporto de Paris — Charles de Gaulle às sete horas e quarenta e cinco minutos, o tempo de conexão seria de aproximadamente sete horas e quarenta minutos. Carlos pensou em ir até o centro de Paris, pois, tinha várias possibilidades de fazer essas horas se tornarem simplesmente em minutos, poderia subir na torre Eiffel, visitar o Louvre ou até mesmo procurar algum restaurante e se deliciar com os vinhos e a culinária local. Mas bastaria um problema técnico no trem, ou problemas no trânsito, se distrair em visita à torre ou ao museu, e o mesmo poderia acontecer no restaurante, e sem querer, perder o voo, preferiu então não sair do aeroporto durante a conexão, e escolheu uma sala vip para acessar. Resolvera fazer do aeroporto uma parte de sua viajem, e as quinze horas e vinte e cinco minutos o avião partiu de Paris chegando em Dublin às dezesseis horas e vinte minutos. Seu tio o aguardava no aeroporto, no local combinado por eles. Se cumprimentaram, se abraçaram e foram em direção ao carro que estava aguardando no estacionamento. O destino deles era a cidade de Kilkenny, que ficava a aproximadamente cento e trinta quilômetros de Dublin. Com um estilo antigo e medieval, Kilkenny tinha seu charme único. Segundo seu tio a cidade tinha pouco mais de vinte três mil habitantes. Logo chegaram à casa, e seu tio o apresentou a esposa, o nome dela era Dara, tinham um casal de filhos, mas eram casados, e moravam em outra cidade distante dali.

— Qual hotel você me recomenda para me hospedar?

— Hotel? Nenhum! Você ficará aqui, a casa é bem grande com bastante espaço, e já vamos providenciar o seu quarto.

— É que eu não gostaria de incomodar.

— Você é meu sobrinho, filho do meu irmão, é meu convidado e acha que deixaria você gastar com hotel aqui? Não se preocupe e fique à vontade.

Dara sua esposa, cuidou de tudo, e Carlos foi levado para o seu quarto para guardar a bagagem. A casa era bem grande, tinha quatro quartos e uma suíte, ele entendeu que seria um quarto para cada filho quando estavam de visita e tinha quartos suficientes para receber até mais de um hóspede se precisasse. Ficaram na sala conversando, falando da viagem enquanto aguardavam o jantar, Carlos gostaria de estar em qualquer outro lugar, menos ali naquele momento, cercado de pessoas estranhas que se diziam serem seus parentes. Por outro lado, ele tinha curiosidades em saber mais sobre seus ascendentes, inclusive a respeito de seu pai, porque não sabia quase nada sobre ele, e isso o incomodava.

Após o jantar Carlos ainda continuou na sala com seus parentes, mas o cansaço era visível.

— Não consegui dormir direito durante o voo e ainda mais com esse fuso horário, me desculpem.

— A viagem é cansativa mesma, você já sabe o caminho do seu quarto, vá descansar porque amanhã teremos muitas emoções.

— Boa noite para vocês. Carlos caminhou sonolento até o seu quarto, se atirou na cama e ficou pensando no dia seguinte que seria de muitas expectativas, é melhor eu dormir o quanto antes mesmo, amanhã será um dia longo... minutos depois já estava dormindo. Após o café seu tio disse que tinha assuntos importantes para tratar com ele.

— Vamos sentar lá fora, numa área externa da casa, quero tratar de negócios importantes e me sinto melhor lá fora para te expor a situação.

— Por mim, está bem.

— O meu pai, que nesse caso é seu avô, deixou muitas propriedades, ele atuava no mercado imobiliário alugando imóveis de alto padrão em Cork e Dublin. Tenho mais um irmão, que é o mais velho, seu pai era o do meio e eu sou o caçula. Minha mãe faleceu primeiro e esse ano meu pai se foi também.

— Já vivenciei muitos casos assim, quando o casal é muito unido, o que fica geralmente não resiste e logo vai embora também.

Explicou Carlos.

— Foi esse o caso do meu pai. Eles eram bastante unidos. O caso é o seguinte, eu e meu irmão, não pretendemos nos desfazer da nossa parte da herança. Faremos a divisão dos bens entre nós dois e você, que é o único herdeiro da parte de seu pai. Que sorte a sua!

— Vou te falar uma coisa, tio. Preferia não ter nada, mas ter meus pais de volta. Não sei quase nada a respeito deles, e tem muitas coisas que gostaria de saber.

— Fique tranquilo, aqui você encontrará todas as respostas que precisa, meu filho.

— Assim espero.

— Você trouxe toda a documentação que te pedi para trazer?

— Sim, eu trouxe.

— Então, daremos entrada no processo de inventário e de partilha dos bens. Você é advogado e sabe muito bem como isso demora.

— Sei sim, e vim preparado para ficar o tempo que precisar, ficarei até o final, e se precisarem de mim no Brasil, irei, mas voltarei logo que possível.

— Tem mais outro assunto que preciso tratar com você.

— Pode falar, meu tio.

— Seu pai também deixou alguns imóveis aqui, eu administrava e mandava o dinheiro para ele, mas um dia ele me falou que se algo acontecesse com ele, eu só deveria passar os imóveis para você quando estivesse preparado. Aqui está a relação dos imóveis do seu pai e aqui a planilha dos valores referente aos aluguéis que fui recebendo e investindo mês a mês.

— E como sabe se estou preparado ou não?

— Contratei um detetive no Brasil e ele me informava todos os seus passos, ou seja, eu te acompanhei mesmo à distância. Se fosse preciso eu entraria em ação, mas você soube se cuidar muito bem.

— Tomei algumas pancadas na vida, mas consegui sobreviver.

— Fiquei sabendo do seu divórcio, depois você namorou uma moça por uns tempos e ultimamente está envolvido com uma loira de São Paulo, sei também que tem realizado grandes negócios e tem administrado muito bem seu escritório.

— É verdade, mas penso que você está sabendo demais a meu respeito.

— Isso te preocupa?

— Não. Não tenho nada a esconder de ninguém.

— Quero te fazer uma pergunta. O que você pretende fazer com sua parte da herança do seu avô e com os imóveis deixados por seu pai também?

— Ainda não sei, vou pensar bastante a respeito antes de tomar qualquer decisão.

— Certo. Se optar por vender, tenho muito interesse em comprá-los, principalmente os imóveis que eram do seu pai, eles são excelentes. Embora os do meu pai também sejam, dou mais preferência aos do seu pai.

— Quando eu tiver certeza do que pretendo fazer eu te falo.

— Ótimo, aguardarei sua decisão. Amanhã tradicionalmente faremos uma grande reunião aqui, vamos reunir toda a família.

— Algum evento especial?

— Sim, você será apresentado a todos os seus parentes. Estão todos ansiosos para te conhecer.

— Eu também! Passei todos esses anos sem saber nada de vocês, sem nenhuma notícia.

— Não é sempre que recebemos um novo membro na família, então, amanhã realizaremos aqui uma grande confraternização, será uma festa!

30

O sábado estava agitado na casa de Gael, os preparativos para o "Irish Breakfast" começaram cedo, o primeiro a chegar para o café da manhã irlandês em família, foi seu tio mais velho Kael e esposa, e também seus filhos e netos, a maioria já adultos e casados. Kael beijou e abraçou Carlos, e depois chorou abraçado a ele.

— Desculpe-me a emoção, é que você me lembra muito seu pai. Os mais velhos também concordaram com ele. Foi-lhe apresentado um por um, todos muito simpáticos e agradáveis. Dentre eles uma jovem linda chamou a atenção de Carlos, era Lana. Todos perceberam a troca de olhares entre eles.

— Lana é minha neta querida, filha desse seu primo aqui.

— Parabéns, sua neta é muito bonita. Disse Carlos já todo desinibido, e Lana agradeceu o elogio, mas ficou corada de vergonha.

— Gael disse que você é advogado.

— Sim, tenho um escritório de advocacia.

— Está preparado para deixar tudo lá no Rio de Janeiro e começar uma vida nova aqui na Irlanda?

— Como assim?

Perguntou Carlos, não entendendo o motivo da pergunta.

— Calma Kael, não assuste o menino, não se preocupe Carlos, é só uma brincadeira.

— Não tem problema.

Respondeu Carlos. Foi um dia maravilhoso, Carlos gostou bastante de conhecer os parentes paternos que até então não fazia a menor ideia de como seriam, como poderia ser a recepção, mas afinal foi um encontro maravilhoso, só estranhou pelo fato de comerem tanto no café da manhã que parecia mais um almoço.

— Você não come quase nada, rapaz.

Observou um primo.

— Não tenho costume de comer muito pela manhã.

— Aqui é tradição esse café da manhã, reforçado.

Depois de comerem bastante Kael teve uma ideia.

— Lana por que você não leva Carlos para conhecer a cidade?

Sugeriu Kael, e logo foi apoiado por todos.

— Você já conhece alguma coisa aqui?

Perguntou Lana.

— Ainda não tive tempo de conhecer nada.

— Venha, vou te levar ao Kilkenny Castle. Foram caminhando e logo chegaram ao famoso castelo.

— É muito lindo esse castelo.

— Sim, é uma das principais atrações da cidade.

Lana aproveitou e levou Carlos para conhecer também o Medieval Mile Museon. Ela disse a ele que ali continha mais de oitocentos anos de história.

— Impressionante. Vou te fazer uma pergunta, não corro risco de apanhar por estar passeando com você não?

Perguntou Carlos.

— Se quer saber se tenho namorado, eu não tenho, e você é comprometido?

— Eu também não.

— Mas você já foi casado.

— E como sabe disso?

— Ouvi comentários a seu respeito.

— Não sabia que eu era famoso por aqui.

— Venha, vamos sentar ali naquela praça para conversarmos.

— Me conte tudo que você sabe.

— Você precisa saber que essa família que pertencemos é muito tradicional aqui na Irlanda. Nossos antepassados foram pessoas de grande importância na nobreza, sendo costume de nossa família a realização de casamentos entre parentes.

— Como assim?

— Vou te contar um segredo. Em breve, não sei quando, eles irão tentar nos convencer que deveremos ficar juntos.

— Nós dois? É sério isso?

— Com certeza, já ouvi uma conversa deles a esse respeito.

— E você? Aceitaria isso?

— É uma tradição da nossa família. Cada família tem as suas tradições, faz parte da nossa cultura familiar transmitida de geração em geração, mas eu é que te pergunto! Você aceitaria isso?

— Você até que é bonita, não… é linda!

— Não foi isso que te perguntei.

— Entendi a pergunta, estava enrolando para não responder. Olha, Lana, a minha cultura é diferente, eu não quero dizer que é melhor ou pior que a sua, só é diferente, e sinceramente eu não poderia te responder nem que sim, nem que não. Eu simplesmente não sei.

— Faça de conta que não te contei nada, não tivemos essa conversa. Deixa-os tocarem no assunto.

— Pode ficar tranquila, não falarei nada, mas me responda uma coisa, casamento sem amor? Sem sentimento? Acho muito estranho.

— O amor vem com o tempo. O importante para nós, é o respeito, e a cumplicidade. O que adianta ter amor, mas não se respeitarem? Essa prática está na nossa família a séculos e tem dado certo até hoje.

— E quando não consegue formar pares na família? Porque pode acontecer de ter mais mulheres ou mais homens, nesse caso, como vocês procedem?

— Isso é fácil, nesse caso buscamos alguém daqui mesmo, mas nunca de outra nacionalidade.

— Vocês não misturam as raças?

— Jamais!

— Mas meu pai se casou com minha mãe que não era daqui, ou seja, não era irlandesa.

— Sei disso. Me responda, ele continuou aqui, ou teve que ir embora?

— Ele não foi porquê quis?

— Olha Carlos, eu não sou a pessoa mais indicada para ter essa conversa com você. Me desculpa.

— Tudo bem. Vamos mudar de assunto então.

Eles permaneceram alguns minutos em silêncio e Carlos teve uma Curiosidade.

— Me responda por favor. Porque as portas das casas aqui são coloridas?

— Você é muito observador.

— Está sendo generosa comigo, pode me chamar de curioso mesmo.

— Não... vou te responder. Os livros de história contam que com a morte do príncipe Albert, a Rainha Victória ficou em estado de luto profundo, e com isso ela teria ordenado que todas as residências amanhecessem com bandeiras pretas postas na frente de cada casa. Então um irlandês, como forma de protesto, teve a ideia de colorir as portas da casa, e logo foi seguido por outras pessoas sendo costume até hoje.

— Interessante, gostei dessa história, mas vamos voltar?

— Vamos sim! Quero te dizer que gostei muito da sua companhia.

— Podemos sair mais vezes, afinal não conheço nada aqui e você seria minha guia turística.

— Combinado então.

Eles resolveram voltar para casa do tio onde todos ainda estavam reunidos e os aguardavam.

— Como foi o passeio?

Perguntou a mãe de Lana.

— Foi ótimo, sua filha é uma excelente guia turística, até marcamos de visitarmos outros pontos da cidade.

— Que ótimo que vocês estão se entendendo, fico muito feliz por vocês.

Disse seu tio Kael.

A reunião entre eles, durou todo o final de semana, todos ficaram hospedados na casa do tio Gael, mulheres e crianças ficaram divididas em dois quartos e os homens dividiram os outros dois quartos, e no domingo à tarde, todos foram embora.

— Pensei que esses dois quartos eram ocupados por seus filhos. Comentou Carlos com seu tio Gael.

— E são. Quando meus filhos vêm nos visitar eles ocupam um quarto cada um, mas quando a família inteira se reúne, sempre dividimos dois quartos para as mulheres e crianças e os outros dois quartos para os homens.

— Estou impressionado com essa união de vocês, é de causar inveja.

— Viu o que você estava perdendo esse tempo todo? Não fique com inveja, logo tudo será resolvido e você vai se integrar a nossa família.

Carlos acordou na segunda-feira ainda fascinado pela reunião de final de semana organizada por seus parentes para recebê-lo. Seu tio acordou logo em seguida.

— Hoje quero te mostrar todos os imóveis que eram de seu pai e logo serão transferidos para você, e também os demais que você herdará do seu avô.

— Ficam aqui mesmo na cidade?

— Não, ficam alguns em Cork e outros de Dublin.

— Vamos primeiro a Cork, passaremos a manhã por lá e a tarde iremos para Dublin.

— E quando partiremos?

— Logo após o café, e vamos passar também no advogado para entregar a sua documentação para te incluírem nos processos. Com relação ao processo referente aos imóveis deixados por seu pai, não terá maiores dificuldades já que você é o único herdeiro. Com relação ao processo de partilha dos bens do meu pai é que deverá demorar mais um pouco.

Terminaram o café e logo pegaram a estrada, não demorou muito e seu tio começou a falar sobre a jovem prima de Carlos.

— O que achou de Lana, sua prima?

— Gostei bastante dela, me pareceu muito meiga e atenciosa.

— Ela também ficou bastante impressionada por você. Vocês combinaram algo, não é mesmo?

— Sim, ela irá me levar para eu conhecer outras cidades, e vamos aproveitar para nos conhecermos melhor.

— Muito bom, estou gostando de te ver assim, empenhado em se aproximar dos parentes do seu pai.

— Sempre foi um sonho meu me aproximar de vocês, mas nunca tive oportunidades.

— Agora só depende de você.

Logo chegaram a Cork, nesta cidade são menos imóveis, são três no total, mas tudo que Carlos viu, o deixara impressionado. Comeram algo em um dos restaurantes de Cork e em seguida partiram para Dublin, seria uma viagem de aproximadamente duas horas e trinta minutos. Ao chegarem, foram diretos ao escritório de advocacia entregar a documentação de Carlos, para incluí-lo nos processos. Depois foram visitar todos os imóveis pertencentes a eles na região. Incluía casas de luxo, salas comerciais e até mesmo prédios, Carlos pensou que se fosse o caso de vendê-los daria uma boa grana, mas logo afastou essa possibilidade da sua mente, porque não queria se decidir pela emoção. Não tivera tempo para pensar no assunto ainda e tinha muita coisa envolvida por trás dessa história.

A noite lembrou de ligar para Bárbara, afinal fazia quase uma semana que estava em viajem e ainda não tivera tempo de falar com ela, foi só uma mensagem rápida dizendo que chegou bem e nada mais. Bárbara estava animada, não perdera a esperança de que tudo pudesse se resolver o mais rápido possível e ele logo poderia voltar para casa e para ela. Carlos não comentou sobre sua prima Lana e nem de nenhum parente seu em particular, falou somente de um modo, em geral, de como fora a recepção, mas sem muitos detalhes. Eram vinte horas e trinta minutos no Brasil, mas na Irlanda já eram vinte três horas e trinta minutos, e a noite estava gélida.

— São três horas de diferença?

Perguntou Bárbara.

— Sim, aqui estamos três horas a frente e daqui a pouco já estaremos no dia seguinte.

— Então vá dormir, você teve um dia agitado?

— Bastante, hoje visitei as minhas futuras propriedades.

— Quando terminar tudo isso, você estará um pouco mais rico.

— É verdade. — Carlos não quis dizer o quanto aproximadamente mais rico ele ficaria, mas sabia que seria muito mais do que ela estava imaginando. — E como foi o seu dia?

— Bastante trabalho aqui no consultório, mas quando terminei vim logo para casa, e assim tenho feito todos os dias.

— Está me esperando?

Brincou Carlos.

— Carlos, como nós bem sabemos, não temos nenhum compromisso mais sério, nada foi acertado entre nós, estamos juntos, não tenho outra pessoa, somente você. Gosto de você, amo estar com você, mas não somos namorados, somos amigos e mais nada, além disso, vamos ver o que o futuro está nos reservando.

— É verdade, você tem toda razão.

— E quem me garante que não possa surgir uma irlandesa que você fique interessado e vocês venham a se firmar. Tudo é possível, meu querido.

— Eu não discordo da sua maneira de pensar, você tem toda razão, mas existe a hipótese de acontecer o contrário, da mesma forma que possa surgir aqui, é possível que surja aí também! Pode ser que ele de repente até te conquiste.

— Aqui seria mais difícil, e quero que saiba que eu te respeito muito.

— Sei disso, também te respeito muito. Bem, vou dormir. Tchau, Bárbara, beijos.

— Beijos, e tenha juízo.

Por que ela falou assim? Como ela poderia saber que ele e Lana estavam trocando olhares, será que Bárbara sabia de algo ou estava simplesmente jogando com as palavras? Carlos estava confuso, gostava de Bárbara, mas Lana era sua parente e como tal ele deveria seguir as tradições da família? Será que deveriam se aproximar, ou ele deveria fazer como seu pai fez, abandonar seus parentes irlandeses e seguir seu próprio caminho? Eram tantas perguntas na cabeça de Carlos e ele não tinha respostas para nenhuma delas, ainda.

Logo pela manhã ele ligou para Adriana para saber como estavam as coisas por lá, ela lhe informara que estava tudo se encaminhando dentro do controle, e se surgisse alguma novidade ela entraria em contato.

31

Três meses se passaram, Carlos e Lana estavam cada dia mais próximos um do outro, ela era uma bela jovem, boa companhia, daria uma ótima esposa, ele não nutria nenhum sentimento por ela, mas conforme ela mesma lhe falara, o amor viria com o tempo. Ele ainda não tomara nenhuma decisão a respeito, nem alguém lhe procurará para tratar desse assunto, mas percebia que a torcida por eles era grande, os parentes viam com bom gosto essa aproximação deles. Lana fizera com ele um tour pelas cidades mais próximas, e viu coisas que jamais ele imaginara ver, e agora as estava vendo na Irlanda. Lana era muito sorridente, tudo que Carlos falava ou fazia era motivo de graça para ela, e ele foi se identificando cada dia mais com ela. Mais dois meses se passaram e o processo de inventário dos bens do seu pai fora concluído, todos os imóveis, todo dinheiro depositado pelo seu tio referente aos aluguéis dos imóveis, tudo pertencia a Carlos agora. Ele estava se sentindo um verdadeiro cidadão irlandês, agora tinha negócios em seu nome na Irlanda e abrira conta nos melhores bancos irlandeses, e melhor, sua fortuna herdada estava em euro. Seu tio o acompanhava de perto, orientando-o em tudo, sentia orgulho pelo seu sobrinho, que entendia muito bem de finanças e sabia como ninguém administrar seus próprios bens. Recebera uma mensagem de Bárbara, pedindo que assim que possível entrasse em contato com ela. Ficou preocupado com a mensagem e naquela mesma noite ligou para ela. A notícia não era boa, um dos pacientes que se tratava com ela, um viúvo, rico e bem-sucedido empresário, lhe fizera uma proposta de casamento, ela estava em dúvidas, mas não tomara nenhuma decisão ainda. Queria ouvir Carlos, queria saber o que ele tinha para dizer a respeito. Por outro lado, como ela mesma lhe dissera, não poderia ficar esperando por ele, e se não desse em nada entre eles? Como ela ficaria? Até então não queria compromisso sério com ninguém, mas o tempo estava passando, não poderia continuar levando a vida dessa maneira, não queria ficar sozinha para sempre. Abandonara definitivamente os trabalhos de acompanhante, tudo isso graças a Carlos, que lhe deu uma atenção como ninguém o fizera anteriormente, queria agora ter uma família, queria simplesmente se casar e ter seus filhos, não queria nada de mais, era um direito dela, um sonho de qualquer mulher.

— Fico triste porque você é uma ótima companhia para mim, mas, por outro lado, não posso te prometer nada agora. As coisas por aqui ainda estão indefinidas.

Ele não quis dizer para ela que o processo do seu pai fora resolvido, afinal, ele notara que na última viagem deles, para Búzios, ela estava começando a pegar gosto pela boa vida que estava levando ao lado dele, e até pediu para ele comprar um imóvel na beira da praia.

— Posso recusar essa proposta dele e ficar te esperando voltar, e se depois a gente não assumir um relacionamento sério? Nosso caso é algo muito incerto.

— Bárbara, faça o que você achar melhor para você. Se ele está te dando condições melhores, fique com ele, mas não estou te recomendando nada. Você é que terá que tomar essa decisão sozinha, só posso te aconselhar a buscar o melhor para sua vida, e eu acredito que no momento o melhor seria ele.

— Ele tem sido muito atencioso comigo.

— Vocês têm saído?

— Sim, temos saído para jantar, cinema e teatro. Ele é uma pessoa muito boa.

— Então minha amiga, suponho que você já tem a resposta. Só está com medo de tomar a decisão certa.

— Você acha isso mesmo?

— Sim, Bárbara, nós somos amigos, saímos, transamos e dormimos juntos às vezes, não temos um relacionamento sério, não temos um compromisso.

— É verdade, mas sou a culpada, você insinuou querer me assumir, mas ignorei, não quis saber da sua proposta.

Não foi bem assim que ele falou, Carlos só disse que se fosse preciso, teria coragem de se casar com ela, mas não disse que o faria.

— Vou sempre me lembrar de você, mas estou propensa a aceitar a proposta dele.

— Faça o que for melhor para você, e boa sorte minha amiga.

— Adeus, Carlos.

— Adeus, Bárbara.

Carlos não quis contar-lhe que estava se aproximando de uma garota irlandesa, e ainda por cima, sua prima, não tinha motivos para feri-la, muito menos magoá-la, ela fora uma ótima companhia para ele, mas não tinha a intenção de assumi-la, torcia apenas para ela encontrar uma pessoa que a merecesse e a fizesse feliz.

Ele e Lana estavam mais próximos um do outro a cada dia, sabiam que a qualquer momento os chamariam para uma conversa definitiva. Não sabiam quando, mas que esse dia chegaria, isso era certo. Passadas duas semanas que ele falara com Bárbara pela última vez, seus tios disseram que eles precisavam ter uma conversa muito importante com ele.

— Vamos conversar aqui mesmo?

Perguntou Carlos meio desconfiado.

— Não, vamos para um lugar onde ficaremos mais à vontade.

Saíram em direção a St. Marys Cathedral Kilkenny, Catedral católica romana, e sentaram em frente à catedral.

— Você nos disse que veio para cá atrás de respostas, e agora queremos te dar as respostas para os seus questionamentos.

— Estou ansioso por isso.

— Seu pai, nosso irmão era um irlandês legítimo, e como membro da nossa família, era conhecedor da cultura e dos costumes de nossa família. Desde cedo, como todos nós, ele recebeu um determinado valor de nosso pai, para começar a vida, porque não trabalhamos sendo empregados de ninguém. Ele foi muito bem orientado, se tornou um empreendedor, conseguiu adquirir imóveis, foi investindo e foi adquirindo outros imóveis, e assim foi crescendo financeiramente. Depois ele conheceu o mercado brasileiro, e começou investir lá, e foi ganhando muito dinheiro devido aos juros altos do Brasil, ficou milionário. Vendeu todos os imóveis, comprou terrenos e construiu imóveis de luxo para alugar, e com tudo isso conseguiu acumular uma fortuna. Temos uma tradição, que faz parte de nossa cultura familiar, realizarmos casamentos entre os nossos parentes e quando não é possível, aceitamos membros de outras famílias, mas tem que ser de nossa raça, da nossa nacionalidade. Tinha uma jovem prometida para o seu pai, ela não era membro da nossa família, mas pertencia a outra família daqui, era uma irlandesa legítima, eles começaram a namorar, estavam noivos e quase de casamento marcado, até que uma bela jovem veio do Brasil para fazer intercâmbio aqui.

— Seria minha mãe, essa jovem?

— Sim, sua mãe, muito bonita, muito bem-educada, mas temos os nossos costumes e não poderíamos aceitá-la na nossa família.

— Aqui na Irlanda é proibido se casar com pessoas de outra nacionalidade?

— Não! Essa é uma tradição nossa, eu creio que essa cultura existe somente na nossa família, e atravessa gerações.

— Entendi.

— Seu pai quando viu a moça se encantou por ela e começaram a conversar, ela também se encantou por ele. Ele terminou o compromisso que havia firmado e começou a namorar sua mãe. Isso causou sérios problemas, nossa família ficou mal perante a família da moça, por isso quase viraram inimigos, mais tarde reconheceram que ninguém tivera culpa nessa história a não ser seu pai. Seu avô não aceitou o relacionamento deles e disse que se ele insistisse e se casasse com ela, eles não receberiam sua benção, e ela não seria bem-vinda na nossa família. É claro que seu pai não deve ter falado nada disso para ela. Quando ela terminou o intercâmbio voltou para o Brasil, ela era do Sul, deixou com ele seu número de telefone e endereço. Mais tarde ele foi atrás dela e se casou com ela, e nunca mais voltou aqui.

— Não sabia nada disso. Vocês têm algo contra os brasileiros?

— Não! Não temos nada contra nenhuma nacionalidade, só estamos cumprindo a nossa tradição.

— Não sei o que dizer.

— Você foi criado longe de nós, mas agora teve a oportunidade de vir até aqui, veio nos conhecer, aceitamos você como membro de nossa família. Se casou por lá e por algum motivo não deu certo. Agora está solteiro e tem aqui a Lana membro da nossa família, solteira, uma bela jovem, vocês formam um belo casal, vejo que vocês se entendem muito bem e fazemos muito gosto pela união de vocês.

— E o amor como fica?

— Parece que você amava muito essa sua esposa, correto?

— Sim, eu a amava bastante.

— E o que adiantou tanto amor? Onde ela está agora? Não seria melhor o casal ir se conhecendo, se entendendo e com todo respeito criar uma grande amizade, e com o tempo o amor surgir? Onde estava o amor de Adão e Eva quando se viram pela primeira vez, e dados em seguida como marido e mulher? O relacionamento deles teve por base o respeito, amizade e com o tempo surgiu o amor entre eles.

— Vocês têm toda razão.

Carlos estava sem respostas, e com isso ficou completamente dominado pelos argumentos deles.

— Você conseguiria aceitar a Lana como sua futura esposa?

— Sim, eu aceitaria com certeza.

— Conversaremos com a Lana e prepararemos a cerimônia de compromisso para oficializar o namoro de vocês. Quando se sentirem preparados, marcaremos a data do casamento de vocês.

A cerimônia de compromisso deles foi linda, a partir daquele momento, Lana era oficialmente namorada de Carlos e estavam prometidos um para o outro. Apesar de tudo, Carlos estava um pouco assustado com tudo que estava acontecendo. Lana também estava um pouco tensa e preocupada e resolveu chamar Carlos a parte para conversarem.

— Eu preciso te falar uma coisa.

— Pode falar minha querida, tem toda a minha atenção.

— Eu nunca tive experiência com ninguém, estou me guardando para o meu casamento.

— Oh, minha linda, fique tranquila, eu irei te respeitar, não faremos nada até o nosso casamento.

Seu tio requereu a atenção de todos novamente. Queria falar algo importante.

— Carlos! É costume de nossa família todos morarmos aqui no nosso país, ou seja, você não poderá se casar e levar Lana para morar no Brasil.

— Terei que morar aqui?

— Sim, aqui está sua família.

Carlos ficou muito triste, não estava preparado para deixar o Brasil, seus negócios, o escritório de advocacia e nem seus amigos.

— E meu escritório de advocacia e meus negócios, como ficam?

— O apartamento onde você mora é herança dos seus pais, você pode vender ou alugar, os seus investimentos poderão ser administrados por aqui mesmo, a distância, e seu escritório de advocacia transfira para sua coordenadora, e o imóvel alugue ou venda para ela. Largue a advocacia e terá mais tempo para se dedicar a sua esposa e a sua família.

— Vocês pensaram em tudo.

— Como pode ver, estamos te recebendo de braços abertos, ou então olhe nos olhos de Lana e de seus parentes que te apoiaram desde o primeiro dia que você chegou aqui e diga-lhes que não quer ficar aqui e, quer voltar para sua vida lá no Brasil.

Todos estavam atônitos diante da responsabilidade de Carlos, ninguém sabia o que ele poderia dizer, o silêncio tomou conta do ambiente, se uma folha caísse no chão, provavelmente poderia ser ouvida naquele momento.

— Eu... renuncio a tudo para ficar aqui com Lana.

A alegria tomou conta do ambiente, os irlandeses não são muito de se tocarem, mas naquele momento todos se abraçaram, choraram e fizeram uma festa devido à decisão de Carlos. A partir daquele dia, Carlos e Lana não eram apenas primos, eram namorados, e como tal passaram a andar de mãos dadas ou abraçados onde quer que fossem. Uma certa tarde eles estavam passeando em Dublin e pararam em uma pracinha próxima, Carlos tentou beijar Lana na boca, mas ela virou-se e deu o rosto.

— Que isso Lana? Agora somos namorados e todos os casais se beijam.

— Desculpe, eu ainda não estou preparada para isso. Me dê um tempo até eu me acostumar.

Carlos estranhou a reação de Lana, mas procurou entendê-la, o descontentamento foi tanto que ele ficou desanimado do passeio.

— Vamos voltar para casa, daqui a pouco irá anoitecer.

Carlos deitou em sua cama, demorou pegar no sono, ficou pensando na reação de Lana por causa de um simples beijo. Será que esse casamento dará certo ou terei mais problemas após o casamento? Ele estava cheio de perguntas, mas não tinha respostas para os seus questionamentos. Estava quase pegando no sono quando entrou uma ligação no celular, era Adriana, ele a atendeu prontamente.

— Boa noite, Adriana, algum problema?

— Eu é que te pergunto! Você me mandou mensagem mais cedo dizendo precisar falar comigo. Tentei te ligar, mas seu telefone estava fora de área.

— Desculpe, eu me esqueci que te mandei mensagem.

— Está tudo bem, Carlos? Você parece preocupado.

— Está sim, é o frio que está congelando meu cérebro, estarei chegando aí esse final de semana.

— Já está de volta? Já resolveu tudo?

A alegria de Adriana foi notada por Carlos.

— Desculpe te decepcionar, mas ainda não foi tudo resolvido, mas preciso ir aí para falar com você.

— Está bem, seja bem-vindo, chefe, mas venha logo.

— Já comprei a passagem, viajo amanhã, e sexta-feira estarei aí cedo no escritório.

— Te aguardo na sexta então.

Carlos ficou feliz em ouvir a voz de Adriana, ele não sabia ainda o porquê, mas tinha a sensação de que ela era uma das poucas pessoas que realmente estava do seu lado.

32

Lana o levou até a área de embarque do aeroporto para poder se despedir dele.

— Não demore muito por lá, volta logo.

— É só o tempo de resolver as coisas por lá e voltarei logo. Vou ganhar um beijo de boa viajem?

— Se for no rosto, poderá ganhar sim.

— Não tem outro jeito, né?

— Por em quanto não, tenha paciência.

Lana o beijou e se despediu dele desejando-lhe boa viajem. Carlos chegou na noite de quinta-feira em seu apartamento, ele já havia avisado Marilda que não precisaria se preocupar, pois ele não iria jantar, talvez só um lanche e iria dormir, mas ele mesmo prepararia.

— Como está na Irlanda?

— Frio, muito frio, sol é uma raridade por lá. Falou isso e deu um beijo na testa de Marilda.

— E como está indo as coisas que o senhor foi resolver por lá?

— Muito bem, os bens que o meu pai deixou já estão em meu nome. Agora falta o processo de partilha da herança do meu avô.

— Não vejo a hora do senhor voltar logo para casa. Estou com muitas saudades suas e esse apartamento está muito vazio.

— Eu também Marilda, eu também.

Ele não teve coragem de falar para ela que não tinha planos de retornar definitivamente para casa, não queria magoar a pessoa que cuidou dele com todo carinho todos esses anos, preferiu ficar em silêncio sobre seus planos, terminou de lanchar e foi logo dormir. Ele acordou cedo, tomou seu café, se arrumou e partiu apressado para o escritório. Sua chegada no escritório foi festejada por todos. Em seguida sinalizou para Adriana comparecer à sala dele.

— Me dê só o tempo de organizar as coisas por aqui e já vou lá te atender.

— Sem problemas, estarei te aguardando.

Carlos estava tenso, suas mãos estavam transpirando de nervoso, não sabia como começar a conversa com Adriana. Todos ficaram felizes com sua chegada, como ele poderia dar uma notícia dessa, informando que não queria mais o escritório, com certeza ele iria decepcionar a todos, mas principalmente Adriana, mas não tinha escolha, tinha que fazê-lo. No final das contas, Adriana ainda teria um belo escritório, uma ótima equipe de trabalho, e uma expressiva carteira de clientes, com certeza ela concordará com ele.

— Olá chefe, aqui estou.

Adriana estava muito feliz em estar com ele, sabia que sua permanência seria por pouco tempo, mas logo tudo se resolveria e ele voltaria para o lugar de onde nunca deveria ter saído.

— Tenho um assunto muito delicado para te falar, mas vou direto ao assunto, falarei sem rodeios.

— Estou ficando preocupada, fala de uma vez Carlos, mas primeiro deixa eu sentar, pela sua cara, eu acho que vem bomba.

— Eu não voltarei mais para o Brasil.

— O quê? Você pirou Carlos? Acho que o frio de lá não está te fazendo bem, ou você está tentando me contar uma piada de muito mal gosto.

— Calma, vou te explicar tudo. Foram abertos dois processos, o processo dos bens do meu pai já foi resolvido, inclusive o dinheiro que meu tio recebia dos aluguéis e eram depositados em uma conta, já estão na minha conta que abri lá e está tudo investido em euro. O processo de herança do meu avô ainda está em andamento, mas logo será resolvido. Quando cheguei lá, eu fui muito bem recebido por todos os meus parentes. A família tem uma tradição de realizar casamentos entre os parentes, é uma cultura familiar antiga, que vem sendo transmitida de geração em geração, e meu pai quebrou essa tradição, vindo atrás de minha mãe que era uma intercambista, e se casou com ela, sendo que já tinha uma pessoa prometida para ele lá. Como eu te disse, eu fui muito bem recebido e me apresentaram uma prima, filha de minha prima, e gostariam muito de fazer o casamento entre nós dois, mas tem um detalhe, eu não posso trazê-la para morar aqui, tenho que ficar lá, próximo da minha família.

Adriana estava ouvindo atentamente, mas estava se controlando para não explodir com ele.

— Continue Carlos, por favor.

— Me foi sugerido por eles, vender ou alugar o meu apartamento, alugar ou te vender esse imóvel aqui, e te passar o escritório com toda a carteira de clientes, e os meus investimentos posso administrar por lá mesmo.

— Vou te fazer uma pergunta. Você gosta dessa moça, Carlos? Você a ama o suficiente para se casar com ela?

— Sinceramente, não sinto nada por ela, mas o sentimento virá com o tempo, foi o que ela me disse.

— Ah, ela te disse. Carlos, isso é uma loucura, meu amigo!

— Não! Não farei como meu pai que abandonou as tradições e fugiu para o Brasil!

— Você quer falar do seu pai? Ele não fugiu, ele fez isso para que ele e você fossem livres.

— Livres?

— Sim, livres, livres dessa tradição maluca. Acorda, Carlos! O que foi que fizeram com você por lá, meu amigo?

— Vai querer o escritório ou não?

— Se eu fosse uma aproveitadora eu iria querer sim, mas não sou. Deixa tudo para lá e volta para casa, Carlos.

— Você não entende.

— Não sou eu, é você que não está entendendo nada, eles estão te manipulando, e tem mais, você acha justo fazer isso com todo esse pessoal que estão aqui na sua ausência se desdobrando de trabalhar para manter tudo em ordem? Dá para ver neles o prazer que sentem pela confiança depositada neles. Estão todos se empenhando para quando você voltar estar tudo em ordem. Aqui é que está a sua família. E a Marilda? Imagina a decepção dela, quando souber que você não voltará mais.

— Fica com o escritório, droga!

— Não quero escritório nenhum! Quero você de volta aqui, ou então vende para outro.

— Mas Adriana...

— Carlos se você não tem outro assunto para tratar, me dê licença, porque esse assunto já deu. Estou muito revoltada com você.

Carlos ficou sozinho em sua sala refletindo tudo que Adriana lhe dissera. Será que eu estou errado? Como posso estar errado se não enxergo erro algum? Adriana está agindo como uma garota mimada, se ela não quer o escritório, aparecerá quem queira.

Adriana voltou a sua sala, estava muito preocupada com ele.

— Me responda uma pergunta com toda sinceridade. Essa garota te ama o suficiente para se casar com você?

— Eu não sei Adriana, suponho que ainda não, mas como disse, o amor virá com o tempo.

— Isso é um erro, Carlos. O que vocês sentem quando se beijam?

— Vou te confessar uma coisa, nós nunca nos beijamos.

— Oi?! Como assim?

— Ela me disse que nunca teve relação com ninguém ainda, e quanto ao beijo me pediu um tempo para se acostumar com a ideia, mas a gente se beija no rosto.

— Estou com pena de você, Carlos, tem alguma coisa errada nessa história, pode ter certeza.

— Você acha mesmo?

— Eu não acho, eu tenho certeza.

— Me desculpa, é por isso que eu queria vir logo para te contar tudo, só você me mostra coisas que eu não consigo enxergar.

— Caia fora disso enquanto é tempo. Aliás, chama ela para uma conversa a sois, com certeza você vai descobrir alguma coisa.

Carlos ficou mais tranquilo, não queria admitir, mas Adriana tinha toda razão. Ficou todo o final de semana trancado em seu apartamento pensando em como iria resolver essa situação. Segunda-feira à tarde, pegou o voo de volta para a Irlanda, passando pelo mesmo processo de quando fora pela primeira vez, com escala em Paris e depois seguiu à tarde para Dublin e em seguida chamou um carro pelo aplicativo com destino a Kilkenny.

— Como foram as coisas por lá?

Perguntou seu tio com expressão de curiosidade.

— Não foi fácil, ela não quer o escritório, mas vai procurar alguém que queira comprar.

— Ela não quer? Jurávamos que ela aceitaria na hora.

— Para você ver. As aparências enganam e muito.

— A partilha dos bens já foi deferida pelo juiz, estamos aguardando agora só expedir o alvará que deve sair esta semana ainda.

— Ótimo, vamos aguardar então.

Carlos foi descansar e no dia seguinte convidou Lana para saírem.

— Preciso conversar com você, mas tem que ser em um local reservado.

— Eu já sei onde, venha comigo.

Logo chegaram no local escolhido por ela.

— Seja sincera comigo, porque toda vez que tento te beijar você recusa meu beijo?

— Eu já te expliquei… é que…

— Sem mentiras, Lana. Você já namorou alguém?

— Já namorei sim, mas foi escondido.

— E se beijaram?

Ela olhou para ele sem respostas.

— Vamos, me responda.

— Por favor, nós vamos nos casar e eu não quero ter esta conversa com você. Isso acabará me prejudicando.

— Não se preocupe, eu quero te ajudar, então me ajude também.

— Como?

— Me falando a verdade, me conte tudo e eu te deixarei livre e ainda te ajudarei para viver esse seu romance, se casar com ele, ou sei lá o que vocês pretendem.

— Nós nos prometemos um ao outro, e sim, já nos beijamos muitas vezes, mas foi só isso, não fizemos nada demais. Quando estávamos nos preparando para contarmos para minha família, você apareceu e tudo mudou.

— Você não precisava mudar nada por minha causa.

— Não fui eu que mudei, foi meu avô e minha família que decidiram, que eu e você deveríamos ficar juntos.

— Entendi, mas por que você me evita? Já que concordou em participar desse plano.

— Porque ele vai me esperar até o dia do meu casamento, se eu me casar com você ele desistirá definitivamente e vai respeitar a minha decisão de ficar com você. Então nós planejamos de eu não te beijar, dificultando as coisas para ver se você desiste, se nosso plano não der certo é porque eu e você temos que ficar juntos.

— Vou te ser sincero, eu não sinto nada por você, tenho apenas um carinho, mas é pelo fato de sermos primos, só isso. Não sinto amor por você, não o suficiente para sermos marido e mulher e não creio que isso mudará com o tempo, e tenho certeza que com você está acontecendo a mesma coisa.

— É verdade.

— Mas por que quando nos vimos pela primeira vez naquela reunião de família, você ficou trocando olhares comigo, parecia querer me seduzir?

— Tudo fazia parte de um plano, eu fui orientada pela família, sabiam que você tinha muito dinheiro, além do que iria receber aqui, assim eu estaria muito bem de vida com você.

— Não precisa me dizer mais nada. Agora sou eu que tenho um plano, basta saber se esse seu pretendente vai querer participar.

— Ele fará o que for preciso por mim.

— Então fale para ele sobre essa nossa conversa, mas somente para ele, não fale para mais ninguém, entendeu? Não confie em mais ninguém. Se qualquer um dos nossos parentes ficarem sabendo, vão estragar o nosso plano e eu não poderei mais te ajudar.

— Pode ficar tranquilo, será um segredo nosso de primos.

— Vamos esperar eu receber a parte da herança do meu avô que caberia ao meu pai, depois marcaremos um encontro, nós três, podem ficar tranquilos, confiem em mim, eu vou ajudar vocês, mas enquanto isso vamos agir naturalmente, estamos combinados?

— Sim, estamos combinados.

Logo na segunda semana depois que Carlos havia retornado de viajem, o alvará foi liberado e a partilha fora feita entre os três, com cada um assumindo os imóveis que lhes cabiam. Carlos tratou logo de registrá-los em seu nome, não deixando nenhuma pendência a ser resolvida depois. Enviou comunicado aos locatários, informando que os imóveis que eles estavam ocupando agora lhe pertencia, mas tranquilizou a cada um informando que não pretendia pedir os imóveis e que os algueis agora seriam pagos na imobiliária indicada por ele no comunicado.

Carlos continuou saindo com Lana como haviam combinado, porém agora não existia mais o compromisso entre eles, ela lhe falara que teve a conversa com o seu pretendente e estavam agora só aguardando Carlos marcar a reunião entre os três.

— Está tudo transcorrendo como eu havia planejado. Vamos só aguardar mais uns dias para não ficar alguma dúvida de que planejamos tudo.

— Agora, já podemos marcar a data do casamento de vocês, o que você acha?

Perguntou seu tio Kael.

— Vamos aguardar mais um pouco meu tio, estou quase vendendo o escritório e meu apartamento no Rio, e breve não terei nenhuma preocupação com mais nada por lá.

— Parabéns! Eu sabia que você logo iria acabar concordando comigo, isso prova que você é mesmo um dos nossos.

Lana ficou preocupada por ele estar se desfazendo dos seus imóveis e o chamou a parte.

— Você não precisa se desfazer dos seus imóveis no Brasil.

— Mas eu não estou me desfazendo de nada, é só parte do nosso plano.

— Você foi tão convincente que até eu acreditei.

Carlos riu de Lana.

— Pode marcar o encontro entre nós três, vamos resolver logo essa situação.

No dia marcado Lana e Carlos saíram para um passeio como de costume, e lá se encontraram com o pretendente de Lana.

— Esse aqui é o meu primo Carlos, e esse é o Thomas.

— Como vai Thomas, tudo bem?

— Muito melhor agora que estamos resolvendo essa situação.

— Eu pedi a Lana, para marcarmos esse encontro para planejarmos tudo como deverá ser feito. Vocês estão dispostos junto comigo, resolvermos essa situação? Não vão me deixar sozinho nessa?

— Pode ficar tranquilo, pode contar com a gente.

— Quando chegarmos lá, vou pedir para marcar uma reunião com todos os parentes para definirmos a data do casamento. Então faremos assim no dia da reunião…

Carlos expôs o plano para eles e todos concordaram.

— Que bom que vocês não desistiram um do outro.

Falou Carlos todo animado.

— Percebi que tinha um forte concorrente, mesmo assim não desisti, quando ela me falou da conversa que vocês tiveram, fiquei mais tranquilo.

— Jamais ficaria no meio do romance de ninguém, muito menos de vocês, se tivessem me falado antes, as coisas não teriam tomado esse rumo.

— Fico feliz em saber que tudo será resolvido e logo poderemos nos assumir.

Falou Lana com um brilho de felicidade nos olhos.

33

No dia marcado para a reunião que iria definir a data do casamento, todos estavam presentes, a alegria era visível no semblante de todos. Logo Carlos pediu a palavra, todos estavam atentos.

— Quero fazer um comunicado muito importante para todos, quero comunicar que não haverá mais casamento entre mim e a Lana.

— Não brinque com isso, meu jovem.

Disse o tio Kael.

— Calma, irei explicar tudo! Lana me disse que já gostava de um rapaz antes de eu vir para cá. Eles estavam se falando, se acertando, para depois virem falar com vocês, e foi quando cheguei e atrapalhei os planos deles. Eles se gostam e querem firmar o compromisso de se casarem, e Lana poderá confirmar tudo que falei.

Logo passou a palavra para Lana, ela não só confirmou tudo que Carlos havia dito anteriormente, como também apresentou seu pretendente a todos, e devolveu a palavra a Carlos.

— Por outro lado, gosto daqui, mas não o suficiente para viver aqui, sinto falta do meu país, do meu Rio de Janeiro e voltarei em breve para lá.

— Não precisa ir Carlos, fique conosco e encontraremos uma pessoa daqui para você.

Disse a mãe de Lana.

— Não! Não quero ficar preso a um casamento que não seja da minha escolha, eu quero voltar.

— Isso será um erro astronômico, meu filho.

Disse seu tio Kael, tentando desencorajá-lo de partir.

— Erro será eu abrir mão da liberdade conquistada por meu pai para nós dois.

— No dia que você pegar o avião de volta, pode esquecer que tem um tio aqui.

— Pretendo manter negócios aqui neste país, então um dia terei que voltar aqui, quem quiser me ver, estarei pronto para visitá-los, mas quem não quiser, infelizmente agirei da mesma forma.

— Vai fazer como seu pai que abandonou os seus?

Disse seu tio Kael.

— Meu pai era livre e eu sou livre também. Hoje entendo as razões dele e o apoio em tudo que fez.

— Então não temos mais nada para conversarmos, acho melhor você ir embora logo de uma vez.

— Estou indo agora, e já comprei minha passagem. Vou esperar o horário do voo no aeroporto.

— Eu te levarei ao aeroporto.

Disse o tio Gael.

— Obrigado, mas não precisa, vou chamar um carro pelo aplicativo.

— Não seja teimoso como o seu pai.

— Deixa ele Gael, ele não é mais nosso parente.

— Não, Kael! Enquanto ele não embarcar naquele avião de volta, ele ainda é meu sobrinho.

Disse o tio Gael.

— Carlos muito obrigada por tudo. Pode aguardar que depois do casamento, qualquer dia eu e Thomas iremos te visitar no Rio de Janeiro.

Disse Lana toda feliz.

— Eu os receberei de braços abertos. Boa sorte e felicidades para vocês dois, manteremos contato. Adeus a todos.

Carlos terminou de arrumar sua bagagem e concordou em aceitar a carona do tio para o aeroporto.

— Resolveu ficar com as propriedades mesmo? Não vai vender nenhuma?

— Tio, meu pai adquiriu tudo isso pensando na minha segurança e conforto e eu não pretendo me desfazer de nada deixado por ele para mim. Primeiro que não dependo desse dinheiro para sobreviver, e segundo em respeito à memória dele.

— Seu pai teria muito orgulho de você, e você sempre será o meu sobrinho querido, quando você menos esperar estarei chegando por lá.

— Minha casa estará sempre de portas abertas para você e quem mais quiser ir me visitar.

— Eu não falei nada, mas logo vi que aqui não era o seu lugar. Seu pai conquistou esse direito de morar onde quisesse e conquistou não só para ele, mas para você também. Seja feliz, estou torcendo para você encontrar uma pessoa que seja tão maravilhosa quanto você. Boa viajem e boa sorte!

— Adeus tio, muito obrigado por tudo.

Eles se abraçaram, choraram e se despediram no aeroporto de Dublin, sem saber quando iriam se ver novamente.

Carlos chegou em casa e correu para abraçar Marilda.

— É muito bom estar em casa novamente.

— Que diferença, da última vez que o senhor veio parecia estar triste e preocupado, é como se estivesse em uma prisão, mas hoje está diferente, está muito feliz.

— É porque hoje voltei definitivamente para casa, é muito bom viajar, mas o Rio é o meu lugar preferido.

Ele não se conteve e ligou para Adriana.

— Estou de volta, estou em casa, acabei de chegar.

— O que houve? Pensei que estava mesmo decidido ficar por lá.

— Aconteceu tanta coisa, depois te falo com calma, finalmente deu tudo certo.

— Vai voltar ainda?

— Talvez um dia a passeio, mas no momento se possível não pretendo nem sair da cidade.

— Está traumatizado?

Ela Sorriu.

— Por assim dizer. No momento quero dormir bastante, descansar e depois voltar a trabalhar, mas só vou segunda-feira.

— É muito bom saber que você está de volta.

— Obrigado, eu também estou muito feliz em estar de volta.

— Até segunda, então.

— Até segunda.

Carlos queria descansar, mas estava feliz demais para ficar trancado entre quatro paredes, e a noite ele fez o que não fazia há muito tempo, resolvera ir ao clube se divertir um pouco. Encontrou Victor e alguns amigos por lá, mas preferiu ficar sozinho, queria aproveitar aquele momento de liberdade, curtir o som, curtir as músicas, beber uns drinques e apreciar as pessoas dançando. Mais tarde quis voltar para casa, saiu sem se despedir, não quis falar com ninguém, se alguma mulher esteve de olho nele esta noite, ele ignorou ou não notara, não queria a companhia de ninguém, somente a sua própria companhia, estava celebrando a vida, estava celebrando a liberdade.

Passou o final de semana em casa assistindo um filme atrás do outro, estava sendo mimado por Marilda e não precisava de mais nada, tinha tudo que queria para aquele momento.

Segunda-feira, Carlos acordou focado em uma única coisa, o escritório, estava determinado a se dedicar ao trabalho que não teria tempo para mais nada. Tomou seu desjejum, depois um belo e demorado banho, se arrumou e partiu para o escritório. Todos estavam trabalhando, Adriana estava dando instruções a alguns estagiários novatos com relação a algumas tarefas que deveriam ser feitas pela manhã, ele chegou cumprimentou a todos e foi em direção a Adriana, a abraçou, beijou várias vezes seu rosto e sua testa, a abraçou novamente e com mais força e depois olhou nos olhos dela.

— Obrigado, muito obrigado por tudo. Depois olhou os seus colaboradores e disse:

— Muito obrigado por vocês estarem aqui, amo a cada um de vocês, e logo saiu em direção a sua sala, Adriana não entendeu nada, ninguém entendeu nada, ficaram todos paralisados diante da bela e inexplicável atitude de Carlos.

— Posso saber o que foi aquilo tudo?

— Uma demonstração de carinho e gratidão que tenho por você e por eles.

— Se estava agradecendo pelo meu trabalho que realizo neste escritório, quero te dizer que sou muito bem paga para isso.

— Não é somente pelo seu trabalho e dedicação a este escritório, mas principalmente porque você salvou a minha vida, muito obrigado.

Carlos estava chorando.

— Oh, meu amigo, não fique assim. O que houve?

— Lembra que vim disposto a me desfazer de tudo aqui e ficar definitivamente na Irlanda? Aí tivemos uma conversa que acabou virando uma discussão, e você conseguiu me abrir os olhos.

— Eu me lembro da loucura que você queria fazer.

—Terminamos de conversar e fui para casa, fiquei todo o final de semana trancado no apartamento pensando em como poderia resolver aquela situação. Quando cheguei lá, chamei a Lana para uma conversa, ela não queria conversar comigo, eu disse para ela não se preocupar, eu queria ajudá-la, mas precisava da ajuda dela me falando a verdade, e ela confessou tudo. Carlos contou toda a história para Adriana não poupando nenhum detalhe.

— Carlos, que horror, por pouco você não estragaria sua vida, e tudo por causa de uma tradição doida.

— Foi você que me salvou, aquela conversa abriu os meus olhos, por isso sou grato a você por tudo e ao nosso pessoal também pela dedicação. Realmente a minha família está aqui, e são todos vocês.

— Eu não poderia deixar você continuar com aquela história absurda, e seus parentes não são ruins, só seguem uma tradição absurda que para mim não faz nenhum sentido.

— Quero te confessar uma coisa. Cheguei lá rico e saí de lá mais rico ainda, não venderei nada que herdei, mas não pretendo voltar lá nem tão cedo.

— E agora? O que você fará da sua vida?

— Eu preciso de um tempo para pensar sobre todas essas coisas que aconteceram comigo, estou cansado de tudo isso. Só encontrei dor e sofrimento, eu não quero mais passar por isso, preciso mudar a minha vida, necessito de alguém que me mostre o amor, que me faça sentir o amor novamente, porque eu nem sei mais o que é amar alguém.

— Tenho certeza que irá aparecer essa pessoa que você tanto deseja conhecer, mas talvez você esteja procurando a pessoa errada ou na hora errada.

— Pode ser isso mesmo, mas onde procurar a pessoa certa, ou como saberei ser a hora?

— Na hora certa, o que tem que ser seu virá na sua mão, e você, somente você saberá que chegou a hora e saberá que aquela é a pessoa certa.

Adriana sentiu pena de Carlos, sabia que aquele sofrimento todo que ele estava passando era consequência de tudo que Mônica lhe causara, mas caberia a ele reagir e não aceitar aquela situação, e se dependesse dela, ela estaria disposta a fazer qualquer coisa para tirá-lo dessa situação deprimente. Carlos ficou um bom período indo de casa para o trabalho e do trabalho para casa, não tinha interesse por mais nada, a não ser se dedicar ao trabalho e em casa buscar distração nos filmes e séries da TV.

Adriana estava em dificuldades com dois processos para apresentar apelação no mesmo dia e na mesma Câmara Cível, e pediu ajuda a Carlos.

— Sei que você gosta de estar à frente de todos os processos aqui do escritório, mas reconheço que você precisa de um tempo para reorganizar a sua vida, mas no momento estou com um problema sério e preciso da sua ajuda.

— O que houve?

— Tenho dois processos para apresentar apelação no mesmo dia e na mesma Câmara Cível.

— E o que você sugere?

— Que você faça a sustentação oral de um dos processos.

— Eu não gostaria de enfrentar os tribunais por enquanto.

— Tem tempo para você estudar o processo e acredito que será ótimo para você.

— Tem certeza disso?

— É claro que tenho.

— E quando será a audiência?

— Daqui a dois dias.

— Me passa o processo, porque com certeza, nós arrasaremos.

— É assim que gosto de te ver.

Carlos não sabia naquele momento, mas esta audiência iria mudar completamente a sua vida.

34

A Audiência do primeiro processo estava marcada para às dez e trinta, e do segundo processo às onze horas. Carlos faria a sustentação do primeiro processo.

Às nove horas eles já estavam no tribunal, gostavam de chegar cedo por dois motivos, o primeiro era para conseguir os melhores lugares, e o segundo motivo é que gostavam de assistir às sustentações dos outros advogados.

— Você fará a sustentação do primeiro processo, em seguida será outro processo que não sei quem será o advogado, e depois será o meu processo.

Orientou Adriana.

— Estamos combinados então.

Na hora marcada foi feito o pregão e Carlos se dirigiu para a tribuna, se posicionou de frente para os julgadores que estavam sentados, e ajeitou calmamente o microfone. O presidente da sessão perguntou se haveria sustentação oral e Carlos respondeu que sim, em seguida foi feita a exposição da causa pelo relator, e o presidente do colegiado concedeu a palavra a Carlos por quinze minutos que começara saudando ao presidente da corte e demais autoridades, aos demais colegas de profissão que ali estavam presentes e aos demais naquela sessão, e logo começou impugnar e atacar a decisão inicial tomada pelo juiz da causa, trouxe novos argumentos a sua defesa, sustentando perante a corte, suas razões relacionadas com o mérito da causa. Carlos foi impecável em sua sustentação. Em seguida os Desembargadores votaram, a votação fora unânime, seus fundamentos foram aceitos, e o recurso foi provido. Carlos voltou a se sentar ao lado de Adriana com a sensação de dever cumprido e fora parabenizado por alguns advogados que estavam próximos. Em seguida foi feito o pregão do próximo processo e uma advogada com traços orientais ocupou a tribuna e sustentou impecavelmente a sua defesa, dominou as técnicas de argumentação e demonstrou uma excelente argumentação jurídica, Carlos ficara impressionado. Ela também tivera seu recurso provido e sua sentença reformada, quando saiu da tribuna e voltou para ocupar o assento logo atrás de onde Carlos estava, passou por ele que a cumprimentou com um aceno de cabeça, ela o retribuiu com um meio-sorriso. Adriana também tivera sua sentença reformada. Quando saíram do Tribunal, Adriana estava bastante empolgada.

— Formamos uma bela dupla, não é mesmo?

— Sim, com certeza. Vamos almoçar logo de uma vez para ganharmos tempo.

— Está me convidando? Então vai pagar o meu almoço.

— Sim. Pode deixar que eu pago, é pela nossa vitória no Tribunal.

— E que bela vitória, não é mesmo?

— Sim, mas me diz uma coisa, quem é aquela advogada que pelos traços físicos parecia japonesa, aquela que fez a sustentação oral depois de mim?

— É a Amanda, ela trabalha no escritório do seu amigo Paulo, ela chegou no período que você estava na Irlanda.

— Ela efetuou uma sustentação brilhante.

— Ela é muito boa, dificilmente perde uma causa. Ficou impressionado com ela?

— Impressionado é pouco, não quero me gabar não, mas acredito que ela será a mãe dos meus filhos.

— Coitado de você. Pode ir sossegando porque aquela ali tem fama de muito brava.

— É mesmo? Parecia um doce de tão agradável.

Adriana sorriu da ingenuidade dele.

— Te aconselho a não se aproximar dela, não dá confiança para ninguém, quem tentou se arrependeu depois.

— É justamente essa que eu quero.

— Isso quero ver, e quero assistir de camarote, vou me divertir bastante.

— Você está rindo de mim? Veremos quem rirá por último.

— Provavelmente ela irá ao coquetel oferecido pela posse do novo Presidente do Tribunal de Justiça. Por que você não confirma com o Paulo?

— Você me deu uma ótima ideia, falarei com ele hoje mesmo.

Logo que chegaram ao escritório, Carlos ligou para o amigo Paulo.

— Boa tarde, turista. O que você manda? Só quer saber de viajar agora, não é mesmo?

Paulo brincou com Carlos.

— Não é bem assim, e não mando nada meu amigo, só obedeço. Fiquei bastante impressionado com a sustentação de uma advogada sua, me pareceu que ela é japonesa.

— Está falando da Amanda, é japonesa sim.

— Ela estará no coquetel da posse do Presidente do TJ?

— Não, mas posso tentar dar um jeito nisso.

— Faria esse favor para o seu amigo?

— Você não tem jeito mesmo, não é Carlos?

— Ela mexeu comigo.

— Cuidado com ela, é muito brava, depois não vai dizer que não te avisei.

— Você é a segunda pessoa que me fala isso hoje.

— Estou com pena de você.

— Não fique, é só levá-la ao coquetel e me apresentar, o resto deixa comigo.

— Estamos combinados, então.

As vinte horas, era o horário marcado para o início da comemoração da posse do Presidente do TJ, como ele fora advogado anteriormente, tinha uma boa relação com os advogados e convidou os maiores escritórios para o coquetel de comemoração. Carlos estava ansioso aguardando a chegada do amigo acompanhado da pessoa que ele estava mais interessado que já estivesse na festa. Logo que chegaram, Paulo cumprimentou algumas pessoas, parabenizou o novo Presidente e veio com Amanda em direção onde Carlos se encontrava.

— Boa noite, Carlos.

— Boa noite, meu amigo Paulo.

— Quero que conheça a advogada Amanda Oshiro, já está a alguns meses trabalhando conosco.

— Muito prazer.

Disse Amanda.

— O prazer é todo meu. Já nos encontramos anteriormente.

— Não me lembro.

Disse Amanda.

— Na Câmara Cível, na sustentação oral, você falou depois de mim.

— Ah sim, agora me lembro.

— Vocês me deem licença por um minuto, vou ali e já volto.

Disse Paulo se desvencilhando deles.

— Você foi impecável na sustentação.

— Obrigada, você também não foi mal.

— Claro que não. Efetuei uma bela defesa.

— Eu teria feito melhor.

— Você é muito convencida.

— Sou não. Apenas me preparei muito para estar onde estou.

— Não estou falando nada o contrário, gostaria de ser seu amigo.

— Eu não estou ampliando o meu círculo de amizades.

— Poxa! Só estou tentando ser agradável com você.

— Você é só mais um que vem com esta conversinha mole, com esse papinho… mas pode tirar o seu time de campo.

— Desculpe-me, foi um prazer conhecê-la.

— Já para mim não foi tão prazeroso assim. Com licença.

Falou isso e se afastou da companhia dele.

— Nossa, que arrogância!

Pensou Carlos. Ele se arrependeu de ter tentando se aproximar dela, lembrou dos conselhos dos amigos para ficar longe dela, e logo tentou esquecer do incidente se desparecendo com alguns conhecidos presentes no evento, mas essa história ficara atravessada em sua garganta.

Na segunda-feira, Adriana chegou e foi direto na sala de Carlos para saber das novidades.

— Não tem novidades, a mulher foi completamente grosseira e arrogante comigo.

— Eu bem que te avisei que ela é terrível.

— Desse jeito ela ficará sozinha para sempre.

— Continue insistindo.

— Chega dessa louca, me deu um monte de fora. Vou é focar no trabalho que só tenho a ganhar aqui.

Adriana saiu da sala rindo dele. Logo a secretária passou uma ligação para ele dizendo ser o advogado Paulo, seu amigo, querendo falar.

— Fala meu amigo.

Disse Carlos.

— Não conhece mais minha voz?

Respondeu uma voz feminina do outro lado da linha.

— Não estou reconhecendo.

— Na sexta-feira queria ser meu amigo e hoje nem me reconhece?

— Já sei quem está falando, é a tal advogada arrogante.

— Quero te pedir desculpas pelo que aconteceu na sexta-feira, acho que começamos com o pé esquerdo.

— Você acha? Tenho certeza!

— Você aceitaria meu pedido de desculpas?

— Depende de como será esse pedido.

— Gostaria de marcar um jantar com você hoje, aceite por favor, como um pedido de desculpas. Escolhe onde você quiser.

— Não! Quero que você me surpreenda. Você escolherá o restaurante e ainda pagará a conta.

— Está bem, deixa comigo, te pego aí as dezenove e trinta, está bom para você?

— Está ótimo, estamos combinados.

As dezenove e vinte e cinco, Carlos decidiu descer e aguardá-la, não queria dar motivos para ela falar coisas que ele não gostaria de ouvir, mas para sua surpresa ela já estava o aguardando na recepção.

— Chegou cedo!

— Prefiro assim, não gosto de me atrasar para os meus compromissos.

— Posso saber para onde vamos?

— Já que sou uma oriental e você me deu a oportunidade de escolher o restaurante, então estamos indo para um restaurante japonês na Avenida Gomes Freire, algum problema?

— Nenhum, eu gosto de comida japonesa.

Ao chegarem no restaurante pediram ao garçom uma mesa num local mais reservado e ele os encaminhou para a mesa adequada e sugeriu o prato da noite, que era uma promoção para casal. Amanda ficou na dúvida, mas acabou aceitando a sugestão.

— Bebidas?

Perguntou o garçom.

— Como estou dirigindo não vou ingerir álcool. —Disse Amanda. — Um suco por favor.

— Eu também estou dirigindo, vou te acompanhar no suco.

Carlos esperou o garçom se retirar e olhou para Amanda com um tom inquiridor.

— O que te fez mudar de ideia? Já que estava tão decidida a não querer se aproximar de mim?

— Seu amigo Paulo, e ainda me deu uma bronca.

— É mesmo?

— Sim, ele me disse que eu estava perdendo a chance de conhecer um dos caras mais honestos que ele conhecia.

— Preciso agradecê-lo o mais breve possível.

— E ainda me disse que você passou por problemas parecidos com os meus.

— Como assim?

Perguntou Carlos franzindo a testa.

— Tive sérios problemas no meu casamento, assim como você.

— Você ainda está casada?

— Não, divorciada.

— Mas o que uma bela jovem japonesa está fazendo aqui no Rio de Janeiro dentro de um escritório de advocacia?

— Minha mãe é brasileira e o meu pai é japonês, eles se casaram e foram morar no Japão e eu nasci lá. Me casei muito nova com um homem muito rico, eu tinha uma vida de princesa, tinha vários carros, viajava para onde queria, tinha vários empregados, ele era muito bom no início, mas depois começou a se envolver com outras mulheres e quase não tinha tempo para mim. Um dia fomos surpreendidos com a polícia em nossa porta, ele estava envolvido com tráfico de drogas e estava sendo investigado, foi preso e nossos bens foram congelados pela justiça. Eu não sabia com quem estava casada. Fiquei arrasada e decepcionada, por isso tenho essa dificuldade de confiar nos homens. Me divorciei dele, meus pais já estavam morando nos Estados Unidos, mas eu não quis ir para lá, vim para o Rio de Janeiro, fui morar com uns parentes da minha mãe, decidi cursar direito pela manhã e o restante do dia me dedicava aos estágios e leitura dos livros de direito. Penei bastante, mas aprendi muito. Depois de formada trabalhei em alguns escritórios, e pegava causas por fora, e fui montando minha própria carteira de clientes, depois resolvi trabalhar por conta própria, conheci o Paulo por indicação de uma amiga e aluguei um espaço no escritório dele, uso uma das salas dele, pago a ele um valor por mês que acordamos, mas sou independente, e quando ele precisa e tenho tempo ainda o ajudo nas audiências. Agora me fale sobre você.

— Perdi meus pais num acidente automobilístico, estavam vindo de São Paulo e chovia bastante e perderam a direção, eles gostariam que eu cursasse medicina, mas optei pelo direito, montei um pequeno escritório e fui ampliando aos poucos até chegar onde está hoje. Quando eles morreram eu fui dar conta do quanto eles deixaram para mim, comprei o andar inteiro e ampliei o escritório e trouxe uma amiga para coordená-lo, ela precisava de ajuda, estava sendo explorada por aí sem ser reconhecida nesses escritórios pequenos e eu precisava de alguém para administrar o escritório enquanto eu corria atrás para ampliar minha carteira de clientes, unimos o útil ao agradável.

— E sua esposa?

— É muito complicado, nunca falei sobre ela para outra mulher, exceto para minha amiga Adriana.

— Porque você não descomplica começando a me contar? Confiei minha história a você.

— Conheci minha ex-esposa através de uma amiga, ela não tinha posses, mas gostei dela e depois da morte dos meus pais nos casamos, só tínhamos alguns meses de namoro, eu a incentivei a estudar, banquei o curso de medicina que era o sonho dela, e eu realizei o seu sonho, consegui estágio para ela num hospital de um amigo meu, depois fez residência médica, foi crescendo lá e se envolveu com o diretor Técnico, acabou engravidando desse cara, eu acreditei que seria meu, era uma menina, já próximo ao nascimento eles cometeram um crime, resolveram abortar a gravidez, dei todo suporte sem saber de nada, quando voltou de licença ela foi promovida a diretora Clínica, uma pessoa me procurou e me contou tudo, mostrando gravações e me entregou todas as provas, fiquei arrasado, sofri muito, eu a amava demais, depois a expulsei do meu apartamento e da minha vida, e em resumo é isso.

— Você ainda a ama?

— Não mais, fiquei com um ódio mortal dela e não conseguia perdoá-la de jeito nenhum, depois comecei a sair com uma pessoa, que não sabia dos detalhes, mas sabia que havia acontecido algo muito grave, ela me ajudou muito a mudar meu sentimento em relação a ela e acabei perdoando a sujeita.

— E porque não ficou com essa pessoa? Já que ela te ajudou tanto.

— Bem que tentei, mas ela não queria morar junto, e muito menos ter filhos, onde já se viu casar e cada um morar em apartamento diferente? Aí não deu certo.

— Eu também não aceitaria isso.

— Mas por que você me tratou daquele jeito no evento?

— Me orientaram a não dar confiança aos homens daqui e eu mesma percebi que a maioria dos homens na primeira noite já querem sair e depois não querem mais nada, não querem compromisso. Por isso te tratei daquele jeito, não deixo ninguém se aproximar de mim. Só quero viver para o trabalho.

— Isso não é bom, tem que se divertir também.

— Eu me divirto, mas sozinha ou com minhas amigas, nada de homens aproveitadores, estou traumatizada pelo que houve no meu casamento, a gente nunca sabe com quem está se envolvendo.

Fizeram uma pausa para o jantar, e depois comeram uma sobremesa.

— Sua ex-esposa não tentou te convencer a voltar para ela?

— Bem que tentou, mas fui categórico com ela, e ainda disse que errei muito por amá-la demais, depois disso nunca mais a vi.

Continuaram conversando mais um pouco, depois ela pagou a conta e em seguida o levou até ao estacionamento onde ele deixara seu carro e ela seguiu viajem.

— Espero que tenha me desculpado de verdade.

— Sim, claro, quem sabe nós não marquemos algo depois.

— É, quem sabe, qualquer coisa a gente se fala. Tchau!

— Tchau!

Carlos não tentou nenhum beijo no rosto, aperto de mão... nada! Somente uma despedida simples a distância. Sabia que ela era complicada e brava até por demais e não gostaria de ter mais problemas com ela, não agora que parecia que ela estava começando a gostar da companhia dele.

35

Segunda-feira pela manhã Carlos entrou apressado no escritório procurando por Adriana.

— Bom dia, pessoal! Alguém viu Adriana?

— Estou aqui, algum problema?

— Na minha sala agora, por favor.

Ele falou em tom tão sério que Adriana ficou logo preocupada.

— Aconteceu algo Carlos?

Perguntou ela entrando apressada na sala dele.

— Sim, aconteceu.

— O que houve?

— Sabe quem me convidou para jantar sexta à noite, logo após o expediente?

— Aí Carlos, que susto! Pensei que acontecera algo de muito grave aqui.

— Eu sabia que você ficaria preocupada, por isso fiz todo esse suspense.

— Isso é maldade, mas conta logo quem te convidou.

— Amanda!

— O quê? Ela te convidou para jantar?

— Não só convidou, como ainda pagou a conta.

— Não duvido de mais nada.

— Ela me ligou pela manhã se passando pelo Paulo, depois se identificou pedindo desculpas, eu disse que aceitaria dependendo de como seria esse pedido, e foi isso que aconteceu.

— Acredita que rolará algo entre vocês?

— Em se tratando dela, não me arrisco a achar nada, ela é muito imprevisível.

— Vocês só conversaram?

— Sim, foi só amizade, já achei muito de alguém que nem queria saber de mim.

— O que será que fez ela mudar de ideia?

— O Paulo falou com ela que a nossa situação era muito parecida. Ela já foi casada.

— Acharam algo em comum, sei, não precisa me dizer mais nada.

— Não é o que você está pensando.

— Você não sabe o que estou pensando, pode esperar, ela vai te ligar.

— Não seria melhor eu ligar para ela?

— Claro que não, será no tempo dela, se você ligar pode estragar tudo. Agora, se ela ligar é porque está despertando algum interesse, mas vai com calma.

— Mais calma impossível.

Depois ele ligou para o Paulo, agradecendo a força que lhe dera com Amanda. Paulo o orientou a não tomar nenhuma iniciativa, era para esperar que ela lhe ligaria. Já era quinta-feira e nada dela ligar, ele já estava começando a perder a esperança, mas na sexta-feira à tarde ela ligou.

— Desculpe não ter ligado antes, é que eu estava com muito trabalho aqui, tive que preparar alguns recursos, apelações e ainda fui em duas audiências, foi bem corrido esta semana para mim.

— Eu não te liguei imaginando que estivesse muito atarefada e não queria te atrapalhar.

— Fez bem em não me ligar. Preciso conversar com você, mas estou sem tempo, tenho que sair no horário hoje. Como faremos então?

— Se não der hoje, pode ser amanhã ou outro dia.

— Amanhã pode ser, que tal almoçarmos no "shopping" do Leblon? Ficaria bom para você?

— Por mim tudo bem, mas não ficaria contramão para você?

Perguntou Carlos.

— Não, cerca de seis minutos de distância.

— Desculpe a pergunta, mas você mora aonde?

— Moro na rua José Linhares, é perto.

— Você está de brincadeira comigo, só pode.

— E por que estaria?

— Moro na rua Carlos Góis.

— Somos vizinhos? Fiquei surpresa agora.

— Eu não imaginava que fossemos, mas tudo bem, estarei lá na hora marcada.

— Às doze horas estaria bom para você?

— Está ótimo.

— Nós almoçaremos e depois conversaremos, temos muito que conversar, isso se você quiser é claro.

— É lógico que quero.

— Então, até amanhã?

— Com certeza, até amanhã.

Às onze e cinquenta, Carlos já estava próximo à praça de alimentação, foi o local combinado por eles para se encontrarem. Ele estava de calça jeans, camiseta e tênis, é como gostava de andar quando estava fora do escritório, fugindo do terno e gravata. Passado uns cinco minutos, Amanda surgiu caminhando em sua direção, estava completamente diferente das vezes que ele a vira, sempre de calça e blusa social e uma vez em audiência ela estava de terno feminino. Hoje ela estava de vestido vermelho de manga curta, justo no corpo e comprido até os joelhos e calçando sandália rasteira.

— Bom dia! Chegou há muito tempo?

— Faz uns cinco minutos.

— Estou gostando de ver a sua pontualidade, está ganhando pontos comigo.

— Que bom que estou agradando, não saberia mais o que fazer.

— Não precisa fazer nada de mais, seja você mesmo, sempre. Vamos almoçar? O que você pretende comer?

— Não sei você, mas hoje eu pretendo comer salmão grelhado e arroz com brócolis.

— Sério? É meu prato preferido, não gosto muito de carne, vou te acompanhar, algo mais?

— Sim, quero legumes cozidos salteados na manteiga de garrafa.

— Muito bom. Quero um chope também.

— Não sabia que você bebia chope.

Disse Carlos demonstrando estar surpreso.

— Bebo muito pouco, só em algumas ocasiões, e hoje, já vim sem carro justamente para isso.

Eles se serviram, pesaram a comida e pediram dois chopes grandes, Carlos pagou a conta. Amanda estava sorridente, bastante diferente dos encontros anteriores, mas Carlos estava pisando em ovos com ela, afinal queria causar boa impressão, principalmente nesses primeiros encontros caso viesse acontecer outros futuramente. Ela falava pouco durante a refeição, disse que se conversasse perderia a fome.

— Meu lema é comer primeiro, conversar depois, detesto comida fria.

Enquanto comiam ela o observava bastante, e sempre que ele falava algo ela o olhava nos olhos. Por que ela o olhava tanto? O que ela queria, afinal? Ele não sabia, mas estava sendo analisado por ela. Terminaram de comer e ela quis mais um chopp, ele pegou para ela e outro para ele.

— Então Carlos, vamos lá. Você não se aproximou de mim simplesmente porque queria só a minha amizade, não é mesmo, ou estou errada?

— A princípio queria a sua amizade e a partir daí tentarmos chegar a algum lugar.

— Entendi, mas porque eu? O que chamou a sua atenção? Com tantas mulheres por aí, o que te fez direcionar a sua atenção a minha pessoa? O que você espera de um relacionamento? O que você quer? Vou te pedir mais uma coisa, por favor, olhe sempre nos meus olhos.

— Você me fez várias perguntas.

— Não se preocupe, eu tenho o dia todo.

— Bem, eu acabara de chegar da Irlanda, estava resolvendo uns problemas por lá, voltei pensando na minha vida, pensando que a pessoa que eu tanto amei só me causou dor e sofrimento, e não gostaria de passar por isso novamente. Foram tantos problemas que acabei me tornando uma pessoa fria e solitária, eu precisaria encontrar alguém que me mostrasse o amor, que me fizesse sentir o amor novamente. Até que nos encontramos naquela audiência, e a sua forma de se expressar, sua postura e a sua argumentação, tudo isso me impressionou bastante, quis logo saber quem era você e acabamos nos encontrando naquele coquetel. Minha intensão era começarmos uma amizade, nos conhecermos melhor e quem sabe poderíamos até assumir um compromisso mais tarde. Sei que tem muitas mulheres por aí, mas nenhuma é igual a você, você tem um charme e um encanto único, quando você passou por mim e me deu aquele meio-

-sorriso, eu pensei essa mulher é tudo que preciso! Eu não quero uma pessoa só para sair e curtir, eu quero me casar, ter filhos, formar uma família com essa pessoa. Quanto ao que espero em um relacionamento, creio que não pode haver segredos entre o casal, tem que ter amizade, fidelidade, cumplicidade, respeito e amor. O amor é um sentimento, mas é uma escolha também.

— Por quê?

— Porque eu não posso escolher você para amar, eu tenho que primeiro sentir esse amor, e a partir desse sentimento, amar você será uma escolha diária para a minha vida.

— Uau! Isso foi profundo. Olha Carlos, eu também sofri muito no meu casamento, e estava decidida a não ter mais ninguém na minha vida, mas o tempo foi passando e fui vendo que ficar sozinha não é bom, mas, por outro lado, não queria e não quero qualquer pessoa. Eu também pretendo ter a minha família, tenho o desejo de ser mãe, mas quero um homem que me ame de verdade, e quero amá-lo também, mas tem que estar dentro desses princípios que você me descreveu, eu também compartilho da mesma opinião sua. Sinceramente eu não estava pensando em ninguém, mas, por outro lado, você não é um homem qualquer, eu percebo que você tem muitas qualidades. Não quero tomar nenhuma decisão precipitada, porque posso me arrepender depois. Então no momento, se você quiser, eu gostaria de propor que sejamos amigos até para nos conhecermos melhor e depois a gente decide juntos o que faremos, suponho que essa era a sua proposta, não é mesmo?

— Era sim, concordo com a sua opinião, acho sim, que devemos nos conhecer melhor para depois decidirmos, se não der em nada, pelo menos teremos a chance de nos tornarmos grandes amigos.

— Eu gostaria de sair mais vezes com você, até porque a gente precisa se conhecer, mas como amigos, por enquanto não vai rolar nada entre a gente. Pode ficar tranquilo que não estou interessada em ninguém, se eu me decidir será por você.

— Eu também não estava interessado em ninguém antes de você, e não seria agora que estaria.

— Então penso que temos uma missão.

Falou isso fitando seu olhar nos olhos de Carlos.

— E que missão seria essa?

— Conquistarmos um ao outro.

Falou isso e sorriu.

— É verdade, então aceito a minha missão com todo prazer.

— Eu também.

— Vamos sair hoje à noite, Amanda?

— Onde você quer me levar?

— Não sei, ao clube talvez.

— Clube hoje não, vamos para um barzinho, perto da minha casa, com música ao vivo, assim poderemos conversar.

— Combinado, me passa seu número do celular para eu dar um toque para você poder salvar meu número também.

— A partir de hoje, você pode me ligar a hora que quiser, se eu não atender na hora, é porque estou ocupada, mas logo que possível irei te retornar.

— Você também, qualquer coisa que precisar ou quiser falar é só ligar, mesmo que você pense que não seja importante, ligue ou passe mensagem, eu quero saber.

— Estamos combinados. Agora vou para casa descansar um pouco, te aguardo a noite, quando estiver chegando me ligue avisando.

— Vou te levar em casa, Amanda.

— Não precisa se preocupar, chamarei um carro pelo aplicativo.

36

Carlos ligou para ela quando já estava se aproximando do apartamento conforme combinado, Amanda rapidamente desceu ao seu encontro.

— Estava só aguardando você me ligar.

Se cumprimentaram com beijinho no rosto pela primeira vez, foi Amanda quem tomou a iniciativa.

— Perfume gostoso esse que você está usando.

— Que bom que gostou, também gosto muito dele. É bem feminino.

— Gosto disso em você.

— Do quê?

— Que seja feminina, que use perfume feminino, conheço mulheres que gostam de usar perfume masculino porque é mais forte, nada contra elas, mas não gosto de sentir cheiro masculino na minha companhia, eu gosto de sentir na mulher cheiro de perfume feminino.

— Você pode ficar tranquilo, só uso produtos para mulheres.

— Que bom que estamos nos entendendo. Você quer comer algo?

— Não estou com fome ainda, por enquanto só quero um chope.

Logo o garçom veio lhes atender, e Carlos pediu dois chopes.

— Me esqueci de te falar, o final de ano está chegando e todo final de ano viajo para passar o Natal e virada do ano com meus pais nos Estados Unidos, é a única oportunidade que tenho de ficar com eles durante o ano e tenho que aproveitar. Quando eu tiver uma família, com certeza eles virão para ficar comigo, mas como sou sozinha, eu prefiro ir ficar com eles.

— Eles estão em qual estado?

— Estão em Massachusetts.

— O que eles fazem lá?

— Meu pai atua no mercado imobiliário americano e minha mãe administra a casa e auxilia ele.

— Que interessante, é uma área bastante rentável.

— Não sabia que você tinha conhecimento dessa área, pensei que só entendesse de leis, aliás, não sei quase nada sobre você, ainda.

— Entendo um pouquinho, mas penso que nem de lei você acredita que eu entenda, porque fez críticas à minha sustentação oral.

— Desculpa... não te conhecia direito e te achei muito exibido naquela noite, por isso falei daquela forma, mas você foi ótimo.

— Desculpas aceitas.

— E seus pais eram daqui mesmo?

— Minha mãe era do Sul e meu pai irlandês.

— E como se conheceram?

— Minha mãe foi fazer intercâmbio na Irlanda, conheceu meu pai e quando ela voltou para o Brasil ele não resistiu e veio atrás dela, depois se casaram e vieram morar no Rio de Janeiro, e ele nunca mais voltou à terra dele.

— Eles faziam o quê?

— Minha mãe professora universitária federal e meu pai investidor.

— Como o meu pai?

— Sim, a diferença é que seu pai atua no mercado americano e meu pai atuava no mercado brasileiro.

— Entendi. Vocês fazem alguma comemoração de final de ano no escritório?

— Sim, todo último dia útil de cada ano, reúno todos e almoçamos em uma churrascaria.

— No escritório do Paulo o pessoal também se reúne, não pertenço à equipe dele, mas como trabalho lá, então acabo indo com eles.

— É mais que justo, mesmo que seja indiretamente, você trabalha com eles.

— Esse ano eu não comemorarei com eles, já estarei viajando na data da comemoração deles. Se eu pudesse te levaria comigo, mas começamos a nos conhecer agora.

— Eu te entendo, mas não gostaria de chegar na casa dos seus pais e ser apresentado como um amigo, prefiro aguardar.

— Você sairá para algum lugar para comemorar as festas de natal e virada de ano?

— Não, meus parentes mais próximos moram no Sul e não quero ir para casa de amigos, darei uns dias de folga para a minha ajudante visitar e passar as festas com a família dela, e eu ficarei em casa, sozinho.

— Ficar sozinho não é legal, Carlos.

— Prefiro ficar no meu apartamento tomando vinho e assistindo filmes do que sair para casa de amigos, apesar de que alguns anos atrás eu os recebia em meu apartamento, mas hoje, prefiro ficar sozinho, a maioria deles são casados ou tem namoradas, e eu não tenho ninguém ainda.

— Tenha calma, breve resolveremos a nossa situação, enquanto isso pode aguardar que irei te ligar várias vezes para saber como você está.

— Pode ligar, não será a mesma coisa que ter você pessoalmente, mas dará para matar a saudade, aproveitarei também esse período para colocar umas coisas em ordem.

— O que, por exemplo?

— Tenho uns pequenos investimentos e eu me descuidei do controle na planilha e será bom deixar tudo organizado para a declaração do imposto de renda no próximo ano.

— Você me parece ser bem organizado.

— Sou sim, gosto de manter tudo sobre controle.

— Eu também sou assim, sou bastante criteriosa, chego a ser enjoada com meus controles.

— Acredito que esses dias que passaremos distante será bom para nós, vamos aproveitar para pensarmos o que realmente queremos para as nossas vidas.

— Isso mesmo, esses dias serão muito importantes para nós dois.

— Você tem certeza que não quer comer nada?

— Tenho sim, só quero beber um pouco e ficar desfrutando da sua companhia, mas se você quiser comer, fique à vontade.

— Não quero, só estava mesmo era preocupado com você, mas, já que não quer comer pedirei mais dois chopes para nós.

— Só mais esse e vou para casa, amanhã aproveitarei o dia para arrumar minha mala com antecedência porque não quero deixar nada para trás.

— E quando você viaja?

— Na terça-feira à noite.

— Então eu te levarei ao aeroporto.

Eles ficaram conversando por mais um tempo, depois se despediram, Carlos deixou Amanda em casa e seguiu para seu apartamento, prometendo para ele mesmo que não iria ligar para ela no domingo, sabia que ela estaria preparando a bagagem e não queria ser o culpado caso ela esquecesse alguma coisa.

Segunda-feira Carlos chegou no escritório com uma novidade e logo quis compartilhar com Adriana.

— Este ano estou pensando em fazer a nossa despedida de final de ano de forma diferente.

— O que você propõe? Já que o nosso almoço é uma tradição de todo ano.

— É isso, estou pensando em quebrar essa tradição, gostaria de alugar um sítio para todos os funcionários, com direito a levar seus familiares quem quiser. Todas as despesas serão por conta da firma, eles só precisam ir e se divertirem com futebol, banho de piscina, com tudo liberado.

— Achei a sua ideia ótima.

— Veja o que eles preferem e me fale, se der tudo certo sairemos daqui na sexta-feira pela manhã e passaremos o dia no sítio. Aqui na frente do prédio, será o ponto de embarque e desembarque.

— Verei com eles e já te retorno.

Carlos estava empolgado, gostaria muito que o pessoal optasse pelo passeio, seria uma forma dele recompensá-los pelo desempenho deles durante o ano, já que ele esteve fora por um longo período e o pessoal se empenharam para manter o escritório em dia.

— Já tenho a resposta, todos aprovaram a ideia e estão animados em poder levar a família.

— Ótimo, vou ligar para fazer a reserva do sítio, contratar o bufê e o fretamento dos ônibus.

Na parte da tarde Amanda ligou para ele.

— Ainda nem viajei e já se esqueceu de mim?

— Nada disso, sabia que ontem você estaria ocupada preparando a sua bagagem e não queria te atrapalhar, se você esquecesse algo eu me sentiria culpado.

— Está desculpado então, vai mesmo me levar ao aeroporto? Você me prometeu.

— Sim, com certeza.

— O que você está fazendo?

— Estou organizando uma comemoração diferente aqui esse ano, alugarei um sítio para a nossa confraternização. Ônibus fretado e as despesas, tudo paga pelo escritório, e com direito a levar os familiares. Será uma forma de tentar recompensá-los, este ano eles se empenharam por demais pelo escritório.

— Só terá churrasco nesta comemoração?

— Também, mas como você não gosta muito de carne, se não fosse viajar eu iria te convidar e pediria para prepararem um salmão grelhado para você.

— Seria um convite irresistível, mas penso que eu não aceitaria.

— E porque não?

— Porque é um momento único com seus funcionários, e eu não iria querer atrapalhar isso.

— Mas você não iria atrapalhar.

— Acredito que será o momento de você dedicar toda atenção para eles, e por mais que eu quisesse ir, não iria querer tirar esse momento deles.

— Você tem razão, mas eu saberia me dividir entre você e eles.

— Até pode ser, mas eu não iria. Mudando de assunto, eu só trabalho até hoje, amanhã estarei em casa descansando e aguardando ansiosa o horário do voo, te aguardo amanhã então lá em casa.

— Pode aguardar, sairei mais cedo e vou direto te pegar para levar ao aeroporto.

— Quer o número do meu apartamento?

— Ainda não, vou te aguardar na portaria.

— Como você preferir, até amanhã.

— Até amanhã!

Carlos passou a tarde cuidando dos preparativos para a confraternização, sítio já alugado, ônibus fretados, e agora estava negociando a contratação do bufê do próprio sítio. Tudo tinha que estar em ordem, queria o melhor para os seus funcionários, seria o dia deles, seria tudo por eles e para eles.

— Está organizando tudo sozinho? Não quer a minha ajuda?

Reclamou Adriana.

— Não quero que você se preocupe com nada, assim como os outros, você só vai lá para comer, beber e se divertir muito.

— É mesmo? Muito obrigada!

— Eu é que tenho que agradecer, sei reconhecer quando tenho uma ótima funcionária e uma ótima equipe comandada por ela. Na verdade, eu não tenho palavras para te agradecer por tudo que você tem feito aqui, e espero poder continuar contando com você.

— Para onde eu poderia ir, Carlos? Só você acreditou em mim, só você me deu a oportunidade de mostrar o meu trabalho, eu tenho uma eterna gratidão por você.

— A recíproca é verdadeira, porque você tem se dedicado bastante aqui, mas, agora chega! Vem cá e me dê um abraço.

Carlos abraçou Adriana, um dependia do outro, e juntos eles formavam uma dupla imbatível.

— Cadê sua amiga Amanda?

— Viajará amanhã, está indo passar o final de ano com os pais nos Estados Unidos.

— E vocês já se decidiram?

— Estamos conversando, mas sem pressa.

— Quem sabe dará certo dessa vez, não é mesmo?

— Não quero pressioná-la, quero que ela decida por ela mesma.

37

Terça-feira, Carlos saiu mais cedo do trabalho e foi direto para o prédio de Amanda. O porteiro interfonou para ela avisando que Carlos a aguardava na portaria.

— Ela pediu para o senhor subir se quiser.

Disse o porteiro.

— Diz que irei aguardá-la aqui mesmo.

Meia hora mais tarde desce Amanda com duas malas, bolsa e pacotes de presentes para os pais.

— Chegou cedo, por que não quis subir?

— Não acho certo frequentar o seu apartamento enquanto não resolvermos a nossa situação.

Durante a viagem Carlos estava calado.

— Você está preocupado com alguma coisa?

— Não, só estou um pouco chateado.

— O que houve? Fala para mim.

— Encontrei uma pessoa difícil, consegui me aproximar dela, e quando estamos começando a nos entender, ela precisa viajar.

— Ah, seu bobo, não estou de mudança para lá, só passarei uns dias com meus pais e logo estarei de volta.

— Mesmo assim, eu sei que você tem que ir, mas eu preferiria que não fosse.

— Se continuar, cancelarei minha viajem, e falo sério.

— Não quero que faça isso de jeito nenhum, você tem que visitar seus pais mesmo, eu é que não tenho esse direito de querer que você fique.

— Estamos começando a ficar dependentes da companhia um do outro, eu sei que tenho que ir, mas, por outro lado, quero ficar.

— Chega Amanda! Vamos mudar de assunto, se você cancelar essa viajem, me sentirei culpado pelo próximo ano inteiro. A gente se fala a distância mesmo, e vamos ver no que vai dar.

Carlos a acompanhou até próximo à área de embarque, ele a acariciou o rosto, e ela o fitou nos olhos por alguns segundos e se beijaram pela primeira vez. Não foi aquele beijo cinematográfico tão aguardado, foi apenas um leve toque de lábios, um simples beijo de despedida.

— Tenha um feliz natal, meu amigo.

— Tenha um feliz natal você também e boa viajem.

Ela deu alguns passos e antes de sumir na área de embarque, parou e olhou para ele, fez um aceno com a mão e sumiu completamente, ele ficou ali, imóvel por alguns segundos, que parecia mais uma eternidade. Pela razão queria que ela viajasse, pela emoção a queria de volta, ficou observando o avião dela decolar e depois sumir, para ele restou a solidão e a esperança de vê-la novamente no próximo ano, mas enquanto isso iriam se comunicar por telefone, mesmo à distância, já era alguma coisa.

Sexta-feira era o último dia útil antes do natal, mas no escritório não teria expediente, todos estavam aglomerados em frente ao prédio, três ônibus de turismo estavam estacionados, alguém de confiança de Adriana organizava o embarque dos funcionários com seus familiares. Carlos chegou sem carro, queria aproveitar ao máximo o passeio sem se preocupar com a bebida e o volante. Já havia despachado Marilda para passar as festas junto dos familiares, e Amanda ligava duas vezes ao dia, às vezes três, sua chegada fora tranquila. O sítio ficava próximo à praia do Recreio, 17 mil metros quadrados de pura beleza, muito bem arborizado, com uma área coberta enorme para festa, churrasqueira, duas piscinas de adulto e uma piscina infantil, quadra de vôlei, campo de futebol e salão de jogos. Logo que chegaram foi servido um café da manhã, e a ordem de Carlos era para todos se divertirem. Os funcionários estavam organizando os times para o futebol e convidaram Carlos para jogar, mas ele disse que o máximo que ele jogava era uma sinuca ou totó, nem o ping-pong ele se atreveria a jogar. A equipe do bufê estava trabalhando o mais rápido possível para estar tudo organizado na hora do almoço.

— Eu nunca vi esse pessoal tão feliz como estão hoje.

Observou Adriana.

— É o mínimo que eu poderia fazer por eles e por você também.

Na hora do almoço foram organizadas filas para evitar o tumulto e todos serem servidos sem exceção. Mais tarde Carlos reuniu todos os funcionários, ele e Adriana fizeram um breve discurso de agradecimento pelo ano de trabalho que estava se encerrando, onde todos se empenharam sem distinção. Carlos agradeceu mais uma vez a dedicação de todos, disse ter uma equipe fantástica, e solicitou o mesmo empenho de todos no próximo ano. Em seguida distribuiu um envelope nominal a cada funcionário contendo uma gratificação especial. Um associado brincou dizendo que já estavam ficando mal-acostumados, Carlos sorriu e respondeu.

— Por favor, não fiquem!

Imediatamente Carlos e Adriana foram aplaudidos por todos os presentes e Carlos ouviu alguém dizer que esse era o melhor escritório para se trabalhar. No final da tarde todos foram levados de volta para o local onde se encontraram pela manhã, cientes que voltariam a trabalhar no segundo mês do próximo ano. Carlos voltou para casa, estava satisfeito porque conseguiu organizar uma grande festa para seus associados, mas sabia que agora estaria voltando para a solidão do seu apartamento. Ele ainda estava no banho quando o telefone tocou, era Amanda.

— Por que demorou a atender?

— Eu estava no banho.

— Que pena eu não estar aí agora.

— Amanda! Não estou te reconhecendo.

— Estou brincando com você.

— Só falou esta gracinha porque está longe, quero ver falar aqui perto de mim.

— Me aguarde então. Minha mãe falou que precisa te conhecer com urgência.

— Por quê?

— Ela me disse que nunca me viu tão interessada em ligar para alguém como me vê ligando para você, e nem namorados somos ainda, ela já imagina depois. Ela disse que precisa conhecer o responsável por essa mudança.

— Diga que estou à disposição dela.

— Vou falar para ela, e como foi a festa?

— Foi ótima, o pessoal se divertiram bastante.

— Que bom!

— Está fazendo muito frio aí?

— Aqui está congelando, agora está próximo dos 7 graus, em janeiro é mais frio ainda, mas ainda bem que já estarei voltando para casa.

— Se eu pudesse iria aí só para te aquecer.

— Eu iria adorar.

— Você ligou por algum motivo?

— Só liguei para saber se você já estava em casa, vou sair agora com a minha mãe, mais tarde a gente se fala.

— Ok. Tchau!

Carlos ficara impressionado com a empolgação de Amanda, será que ela já tomou alguma decisão favorável em relação a eles? Devido ao entusiasmo dela, só poderá ser mesmo algo positivo ou talvez ainda esteja se decidindo, mas de qualquer forma já era um grande progresso, não parecia a mesma pessoa que ele conhecera algum tempo atrás. Ele já estava se preparando para dormir quando lembrou de olhar o estoque de vinhos, e logo pensou que precisaria fazer uma visita à adega do bairro para repor uns vinhos. Levantou cedo no dia seguinte, era véspera de natal, e se preparou para ir ao supermercado fazer umas compras para passar a noite, não é porque estaria sozinho, que não iria comemorar o natal, fez suas compras, depois passou na adega, comprou uns vinhos suaves e foi para casa, de onde não planejava sair tão cedo. Já era próximo da meia-noite quando Amanda lhe enviou uma mensagem desejando-lhe um feliz natal, ele simplesmente respondeu agradecendo por ela ter lembrado dele. Mais tarde quando já eram quase duas horas no Brasil e próximo da meia-noite em Boston, ele mandou uma mensagem para ela lhe desejando um feliz natal, e escreveu dizendo que teve todos os motivos para ter tido um péssimo natal, e um único motivo o fez ter um ótimo natal esse ano, que era a esperança de tê-la ao seu lado no próximo ano, ela leu e respondeu na mesma hora que também tinha muita esperança de estarem juntos. Depois disso Carlos foi dormir, certo de ter encontrado a pessoa certa que ele tanto procurara. O ano novo não foi diferente, rompeu o ano trocando mensagens com sua pretendente, bebendo vinho e assistindo filmes.

A semana após o ano novo estava se arrastando, Amanda fazia suspense de quando voltaria e isso o consumia, até que numa manhã fora acordado por uma ligação de Amanda.

— Venha me buscar, estou chegando ao aeroporto.

— Estou indo.

Ele saltou da cama, lavou o rosto, se arrumou e partiu apressado para o aeroporto. Amanda estava pacientemente o aguardando, quando o viu sorriu e saltou sobre o seu pescoço.

— Acabei de desembarcar agora.

— Por que não me avisou que estava vindo?

— Quis te fazer uma surpresa.

— Conseguiu me surpreender. Vamos sair daqui.

Carlos a ajudou com as bagagens até o carro.

— Precisamos muito conversar Carlos, mas estou muito cansada agora, então, poderíamos sair hoje à noite?

— Claro que sim, vou te deixar em casa e a noite eu te pego para jantarmos.

A noite no horário combinado, Carlos estava no prédio de Amanda para levá-la para jantar.

— Vou te fazer uma surpresa, quero te levar em um restaurante japonês na Rua Dias Ferreira, é considerado o melhor restaurante japonês do bairro, e o chef é um japonês amigo meu.

— Estou ansiosa.

Quando chegaram ao restaurante o chef veio receber Carlos.

— Meu amigo, a quanto tempo, você sumiu.

— Sim, mas hoje, trouxe uma japonesa que mora aqui no Rio, para experimentar sua culinária. Gostaria que você a surpreendesse.

— Deixa comigo. Você prefere atum ou salmão? Perguntou o chef a Amanda.

— Prefiro salmão.

— Me aguardem, vou pedir para servirem dois chopes, enquanto preparo algo.

— Obrigado.

Assim que o chef saiu, Carlos fez um comentário para Amanda.

— O chope daqui é estupidamente gelado.

— Você está muito empolgado hoje.

— Não só empolgado, estou muito feliz por você estar de volta.

— Eu também, apesar que estava com meus pais e só posso vê-los uma vez ao ano, mesmo assim estava ansiosa para voltar, primeiro por causa do frio de lá e segundo por você.

Logo eles foram interrompidos pelo chef.

— Espero que goste da minha sugestão, dupla de sushi crocante coberto por tartar de salmão temperado.

Eles já estavam quase terminando quando o chef chegou com outra novidade.

— Experimentem esse é especial.

— O que é?

— Sushi de salmão com azeite trufado maçaricado e trufas negras.

— Carlos, isso é caríssimo.

— Não se preocupe, apenas aprecie.

Após a refeição tomaram sorvete de lichia enquanto ela lhe contava os detalhes da sua viagem em visita aos pais.

— Carlos eu gostaria de saber se você se decidiu com relação a nós dois.

— Sim, eu me decidi e você já se decidiu?

— Então, eu pensei bastante e vim decidida, mas quando cheguei aqui não tinha mais certeza da minha decisão, acredito que estou em dúvidas ou talvez com receio.

— Eu te entendo, você passou por tantos problemas e agora tem medo de tomar uma decisão, mas não precisa ter medo.

— Acho que falta alguma coisa.

— Falta sim, falta eu te pedir algo.

— E o que seria?

Amanda perguntou e Carlos a olhou nos olhos.

— Me dê uma chance de te fazer feliz, se dê uma chance de ser feliz, e nos dê uma chance de sermos felizes juntos.

Amanda ficou sensibilizada com as palavras dele.

— Agora não falta mais nada, eu quero ser feliz ao seu lado.

— Prometo tentar fazê-la a mulher mais feliz do mundo.

Carlos pagou a conta, se despediu do amigo e saíram.

— Você decide o nosso próximo passo agora.

Disse Carlos.

— Então eu te digo que a nossa noite está apenas começando.

— Quer ir para algum local especial?

— Não consigo imaginar outro local mais especial para nós nesse momento do que o meu apartamento.

— Como você preferir.

Imediatamente foram para o apartamento dela.

— Eu preciso te dizer que eu nunca trouxe outro homem aqui nesse apartamento, aliás, eu nunca tive outro homem desde que me divorciei, então quero te pedir para ter um pouco de paciência comigo.

— Não se preocupe, farei esta noite ser inesquecível para você.

Carlos a tomou nos braços e a beijou com todo o romantismo, queria agradá-la em todos os sentidos, não teve pressa, embora as vezes, era ela que se apressava.

38

Carlos acordou primeiro e ficou observando-a dormir, quando ela acordou e abriu os olhos se espantou e exclamou.

— É real! Não é um sonho.

— O que não é um sonho?

— Nós dois aqui, pensei que estivesse sonhando.

— Se estivermos sonhando, então não quero acordar desse sonho.

Ela sorriu.

— E como foi a noite para você?

Perguntou ele com ar de curiosidade.

— Intensa, mas também inesquecível.

— Prometo tentar tornar todas as suas noites inesquecíveis.

— Eu nem me atrevo a perguntar como foi a sua.

— Mas responderei mesmo assim, foi maravilhosa.

— Fala isso só para me agradar.

— Também, mas se dependesse só de mim você se mudaria hoje mesmo para o meu apartamento.

— Você é muito apressado.

— Eu não tenho dúvidas que é ao seu lado que quero passar todos os meus dias daqui para a frente.

— Eu também, mas vamos com calma, vamos nos conhecer melhor antes de tomarmos esta decisão.

— Por quê? Você tem medo de mudar de ideia?

— Não, tenho medo de você se enjoar de mim.

— Por que motivo eu faria isso?

— Sou muito grudenta, ciumenta, não gosto de nada fora do lugar e detesto mentiras.

— Eu não vejo nenhum problema em você ser assim.

— Mesmo assim, acho melhor a gente ir se conhecendo, eu me acostumo com o seu jeito, você se acostuma com o meu, porque querendo ou não, temos pensamentos diferentes, costumes diferentes, e aos poucos vai tudo se ajustando, e quando vermos que não tem mais problemas, a gente pensa em algo mais sério. Não estou dizendo que o nosso relacionamento não seja sério, não me entenda mal, estou querendo dizer que uma vida a dois é algo de muita responsabilidade, e temos que estar preparados para isso, você concorda ou não?

— Claro, eu confesso que sou muito apressado, você tem razão, temos que nos conhecer melhor, mas não acredito que teremos problemas.

— Eu também não, mas vamos namorar um pouco mais, casamento ou morar junto é algo muito sério, e não aceito arrependimento depois, terá que me aturar até o fim.

— Você é uma pessoa muito decidida com relação a esse assunto.

— Sou sim, eu particularmente sou contra o divórcio por qualquer motivo, a não ser por traição. Penso que o casal tem que esgotar todas as possibilidades antes de partir para uma separação, se depois de todas as tentativas, não der certo, aí infelizmente se separa, mas só depois que tentar tudo, é o que eu penso.

— E traição, como você lida com isso?

— Odeio traição, se me trair posso até perdoar, mas não vou querer continuar estar casada com a pessoa.

— Você trairia por vingança?

— Você quer dizer, a pessoa me trair e eu dar o troco por vingança?

— Sim.

— Jamais! Meu corpo não foi feito para qualquer um pôr a mão não, meu querido. Se eu trair por vingança eu estaria me rebaixando ao mesmo nível da pessoa que me traiu, neste caso é divórcio sem dó e sem piedade.

— Eu também penso como você.

— Você passou por isso, não é mesmo, ou melhor, nós passamos por isso, mas no seu caso foi pior, porque ela ainda te sugeriu que você fizesse o mesmo com ela para tentar consertar a situação, achei isso um absurdo.

— Eu acredito que foi um ato de desespero da parte dela.

— Ela não mediu as consequências e depois ficou desesperada.

— Temos pensamentos bastante parecidos, Amanda.

— Acho muito importante conversarmos agora para não termos problemas no futuro.

— Estou de pleno acordo.

— Mais uma coisa, eu odeio quando a pessoa que está comigo, estar no celular e quando chego à pessoa fica disfarçando ou escondendo o celular de mim, se você fizer isso terá guerra!

— Pode deixar, sou muito transparente quanto a isso.

— A sua governanta já chegou de viagem?

— Sim, chegou ontem, por quê?

— Ótimo, hoje é um bom dia para nos conhecermos.

— Vai para lá hoje?

— A noite, e avisa que irei para jantar, estou brincando, vamos pedir delivery, no restaurante japonês, você não gosta de assistir filme? Vou assistir com você.

— Não prefere ir ao clube, dançar um pouco?

— Não! Ficaremos em casa, está querendo me levar onde levava as outras?

— Sou sócio de lá, só levei a Mônica, a Lorena conheci lá.

— Chegará a hora de irmos lá, por enquanto não, prefiro um barzinho, pizzaria, restaurante japonês ou ficar em casa mesmo, sou bastante caseira, e tem mais uma coisa.

— Pode falar.

— A partir de hoje, nada de você sair para se divertir sozinho ou com amigos, só sairemos juntos, tudo será feito em família.

— Em família...

— Você não queria uma família? Então você terá a sua família.

— Estou amando esse seu jeito, voltou a ser aquela que conheci no início, é por essa que me apaixonei.

— Não serei rabugenta assim o tempo todo, só quando você merecer.

— Estou merecendo agora?

— Você é um cara bonito, Carlos, pensa que vou te dar moleza? Vou marcar você.

— Pode ficar tranquila, só tenho olhos para você.

— Acho bom mesmo, esse assunto me deu uma fome.

— Vai querer agora?

— Não é dessa fome que estou falando, seu bobo, quero tomar café.

— Eu sei, vai que...

— Vai que nada, só a noite agora.

— Então terminarei o café e vou correndo para casa arrumar minhas bagunças.

— O certo, seria eu ir agora com você, para ver sua organização, não vai faltar oportunidade, mas eu não acredito que você seja bagunceiro, me parece bastante organizado.

— E sou mesmo, bom meu amor, foi ótimo passar a noite com você, o café estava maravilhoso, mas agora vou para casa, te aguardo a noite lá em casa.

— Está bem, estarei lá.

Carlos foi correndo para casa avisar Marilda que a noite teriam visita.

— Marilda, hoje à noite teremos visita.

— Deixa-me adivinhar, uma amiga?

— Não, é minha namorada mesmo.

— Namorada? Então faço questão de conhecê-la.

— Você irá conhecê-la a noite, mas, gostaria de saber o motivo dessa empolgação?

— Porque não sei quando, mas irá aparecer uma que te dará muitas alegrias e vocês serão muito felizes.

— Tomara que seja essa, Marilda. Foi muito difícil de conquistá-la.

— Vamos aguardar e torcer para que seja essa realmente.

A noite no horário combinado, a portaria avisou que Amanda estava na recepção do prédio, Carlos autorizou sua entrada e foi para a porta aguardá-la, e a recebeu aos beijos.

— Marilda, quero que conheça a Amanda, minha namorada.

— Muito prazer em conhecê-la, Marilda.

— O prazer é todo meu, dona Amanda.

— Quando nasci, ela já trabalhava aqui.

Falou Carlos todo animado.

— Que bom! Suponho que ela não gostou de mim, está me olhando séria.

Cochichou Amanda no ouvido de Carlos.

— Não é o que você está pensando.

— Ah não? O que é então?

— Vocês me desculpem a franqueza, mas sou assim mesma. Senhor Carlos, pode escrever o que vou lhe falar sobre essa moça.

Amanda ficou assustada! O que estava acontecendo? O que ela irá falar?

— Essa moça é menina direita, de família, é moça para casar, e tenha certeza, ela ainda vai te dar muitas alegrias, leve-a a sério.

— Pode ficar tranquila Marilda, com certeza eu estou levando-a muito a sério.

— O que foi isso?

Perguntou Amanda a Carlos.

— Às vezes acontece isso com ela, não fique nervosa.

— Estou tranquila, fiquei foi impressionada.

— Me desculpe moça, não quis te deixar nervosa.

— Não há o que desculpar.

Disse Amanda se levantando e abraçando Marilda.

— Se eu já gostava de você, agora então.

— Eu também gostei muito da senhora, faça o meu menino feliz, ele merece, já passou por muitos problemas.

— Fique tranquila, vou te confessar uma coisa, sinto que ele é o homem da minha vida.

— Vejo um futuro brilhante para vocês, irão ter lutas, mas terão muitas alegrias juntos.

— Obrigada por suas palavras.

— Quer que eu prepare algo para vocês?

— Não Marilda, vá descansar, a gente se vira por aqui, vamos pedir comida.

Amanda estava encantada com Marilda.

— Carlos, que amor de pessoa é a Marilda.

— Estou impressionado, ela trata todos muito bem, mas com você foi diferente, foi um tratamento especial.

— Ela tem um coração muito puro, só sendo muito pura para ver e falar o que ela falou aqui, estou emocionada.

— Eu também. Venha, vamos assistir filme, o que você prefere?

— Desde que não seja terror. Pode ser ação ou aventura.

— Vamos assistir ação, se for aventura ou romance, acabaremos chorando depois de tudo que aconteceu aqui.

Os dois ficaram juntinhos assistindo ao filme, quando acabou, pediram comida. Assistiram metade de outro filme e depois foram para o quarto.

Na manhã seguinte, Marilda preparou um café especial para eles.

— Você caprichou Marilda.

— A senhora merece, preparei com o maior prazer.

— Muito obrigada! Assim não vou mais querer ir embora.

— Mas não é para ir mesmo, o seu lugar é aqui, agora a senhora até pode ir, mas chegará o dia em que virá para cá definitivamente.

Amanda escutava atentamente todas as palavras de Marilda, depois foi ver Carlos que estava na sala.

— Estou encantada, esse apartamento é gigante.

— Aqui já teve muitas festas, meus pais eram bastante animados.

— Se você quiser, nos também poderemos receber os nossos convidados aqui.

— Agora você me surpreendeu.

— Ainda quero te surpreender muito, posso ficar mais essa noite com você?

— Não só essa, mas quantas noites você quiser.

— Por enquanto só mais essa, amanhã depois do café vou para casa, mas depois eu volto.

— O que fará lá? Fique aqui comigo.

— Vou ver meus processos, está chegando o dia de voltarmos ao trabalho e quero que esteja tudo em ordem.

— Está certa, e o que achou da minha organização?

— Está tudo em ordem, mas quero chegar de surpresa.

— Para que essa chave?

— Chave da porta, é para você vir quando quiser.

— Quando você me levar amanhã vou te dar uma cópia da chave lá de casa também.

O restante do mês de janeiro foi marcado pelas visitas de Carlos e Amanda um frequentando o apartamento do outro, e a cada dia eles ficavam mais próximos e mais dependentes um do outro.

39

Fevereiro, todos estavam retornando ao trabalho, Amanda se concentrou nos processos dos seus clientes e Carlos no seu escritório que teria que administrar, mas ele podia contar com a ajuda de Adriana.

— Bom dia para todos! Bom dia, Adriana! Como foram suas férias?

— Ótimas, e as suas?

— Maravilhosas, melhor impossível.

— Notícias da sua cara-metade?

— Cara-metade, essa é boa, só você mesma para inventar algo assim, mas já te respondo, a minha cara-metade não sai lá de casa e nem eu da casa dela.

— Sério isso?

— Sério mesmo, firmamos compromisso, agora é para valer.

— Quem diria, isso dará em casamento.

— É o que estamos planejando, ela é demais, às vezes me assusta.

— Por quê?

— Lembra aquele gênio dela de quando a conheci?

— Lembro muito bem.

— Às vezes se revela, ela é um doce, mas tem hora que é durona como no início de quando a conheci.

— É bom para você aprender a andar na linha com ela.

— Pensei que você estivesse do meu lado.

— E estou, mas agora chega de papo, tenho que trabalhar.

Brincou Adriana com Carlos. Mais tarde Amanda mandou mensagem pedindo para ele ligar para ela.

— Como estão os trabalhos por aí?

— Estou atolada de trabalho, desci sem carro, você poderia me dar uma carona?

— Posso sim, você sairá que horas?

— As dezoito e trinta, eu te ligo quando estiver pronta. Você tem me convidado para ir ao seu escritório, então se prepara que esta semana ainda, vou te fazer uma visita aí, só vou falar no dia, será surpresa.

Amanda estava marcando Carlos duramente, por que estaria agindo assim? Teria motivos para ela desconfiar dele? Ficara ela sabendo de alguma coisa? As dezoito e vinte ela ligou dizendo que ele já poderia ir buscá-la, e que já estava se dirigindo para a recepção. Carlos chegou e logo ela apareceu e entrou no carro.

— Você não precisa descer de carro, eu te trago e levo todos os dias.

— Não quero te incomodar.

— Mas você não vai me incomodar, quando eu precisar descer mais cedo ou mais tarde eu te aviso.

— Não, vamos combinar assim, nos dias que eu dormir na sua casa, eu desço com você.

— Ok, quer minha companhia em sua casa hoje?

— Eu adoraria, mas hoje estou exausta.

— Está bem, amanhã a gente se fala.

— Pensando bem, sobe e fica um pouquinho, depois vá porque preciso dormir cedo.

Passados alguns dias, Amanda ligou avisando que estaria indo visitar Carlos no escritório e perguntou se tinha algum problema.

— Claro que não, venha quando quiser.

Alguns minutos depois ela foi anunciada pela recepção.

— Não pensei que fosse chegar agora.

— Eu liguei avisando que viria, mas já estava na portaria do seu prédio.

— Você é ...

— Sou o quê?

— Um caso a ser estudado, está sempre com o pé atrás.

— Mesmo que não tenha motivos para eu desconfiar, eu desconfio mesmo assim, algum problema?

— Nenhum, fique à vontade.

Carlos chamou Adriana na sua sala.

— Adriana, esta é Amanda, minha namorada.

— Ele me fala muito de você.

Disse Adriana querendo ser simpática.

— Ele também me fala bastante de você, parabéns!

— Parabéns por quê?

— Por ser o braço direito dele, é um escritório enorme, ele não daria conta sem uma ajuda feminina.

— Pronto, estavam demorando.

— Pronto o quê? Somos a maioria aqui.

— Coloco às duas para correr daqui a pouco.

Elas sorriram, ele também sorriu.

— Prazer em conhecê-la, Adriana.

— O prazer é meu, se precisar estarei na minha sala.

— Meu amor, não fazia ideia de como isso aqui é enorme.

Carlos a levou para conhecer todas as dependências do escritório.

— Esse escritório ocupa todo o andar do prédio.

— É próprio ou alugado?

— É próprio, aluguel seria uma fortuna.

— Estou impressionada, e também muito orgulhosa de você.

— Por que estaria?

— Porque isso aqui é uma mega firma, não é para qualquer um, meus parabéns.

— Vindo de você estas palavras, fico até emocionado.

— Por quê?

— Porque você é verdadeira, fala o que pensa, mas fala a verdade.

— Para ter um escritório desse, só sendo mesmo muito inteligente, muito profissional e muito batalhador, e eu sei que você é tudo isso.

— Muito obrigado.

— Agora tenho que ir, tenho uma petição para fazer e não tenho ajudante.

— Vamos juntos para casa?

— Não, hoje estou de carro, mas pretendo jantar e dormir com você hoje.

— Maravilha, te aguardo em casa.

Assim que Amanda saiu, Adriana foi correndo para a sala de Carlos.

— O que foi isso?

— Ela veio fazer uma visita de surpresa.

— Ela está desconfiada de alguma coisa?

— Não, ela é assim mesma, ela confia sempre desconfiando, está sempre atenta, mas é uma ótima pessoa.

— Ela tem um jeito de ser muito rigorosa.

— É sempre assim.

— Mas ela demonstra que te ama muito, e é ciumenta.

— Ela já me confessou que sim.

— Meus parabéns! É uma japonesa linda.

— Eu também acho.

A noite Amanda foi jantar e passar a noite com Carlos, Marilda já sabendo que ela iria, caprichou no jantar.

— Me pareceu que você ficou bastante impressionada com meu escritório?

— Sim, muito lindo e organizado.

— Tenho algo para te propor.

— E o que seria?

— Venha trabalhar comigo.

— Não posso, eu tenho meus clientes, tenho um acordo com o Paulo, e não pretendo trabalhar para ninguém.

— Você não está entendendo.

— O que eu não estou entendendo?

— Estou te convidando para ser minha sócia, estou propondo uma fusão dos nossos escritórios, e seu nome irá para a parede ao lado do meu.

— Eu, sua sócia?

— E por que não?

— O seu escritório é muito grande, não fazia ideia do quanto tão grande seria, tenho bastante cliente, mas nem tanto assim como você.

— Futuramente iremos nos casar e tudo que é meu, logo será nosso. Preciso de você ao meu lado, e quanto ao Paulo ele irá entender.

— E como seria essa fusão?

— Primeiro comunicaremos aos nossos clientes e a Ordem dos Advogados, depois todos os nossos processos farão parte desse novo escritório que irá surgir, e os seus processos serão distribuídos ao pessoal que farão o acompanhamento deles, e tudo será feito por eles, a não ser quando tiver alguma sustentação oral de alguma apelação ou recurso que você queira fazer, e isso valerá para os meus processos também, fora isso eles cuidarão de tudo. Adriana é a coordenadora jurídica do escritório, ela distribui e cobra tarefas do pessoal, eu que assino tudo, ela só tem autorização para assinar na minha ausência, às vezes o pessoal vai a minha sala tirar alguma dúvida ou resolver alguma coisa, mas geralmente é ela que resolve tudo com eles. Eu administro todo o escritório e faço o pagamento do pessoal, faço reuniões com antigos e futuros clientes, às vezes Adriana participa das reuniões também. Com a sua ida, poderei dividir minhas tarefas com você e trabalharemos juntos, será menos cansativo para você e para mim também, e você terá mais tempo para se atualizar.

— Poderei supervisionar os seus processos?

— Após a fusão, não terá mais essa de meus ou seus processos, ou meu, ou seu pessoal, da Adriana até a auxiliar de serviços gerais, todos estarão sob sua administração também, comandaremos juntos.

— Não terei problemas com a Adriana?

— Não creio, ela é muito profissional, qualquer dúvida ela é a coordenadora e você será a dona do escritório.

— Poderei sugerir algumas mudanças quando necessário?

— Você terá carta-branca, mas terei que aprovar.

— Acredito que não será difícil conseguir sua aprovação, eu aceitarei sua proposta.

— Você não perderá nada, pelo contrário, só terá a ganhar, e ainda ficaremos juntos o dia todo. Amanhã mesmo falarei com Adriana.

— Estou bastante empolgada.

— Vamos para o quarto? Quero dar logo um jeito nessa sua empolgação.

— Vamos sim! Afinal temos muito que comemorar.

40

Na manhã seguinte Carlos deixou Amanda na porta do escritório do Paulo e seguiu em direção ao seu escritório.

— Aproveita bastante porque os seus dias de trabalho com o Paulo estão acabando, logo estaremos juntos dividindo o mesmo escritório.

— Estou ansiosa para isso acontecer.

— A gente se fala mais tarde.

Carlos chegou no escritório, cumprimentou a todos e foi direto para a sua sala e chamou Adriana.

— O que temos para hoje?

— Senta que o assunto é muito importante.

— Pode falar chefe.

— Como você sabe, eu e Amanda estamos juntos a algum tempo, eu tenho o meu escritório e ela tem o dela, estamos planejando nos casar em breve e não seria justo trabalharmos em locais diferentes, se fossemos empregados, não questionaria, mas somos donos dos escritórios, então pensei bastante, e fiz uma proposta e ela concordou, então os nossos escritórios passarão por um processo de fusão.

— Ela virá trabalhar aqui conosco?

— Sim, algum problema?

— Não, mas como será isso, Carlos?

— Dessa fusão surgirá um novo escritório que combina com a experiência da Amanda em projetos de infraestrutura e arbitragem, além da intensa atuação dela com destaque nas áreas de contencioso judicial e direito eleitoral.

— Se bem me lembro foi a sustentação oral dela que te despertou um interesse nela.

— Ela é ótima, isso ninguém pode negar, ela será minha sócia, todos estarão subordinados a ela, mas a palavra final será minha, todos teremos a ganhar com isso, principalmente o escritório, que abriremos para outras áreas do direito, inclusive áreas menores, mas não menos importantes.

— E se ela não gostar de mim ou da nossa equipe?

— Não fique preocupada, ela não irá se envolver com isso, está vindo para somar, eu reconheço a sua preocupação com as mudanças que estão por vir, mas não tem nada a ver com o pessoal, e ela conhece o seu trabalho, conhece tudo aqui mais do que você pensa. Quero que você comunique isso ao pessoal, para já ir preparando e tranquilizando eles, creio que não teremos problemas com nossos clientes, eles só terão a ganhar com um escritório mais estruturado, contratarei uma equipe para cuidar dessa fusão.

— E quanto aos processos dela?

— Virão todos para cá e você irá distribuí-los para o pessoal, não se preocupe, você é e continuará sendo a nossa coordenadora jurídica, fique tranquila, quando ela vir para cá definitivamente, faremos uma reunião com todo o pessoal para apresentá-la. Após você falar com o pessoal, ligue por favor para a equipe que realizou a reforma aqui no escritório, quero que eles preparem uma sala para ela.

— Ela terá uma sala?

— Lógico Adriana, ou você pensa que ela irá ocupar a minha sala? Se bem que não vejo problemas nenhum, mas ela tem que ter a privacidade dela para quando ela quiser receber um cliente, falar com algum funcionário em particular ou até mesmo com você. Quero a sala dela ao lado da minha, com acesso entre as salas por uma porta de correr.

— Carlos, nós somos amigos a anos e gostaria que você me respondesse uma pergunta com toda sinceridade.

— Pode perguntar.

— Tenho algum motivo para me preocupar?

— Vou te responder olhando dentro dos seus olhos! Não tem nenhum motivo, nem você e nem o pessoal.

— Assim fico mais tranquila.

— Jamais faria algo para te prejudicar, você é minha amiga de anos, me ajudou a erguer esse escritório, só tenho a te agradecer, e continuará trabalhando aqui o tempo que você quiser.

— Obrigada meu amigo, darei a notícia ao pessoal.

Mais tarde Amanda ligou avisando que estaria indo para lá no final da tarde para irem juntos para casa. Logo que chegou, entrou direto na sala dele.

— É assim agora? Nem avisaram da sua chegada.

— Por que será, hein?

— É mesmo, por que será?

Ambos riram da brincadeira que fizeram.

— Falei com o Paulo sobre a nossa fusão.

— E ele?

— Ficou impressionado, disse que sabia que nos daríamos muito bem, mas estamos superando as expectativas dele, disse também que você é um cara fantástico, e eu tenho muita sorte de ter te conhecido e ter dado uma chance para nós.

— Quem tem sorte sou eu, de ter você na minha vida.

— Ah, mais tarde vamos fazer uma chamada de vídeo para os meus pais, falei com eles sobre os nossos planejamentos, e disseram que a coisa está séria mesmo entre nós e gostariam de te conhecer mesmo que seja a distância.

— Combinado, vamos embora? Já chega por hoje, para o seu ou para o meu apartamento?

— Para o seu, é claro.

A noite após o jantar fizeram uma chamada de vídeo para falar com os pais de Amanda, foram bastante receptivos e a conversa foi bastante agradável.

— Mesmo que vocês decidam se casar esse ano, dificilmente poderíamos ir, porque estou com muito trabalho e não poderia viajar agora.

— Ainda não planejamos nada com relação a isso, por enquanto estamos focados na fusão dos nossos escritórios e nos novos negócios que surgirão com essa fusão.

— Ficamos muito satisfeitos de você propor uma sociedade com nossa filha, não te conhecemos pessoalmente, mas já gostamos de você.

— Muito obrigado.

— Amanda me disse que além de advogado, você também tem uns investimentos.

— São pequenos ainda.

— Duvido muito que seja, já conheço essa conversa.

Carlos sorriu.

— Precisamos conversar sobre isso pessoalmente, estou querendo diversificar meus investimentos e estou de olho no mercado brasileiro, você investe em ações?

— Sim, e invisto também em fundos imobiliários.

— Ótimo, estou estudando sobre eles, e como os proventos são pagos mensalmente, é possível reinvestir uma parte ou o total todos os meses, mas quando você vier aqui ou eu for aí teremos uma longa conversa a respeito.

— Estarei à sua disposição.

Amanda ficou surpresa de como os dois estavam se entendendo bem, e já tinham algo em comum para tratarem mesmo à distância, depois encerraram a ligação prometendo se falarem outra hora.

— Já imagino vocês juntos, terão assunto para dias.

— Gostei bastante deles.

— Mas conversou mais com meu pai, o sonho dele era ter um filho homem, tratando a filha dele tão bem como você já me trata, logo ele irá te considerar como um filho.

— Penso que preciso mesmo de um pai, sabe como é ter alguém para conversar, desabafar, pedir opinião, você sabe como é.

— Eu sei, mesmo assim você pode sempre contar comigo.

— Sei que posso. — Se aproximou dela e a beijou. — Vou tomar um banho.

— Vou fazer companhia a Marilda na cozinha enquanto você está no banho.

— Ok. Não me demoro.

— Oi, Marilda, precisa de ajuda?

— Não dona Amanda, obrigada, dou conta de tudo sozinha, já estou acostumada.

— Você trabalha há muito tempo aqui?

— Quando o senhor Carlos nasceu, eu já trabalhava aqui.

— É mesmo? Então acompanhou o crescimento dele.

— Sim, eu trabalhava em outra casa, os pais dele foram lá visitar os amigos, me conheceram e ficaram com pena de mim por eu ser muito magrinha, e me trouxeram para cá, eles não me deixavam fazer quase nada, aqui tinha muitos empregados, tinha festa toda semana, quando ele nasceu eu fui babá dele, mas quem cuidava dele mesmo era a mãe, pessoa muito boa, era um amor de pessoa, tinha um coração enorme, o senhor Carlos herdou da mãe tanto a beleza como a bondade, o pai dele também era bonito, mas era mais sério, falava com todo mundo, mas toda a atenção dele era para a mulher e o filho.

— Ele quase não fala dos pais.

— Quando ele pegar mais confiança na senhora ele falará, ele sofreu muito, coitado.

— Por causa da ex-esposa?

— Sim, dava dó do meu menino, desolado, chorando, abandonou tudo, pensei que fosse até morrer.

— Abandonou até o escritório?

— Tudo! Quem segurou o escritório foi dona Adriana, ela foi um anjo na vida dele, é uma grande amiga.

— Quando se divorciaram a ex-esposa levou muito dinheiro dele?

— Não levou nada! Somente as roupas e as coisas que ele deu a ela, os amigos o convenceram a se casarem pelo regime de separação de bens, ele não queria, foi uma luta, mas conseguiram, depois do que houve ele agradeceu um por um. A mãe dele já não gostava dela não era à toa, não queria eles juntos de jeito nenhum, mas com a morte dos pais ele se apegou mais a ela e deu no que deu.

— A mãe dele não gostava dela?

— Deixavam ela frequentar aqui por educação, mas dizia que não era mulher para o filho dela se casar, deveria procurar alguém do nível dele.

— Ele tem muitos bens?

— Olha eu não deveria estar te falando sobre isso, mas vejo que a senhora é menina rica, e não tem interesse, só curiosidades.

— Não mesmo, meus pais são muito ricos, não quis viver as custas deles, eu optei por ganhar meu próprio dinheiro e fazer minha própria fortuna.

— O pai dele era muito rico e fez fortuna investindo em empresas aqui no Brasil, tinha imóveis na Irlanda também, mas o senhor Carlos assim como você, não quis viver do dinheiro deles, estudou montou um pequeno escritório e foi crescendo aos poucos, investia tudo que ganhava, e mais tarde comprou o andar inteiro onde é o escritório hoje. A pouco tempo ele foi chamado na Irlanda, o avô morreu e deixou vários imóveis de herança, como o senhor Carlos é o único herdeiro do pai, foi lá para receber a parte dele. O pai dele também tinha deixado uns imóveis alugados lá e um irmão dele administrava e tinha instruções de só transferir para o senhor Carlos quando ele estivesse estabilizado, o tio transferiu para ele todos os imóveis e também o dinheiro dos aluguéis que estavam tudo guardado no banco todos esses anos.

— Carlos vendeu esses imóveis que herdou?

— Vendeu nada. Está tudo alugado, e uma imobiliária de lá administra e deposita tudo numa conta lá fora, e o dinheiro que o tio transferiu para ele dos aluguéis recebidos ele investiu no banco de lá também.

— Nossa, então ele tem uma fortuna.

— Sim, mas tem controle de tudo, ele é muito organizado.

— E sabe me dizer se esses imóveis são bons?

— Se são bons? São todos imóveis de luxo, estão todos alugados. O tio estava doido para comprar, principalmente esses que eram do pai dele que são os melhores, mas ele não vendeu nada.

— Ele é muito esperto.

— Muito! Queriam segurar ele lá, não queriam que ele voltasse ao Brasil e queriam arranjar um casamento lá para ele, mas ele brigou, bateu o pé e veio embora.

— Que absurdo.

— Meu menino sofreu muito com a morte dos pais, sofreu com a ex-mulher, mas vejo que você só dará alegrias para ele.

— Como assim? Como você vê?

— Eu não sei explicar, só sei que vejo. É claro que não será tudo só as mil maravilhas entre vocês, terão alguns probleminhas, mas é normal, a senhora é durona e ele precisa de alguém assim, no final dará tudo certo.

— Estou impressionada com tudo isso.

— Vou te contar mais um segredo, promete guardar para a senhora?

— Eu prometo.

— Acontecerá algo que vocês ficarão muito felizes, e não demorará para acontecer.

— Por favor, me conta, eu não falarei nada.

— Não posso te contar, é segredo.

— O que a Marilda não pode te contar e você insiste em saber?

Perguntou Carlos chegando de repente na cozinha.

— É...

Marilda ficou sem palavras.

— É que eu gostaria de saber o que ela coloca nesse café para ficar tão gostoso, e ela disse ser segredo.

— É mesmo! Nem eu consegui descobrir como ela faz um café tão gostoso assim.

Marilda e Amanda olharam uma para a outra e sorriram.

41

No caminho ao trabalho Carlos lembrou das duas conversando na cozinha na noite anterior.

— Achei interessante vocês duas conversando ontem à noite na cozinha.

— Gosto da Marilda, tem um bom coração. Você saberia me dizer se a obra da minha sala começará hoje?

Amanda mudou de assunto, não queria ter que voltar a falar da conversa dela com Marilda.

— Fizeram o orçamento ontem, e deverão começar hoje. Inclusive já contratei a equipe para cuidar do processo de fusão, eles devem te ligar para informar a você o andamento dos trabalhos, e já temos algumas reuniões agendadas com alguns clientes mais rigorosos.

— Eu também já comentei com alguns clientes e a maioria, já se manifestaram favoráveis, então não teremos problemas. No final da tarde irei para lá ver a obra, mas hoje estou querendo ir para minha casa.

— Vai me abandonar?

— Amor, já tem dois dias que não vou em casa, preciso ver como estão as coisas por lá. Tenha um pouquinho de paciência que breve estaremos juntos todas as noites.

— Esse dia que não chega.

— Você é muito apressado, tenha calma, até mais, beijos.

— Tchau! Beijos.

Quando Carlos chegou ao escritório a obra da construção da sala já estava a todo vapor.

— No mais tardar até sexta-feira à tarde já te entrego a sala toda pronta e mobiliada.

— Capricha, porque será a sala da madame.

— Deixa comigo, ela ficará satisfeita.

Mais tarde próximo da hora do almoço o celular tocou, era Amanda na linha.

— Oi, meu amor.

Atendeu Carlos ao telefone, todo romântico.

— Você já almoçou, querido?

— Ainda não.

— Então desce, vamos almoçar juntos.

— O que houve, você por aqui a essa hora?

— Tive uma audiência agora pela manhã e pensei em almoçarmos juntos.

— O que você quer comer?

— Queria ir ao rodízio de massas.

— Deixa comigo, sei de um excelente próximo daqui.

— Como está ficando minha sala?

— Me prometeram entregar até sexta-feira à tarde, já limpa, mobiliada e arrumada.

— Quando faremos a mudança?

— Na sexta-feira após o expediente, vou lá e pego todas as suas coisas e trago para o escritório, na segunda-feira você já começa na sua nova sala. Você parece bem animada, não é mesmo?

— Sim, esses anos todos tive uma sala alugada e de repente, sócia de um escritório que ocupa um andar inteiro do prédio, é de tirar o sono de tanta felicidade, e ainda trabalhando ao lado de quem amo, é demais para mim.

— Não é nada que você não mereça, o pessoal que estão cuidando do processo da fusão já entraram em contato com você?

— Sim, já foram lá, estão cuidando de tudo, disseram que já está tudo praticamente resolvido.

— Mais tarde vou te mostrar como ficou o logotipo do novo escritório, não ficou muito diferente de quando você viu, mas está com as alterações que você sugeriu.

— Estou ansiosa para ver como ficou.

— Todos os meus clientes elogiaram a fusão, disseram que com a sua chegada, teremos muito a ganhar.

— Todos teremos a ganhar não é, amor?

— Sem dúvidas, o governador quer te conhecer pessoalmente, disse que vai marcar um jantar para eu te apresentar a ele.

— O governador?

— Sim, ele é nosso cliente.

— Levará um bom tempo para eu me inteirar de toda a sua carteira de clientes.

— Que nada, se bem te conheço isso logo não será problema para você.

Como Carlos já conhecia sua amada, não ousou conversar com ela durante a refeição, deixou ela comer tranquilamente.

— Estava uma delícia, precisamos vir aqui mais vezes, eu pago a conta.

— Não desta vez! Não te faltará oportunidade. Viu que nem te importunei enquanto almoçava? Deixei você comer quietinha.

— É assim mesmo que eu gosto, hora da comida não é hora para conversa, você está aprendendo bem.

— Tenho que tirar uma hora para ir lá conversar com o Paulo, agradecer por ele ter te acolhido todo esse tempo lá com ele, gosto muito dele, é o grande responsável por estarmos juntos hoje, e ele é um velho amigo, sexta-feira vou mais cedo para poder falar com ele.

— Ele não está esperando sua visita, pediu para eu te parabenizar pelas mudanças.

— Farei uma surpresa, sempre que precisei fui até ele, agora é obrigação minha ir lá agradecê-lo por tudo, vamos vou te levar até lá.

— Não precisa, você já está praticamente na porta do seu prédio, mais tarde voltarei aqui para ver o andamento da obra.

Eles se beijaram e Amanda seguiu em direção ao escritório dela, Carlos ficou observando até ela sumir no meio da multidão e logo seguiu também o seu caminho.

A nova sala de Amanda já estava ganhando forma, tiveram que mexer nas estruturas das divisórias para criar uma sala para ela, alguns associados foram remanejados para o outro lado do escritório, mas isso não importava, desde que sua amada estivesse trabalhando próximo a ele.

O clima estava tenso, pessoas tendo que se concentrar em suas tarefas, ao som das ferramentas dos trabalhadores executando a reforma da sala, mesmo com as portas fechadas, o som das furadeiras e demais ferramentas invadiam o recinto, mas o que se podia fazer? Era o som de mudanças, de novos tempos, era o escritório passando por transformações.

Carlos estava tentando amenizar a situação, até porque sabia que o pessoal temia a chegada da nova líder, já até ouvira comentários de que ela era uma carrasca, era exigente demais, então encomendou sorvete para todos, e isso funcionou, acabou dando uma renovada nos ânimos do pessoal. Mais tarde Amanda apareceu sem avisar, já se sentia em casa, não teve nenhum problema em se adaptar as futuras mudanças, se a equipe a temia, ela pelo contrário estava bem à vontade. Examinou sua sala, não gostou de algo que viu e solicitou que fizessem a alteração, Carlos não se envolveu, afinal a sala seria para ela, e teria que ficar como ela queria, do seu gosto.

— Você ainda vai demorar por aqui?

— Não, já estou indo.

Entraram no carro e partiram em direção ao apartamento de Amanda.

— Agora só aparecerei lá no escritório sexta-feira, quando tudo já estiver terminado.

— Por mim você pode aparecer lá quando quiser.

— Claro, por você eu até ficaria lá direto, mas estou atarefada e também não quero ficar pressionando os trabalhadores.

Logo chegaram em frente ao apartamento dela.

— Tem certeza que quer ficar aqui?

— Sim, preciso organizar minha casa e minhas coisas.

— Está bem, descerá comigo amanhã?

— Não, só sexta-feira.

— Ok, então tchau.

— Tchau nada! Cadê meu beijo? Está chateado porque ficará sozinho hoje? Eu preciso cuidar da minha casa, senão vira uma bagunça, meu amor.

— Eu te entendo, você tem toda razão.

Se beijaram e ele a esperou entrar, e logo ele saiu em direção ao seu apartamento.

Na sexta-feira pela manhã ele passou para pegá-la para irem trabalhar como já haviam combinado.

— Vamos direto para o escritório, quero ver como está ficando a minha sala. A obra já terminou?

— Sim, terminaram ontem, quando saí estavam limpando e arrumando sua sala, já deve estar pronta.

— Estou ansiosa para ver como ficou.

Chegaram e foram diretos ver a sala dela.

— Está linda, não vejo a hora de ocupá-la.

— Espero que esteja do seu gosto.

— Ficou ótima, e esta porta de correr entre as nossas salas?

— É para acessarmos a sala um do outro, por mim, pode ficar aberta, e fechar apenas quando formos receber alguém ou tratar de algum assunto que possa atrapalhar o outro, aí a gente fecha.

— Isso mesmo, mas agora vou trabalhar porque quero deixar tudo em ordem, te aguardo lá mais tarde.

— Para você também, meu amor.

Carlos ficou admirando a nova sala, não via a hora de estar logo ocupada por sua amada e querida sócia, mas logo foi interrompido por Adriana.

— Que romântico, admirando a sala da amada. Bom dia, chefe!

— Bom dia para você também Adriana, sim, estou admirando e, ao mesmo tempo pensando que a partir de segunda-feira será tudo diferente por aqui.

— Vou simplificar as coisas, até hoje você reinava sozinho por aqui, mas a partir de segunda-feira terá que dividir o seu reino com a sua amada.

— Que horror, Adriana.

— Ela gostou da nova sala?

— Sim, achou muito linda.

— E está muito bonita mesmo.

— Mais tarde comprarei um notebook para pôr na mesa dela.

— Acho bom, a menos que queira dividir o seu com ela.

— Claro que não.

42

A tarde Carlos foi buscar a mudança de Amanda e aproveitou para fazer uma visita ao amigo.

— Paulo, como você está?

— Carlos? Não esperava você aparecer por aqui.

— Vim ajudar Amanda com a mudança e aproveitei para te visitar e agradecer por tudo que fez por ela.

— Não tem o que agradecer.

— Claro que tenho, você já me ajudou muito, te considero como um irmão, e olha que já nos enfrentamos várias vezes nos tribunais.

— E depois saiamos para desparecer nos barzinhos próximos. Lembrou Paulo, se divertindo.

— Foram bons tempos aqueles, quando estávamos começando a carreira, hoje tem quem faz isso por nós.

— É verdade, mas às vezes, ainda sobra para nós também.

— Sim, não podemos ficar enferrujados. Quero me desculpar com você por estar levando essa mocinha embora, mas, ao mesmo tempo, te agradecer porque você é o grande responsável por estarmos juntos hoje, se não fosse você não teria como eu me aproximar dela, ela não me dava chance.

— Não foi só com você, ela não dava chance a ninguém.

Amanda sorriu.

— Claro um bando de aproveitadores me rondando, mas Carlos foi diferente, ele foi determinado e teve a sua ajuda, mas mesmo assim impliquei muito com ele, tadinho, hoje ele é o amor da minha vida.

— Fico muito feliz em ver a união de vocês, e também por esta oportunidade que você está dando a ela, é lindo isso entre vocês.

— Obrigado por acolhê-la aqui por todo esse tempo.

— Foi um prazer. Carlos, aproveitando que ela saiu da sala, quero te perguntar uma coisa, e a Bárbara de São Paulo? Não teve mais notícias?

— Não, a última vez que falei com ela, eu estava ainda na Irlanda. Aparecera um empresário rico querendo casar com ela e dei a maior força. Não teríamos futuro, éramos apenas bons amigos e ela era uma boa companhia para mim, nada além disso, mas me diverti bastante com ela, despertava muita atenção por onde passava.

— É mesmo, você fez o maior sucesso com ela, o comentário era geral.

— Até ela foi com ajuda sua, foi por intermédio do site que você me deu que a conheci, te devo essa também.

— Que nada, foi um prazer te ajudar, mas agora parece que você encontrou uma pessoa que se identifica muito com os seus propósitos.

— É verdade, tanto os profissionais, bem como os de vida pessoal.

— Estou torcendo para dar tudo certo para vocês.

— Obrigado amigo, agora temos que ir.

Amanda também se despediu de Paulo, agradeceu muito a oportunidade que ele a deu em seu escritório.

— Chegou a hora de me despedir de você e te agradecer por tudo que você fez por mim Paulo, ao sair por aquela porta prosseguirei a minha caminhada e construirei uma nova história ao lado desse homem que aprendi a amar tanto. Constituiremos uma sociedade, mas construiremos a nossa família também, mas te prometo uma coisa, jamais esquecerei de você e de tudo que fez por mim, muito obrigada.

— Vocês querem me matar de emoção, estou muito feliz por vocês.

— Adeus Paulo.

— Adeus meus amigos.

Carlos e Amanda chegaram ao escritório e foram direto para a sala dela, ela nem percebeu uns homens trabalhando nos letreiros do escritório no saguão quando chegaram. Quando ela abriu a porta da sua sala, teve uma surpresa.

— Esse notebook novinho na minha mesa é meu?

— Sim, última geração, já estão instalados todos os aplicativos, inclusive o programa que usamos aqui para acompanhamento dos processos, agora você pode aposentar o seu antigo notebook, esse é mais adequado ao seu novo cargo.

— E qual é o meu cargo?

— Sócia, Diretora Jurídica & Compliance.

— E por que está confiando esse cargo a mim?

— Amanda, com a fusão, estaremos ampliando a oferta de serviços jurídicos e precisaremos de uma pessoa que tenha um planejamento eficiente e uma estratégia para ajudar a diminuir os riscos e consequências para o nosso escritório. Esse profissional precisa ter uma visão geral sobre todos os processos e saber reestruturá-los quando for preciso, sempre visando a proteção da nossa empresa. Precisará fazer o alinhamento da conduta da empresa perante leis, normas éticas e as exigências do mercado, e não vejo pessoa mais capaz para ocupar esse cargo a não ser você.

— Agora sou eu que estou emocionada. Obrigada pela confiança, prometo não te desapontar.

— Sei que não irá, mas agora vamos arrumar suas coisas na sua nova sala e vamos embora, segunda-feira será o grande dia.

— Estou tensa só de lembrar que terei que enfrentar essa turma.

— Não precisa ficar tensa meu amor, você resolverá tudo com facilidade, e lembre-se, esse escritório também é seu e eles são seus funcionários.

Ao sair ela percebeu que seu nome já estava ao lado do nome dele, na parede do escritório.

— Quando fizeram essa mudança?

— Quando chegamos eles estavam terminando de trocar o letreiro.

— Realmente percebi ter alguém trabalhando aqui, mas não me dei conta do que faziam.

— Optei por constituir esta sociedade com você porque sei da sua capacidade, afinal, você se esforçou muito por todos esses anos para estar aqui hoje, conquistando o seu espaço por direito.

— Eu te agradeço de coração por tudo que está fazendo por mim, mas quer saber de uma coisa, vamos para casa, vamos comemorar nossa sociedade.

— No seu ou no meu apartamento?

— No seu, sem dúvidas.

— Antes de irmos quero te dar esse crachá, a partir de segunda-feira não precisará mais se identificar na portaria, com ele sua entrada será liberada. Toda entrada e saída do prédio em qualquer dia da semana dependerá dele.

— Obrigada, não o esquecerei, estará sempre comigo.

Eles foram para casa aproveitar o último final de semana que teriam antes de começarem no novo escritório. A partir de segunda-feira todos os problemas que surgirem serão divididos entre os dois, não será mais o escritório dele ou dela, não será mais uma sociedade unipessoal, agora será uma sociedade de advogados formada por dois sócios, pertencente aos dois. Caberá aos dois, trabalharem juntos para solucionar qualquer conflito que possa surgir daqui para frente.

Amanda estava indo pouco ao seu apartamento, desde que começaram com os planos de uma sociedade ela ficou mais próxima dele, juntos traçaram planos e estratégias para o escritório chegar onde chegara até agora, e com isso passou mais tempo no apartamento dele, do que no seu próprio, mas isso não era nada demais, apenas estava ocupando o lugar que um dia seria seu por direito, tanto no apartamento bem como na vida dele, e agora também na nova sociedade que estavam organizando.

— Tenho que ir em casa pegar umas roupas de trabalho, pelo menos na primeira semana gostaria de chegar e sair na sua companhia, não estou temendo nada, mas me sentiria mais confortável se fizéssemos dessa forma.

— Faremos como você preferir.

— Você poderia me fazer companhia indo comigo lá em casa?

— Claro meu amor, estou à sua disposição.

— É fundamental que desde já acostumemos a tentar fazer as coisas juntos, vamos criar esse hábito, não gostaria que fossemos mais um desses casais que um vai para um lado e o outro por lado oposto, vamos procurar fazer tudo em parceria.

— É bom que você pense assim e queira isso para nós, eu também compartilho da mesma opinião sua.

Era manhã de domingo, estava tudo muito calmo e tranquilo nas ruas do bairro como sempre, eles foram caminhando até a casa dela. Na volta, talvez optariam por chamar um táxi, mas no momento não pensavam nisso, queriam desfrutar da companhia um do outro, ela queria se mostrar para todos, queria que todos soubessem que eles estavam juntos e estavam muito felizes.

Segunda-feira ela acordou cedo, tomou seu banho, se arrumou e ficou esperando-o para tomarem café, juntos.

— Acordou cedo, dormiu bem?

— Sim, tive uma ótima noite de sono.

— Estou vendo que está preparada para o seu primeiro dia.

— Estou preparadíssima, quero entrar naquele prédio e no escritório com o pé direito.

— Só você mesma para falar estas coisas com a maior naturalidade a essa hora da manhã.

Carlos falou sorrindo.

— Meu querido, como eu entrar lá hoje é que determinará como serei daqui para frente, eu quero chegar lá com a postura de sócia diretora, mostrando que compartilho a sociedade daquele escritório, nada mais, nada menos, do que com o meu futuro marido.

— Arrasou dona Amanda! Mostra para aquele pessoal quem é que manda lá agora também.

— Isso Marilda! Dê asas a ela.

— Queria estar lá para vê-la entrar e assumir o lugar que lhe pertence por direito.

Eles sorriram pela maneira como Marilda falou.

— Se quiser eu te levo Marilda.

Brincou Amanda.

— Quero nada! Deixa-me ficar aqui no meu canto mesmo, isso é para vocês, que estudaram e batalharam muito na vida, vocês dois juntos são o meu orgulho.

— Ainda vamos te dar muito orgulho, Marilda.

— Sei que vão minha linda, desejo a vocês um ótimo dia de trabalho.

Eles perceberam que Marilda ficara emocionada e, foram abraçá-la e beijá-la.

— Obrigada Marilda, um ótimo dia de trabalho para você também, beijo.

43

A entrada de Amanda no escritório ao lado de Carlos foi triunfal, muito solícita e com um ar de otimismo, cumprimentava a todos que se faziam presentes no escritório, e entrou diretamente para a sua sala. Carlos também entrou para a sala dele, mas lá dentro ele abriu a porta de correr que, separava às duas salas, não queria deixar sua amada isolada, largada, se sentindo lançada na cova dos leões, queria que ela se sentisse já desde os primeiros momentos, apoiada e amparada por ele.

Adriana chegou séria, mas cumprimentou a Carlos como de costume e cumprimentou Amanda também.

— Bom dia! Todos já chegaram, posso encaminhá-los para a biblioteca?

— Por favor Adriana, obrigado.

Quando queriam fazer reunião com todos os associados, optavam pela biblioteca que era bem mais espaçosa do que a sala de reuniões. Quando todos já estavam reunidos os aguardando, Carlos chegou com Amanda.

— Bom dia para todos!

Eles responderam num som uníssono, como se fossem um coral muito bem ensaiado. Carlos começou o seu discurso exaltando o empenho e dedicação de cada um no escritório, estava muito satisfeito com todos e não pretendia efetuar nenhuma substituição no grupo, mas se necessário fosse, ainda contrataria mais alguém. Disse que o escritório crescera bastante e com o crescimento viriam novas conquistas, mas também novos desafios. Disse também que conhecera Amanda, dona de um escritório de advocacia e começaram a namorar já fazia algum tempo e tinham planos para se casarem, e por causa disso, não a queria do lado oposto ao dele profissionalmente, mas a queria ao seu lado, unindo forças para crescerem muito mais. Ela possuía uma boa carteira de clientes que passariam agora a integrar a nova sociedade junto a carteira de clientes dele.

Seus escritórios antigos passaram por uma fusão e daí surgira essa nova sociedade que todos fariam parte dela a partir daquela data. Adriana irá fazer a distribuição dos processos entre os associados. Argumentou que conhecia o potencial de sua companheira por isso ela ocuparia o cargo de Sócia, Diretora Jurídica & Compliance, mas nada a impediria de se envolver em qualquer área do escritório, afinal o escritório pertencia, a ela também.

Em seguida ele passou a palavra para Amanda que agradeceu a receptividade de todos e disse que estaria ali para somar com todos indistintamente, agradeceu a Carlos a confiança e a oportunidade concedida a ela. Disse que não via ali como um simples escritório de advocacia, mas sim um escritório especializado em atendimento aos clientes e empresas de todos os portes.

— Aqui todos somos especialistas, e como tal, visamos a satisfação dos nossos clientes e dos nossos funcionários também.

Disse que não mediria esforços para o bem do escritório e dos funcionários ligados a ele, e que não a visem como Sócia, dona ou chefe, mas como uma amiga.

Após o seu discurso, os funcionários os aplaudiram e deram as boas-vindas a nova diretora. Em seguida ela chamou Adriana a sua sala e lhe passou todos os processos que eram seus para serem distribuídos aos advogados.

— E como a senhora sugere que eu os distribua?

— Não me chame de senhora por favor, me trate como você trata o Carlos, e faça como você está acostumada a fazer, eu não interferirei no seu trabalho.

Amanda encontrou um pouco de dificuldade na relação com Adriana, mas relevou o comportamento dela. Afinal ela esteve todos esses anos tratando diretamente com Carlos, e não imaginava que algum dia pudesse vir alguém para ameaçar o seu cargo, porém, Amanda não estava ameaçando ninguém, só queria que todos executassem suas tarefas dando o melhor de si. Preferiu pensar que no decorrer da semana ela pudesse mudar o seu comportamento, que no momento, não estava sendo nada profissional.

A semana passou e a relação de Adriana com Amanda não melhorou, continuou a mesma dificuldade. Amanda sentia um pouco de resistência da parte de Adriana, mas preferiu não falar nada com Carlos nesse final de semana.

— Aconteceu alguma coisa? Você me parece um pouco preocupada.

Perguntou Carlos, notando uma diferença no comportamento de sua amada.

— Não aconteceu nada, só estou um pouco cansada da rotina desta semana, afinal foi uma mudança brusca e mesmo que tenha trabalhado menos, a preocupação em ficar a par de tudo me deixou um pouco cansada.

— Vamos relaxar, esse final de semana não falaremos de trabalho.

— Concordo, só quero mesmo dormir e ficar grudada em você.

Amanda não quis sair de casa esse final de semana, disse estar indisposta, mas havia algo a preocupando e esse algo era Adriana, não sabia ainda como resolver essa situação, mas logo descobriria, e isso estava interferindo no seu humor, mas não deixou transparecer nada para Carlos.

— Algo a está te preocupando, minha linda?

Perguntou Marilda.

— Eu não consigo esconder nada de você, não é mesmo?

— Você é muito transparente, e eu já a conheço, quando tem algo errado o seu semblante muda logo.

— Alguém no escritório está dificultando as coisas e eu não quero levar ao conhecimento do Carlos.

— É a Adriana não é mesmo?

— Como você sabe? Ah, deixa para lá, é ela mesma.

— Ela não é má pessoa, só está enciumada por ter outra pessoa mandando tanto quanto o senhor Carlos, todos esses anos somente ele estivera no comando.

— Eu sei, estou tentando resolver da melhor forma possível.

— Fique tranquila, a senhora encontrará uma forma de resolver essa situação, mas mesmo assim não deixe de contar a ele sobre esse problema. Vou lhe dar uma dica, chame-a a sua sala e converse com ela a portas fechadas, depois dessa conversa, nascerá uma grande amizade entre vocês.

— Só mesmo você Marilda, para me tranquilizar.

Amanda a beijou carinhosamente.

— Para com isso dona Amanda, estou suada.

— Que suor que nada! Você merece.

Carlos viu a cena e ficou orgulhoso de ver como Amanda tratava muito bem a Marilda.

— Cada vez mais, tenho a certeza que você é a pessoa certa para mim.

— É mesmo? Posso não resistir e lhe dar uns beijinhos também.

— Assim você vai superar as minhas expectativas.

Finalmente os dias de tristeza e aborrecimentos naquele apartamento parecia estarem ficando para trás, o futuro estava logo a frente, e ele reservava infinitas possibilidades.

Segunda-feira Amanda estava confiante, sabia estar preparada para resolver a situação entre ela e Adriana, mas mesmo assim quis contar a Carlos, conforme fora orientada por Marilda.

— Amor, estou enfrentando um pouco de resistência na relação com Adriana, ela vem dificultando um pouco as coisas.

— Isso é inadmissível! Quer que eu resolva isso?

— Não, só estou te comunicando, mas deixa que eu mesma resolvo essa situação.

Logo que chegou em sua sala, interfonou para Adriana.

— Adriana, você poderia comparecer à minha sala por favor?

— Ok, já estou indo.

— Amor, fecharei um pouquinho esta porta que separa as nossas salas, chamei a Adriana aqui para conversarmos.

— Boa sorte meu amor.

— Com licença, posso entrar?

Perguntou Adriana.

— Entre Adriana, e tranque a porta de chave para não sermos incomodadas, e sente-se aqui por favor.

— Então Adriana, não quero conversar com você como sua diretora, muito menos como sua superior, mas quero conversar com você como sua amiga.

— Fiz algo errado?

— Desde quando comecei a frequentar aqui como namorada do Carlos, você tinha um tratamento comigo, depois que
vim definitivamente trabalhar aqui, noto que você está tendo
outro tratamento. Sei que você ficou insegura com relação ao
seu futuro aqui no escritório, mas quero te tranquilizar e dizer que nada mudará com relação a você e com aos demais
também. Sei da sua amizade fiel com Carlos, sei que você não
estava sendo valorizada no mercado de trabalho e ele te deu
uma oportunidade aqui com ele. Também sei que ele passou
momentos terríveis com o divórcio e pelo que motivou o divórcio dele, ele ficou praticamente arrasado, e você praticamente carregou esse escritório nas costas.

— É verdade, foi isso mesmo que aconteceu.

— Depois ele foi chamado na Irlanda e você comandou essa
equipe inteira por um longo tempo sem problemas algum. Estan-
do lá eles fizeram de tudo para ele vender esse escritório, e ele só não
vendeu porque você não quis comprar. Também sei que você tem
sido a conselheira amorosa dele, tudo ele tem te contado, ele sente
como se você fosse a irmã mais velha que ele não teve.

— Ele te contou tudo isso?

— Nem tudo, também tenho minhas fontes.

— Eu o considero muito, devo muito a ele.

— Estou sabendo também que você deu muita força a ele para
ficarmos juntos.

— Vi em você a pessoa certa para ele.

— Então Adriana, diante de tudo isso, como poderia eu querer
prejudicar a pessoa que só fez o bem ao meu futuro marido? Você é
leal, veste a camisa do escritório e é a amiga para todas as horas. Se
por um acaso eu fosse demitir você, quem eu colocaria no seu lugar? Você pensa que quero assumir tudo por aqui? Não quero não.
Sabe o que eu quero? Quero poder voltar as minhas viagens, mas
agora na companhia do meu marido. Quem ficará à frente desse

escritório como sempre? Você! Eu não sinto ciúmes da sua amizade com ele, pelo contrário, também quero ser sua amiga, mas como nem tudo é perfeito tem uma coisa que eu não estou satisfeita.

— Posso saber o que seria?

Adriana ficou assustada.

— Pode sim, o seu salário.

— Se você julgar que estou ganhando muito pode reduzir meu salário, eu preciso manter o meu emprego.

— Reduzir? Penso que você ganha é pouco por tudo que faz aqui. Não te prometo conseguir muita coisa no momento, mas alguma coisa conseguirei, com certeza.

— Poxa! Muito obrigada! Me desculpe qualquer mal-entendido.

— Não tem do que se desculpar, e já no próximo pagamento você receberá algo a mais.

Ambas se abraçaram e Adriana saiu da sala toda sorridente. Amanda foi perspicaz, não só ganhou a confiança da adversária, como ainda a trouxe para o seu lado.

— Fiquei impressionado com a sua sutileza no trato com ela.

— Meu querido, não foi à toa que você me confiou esse cargo.

— Desde que te vi pela primeira vez, tive a certeza de que você seria a mulher ideal para estar ao meu lado, e não descansei até te conquistar, foi muito difícil, mas está valendo a pena.

— Eu sempre farei valer a pena. Você soube me conquistar muito bem, então tinha que ser você, o dono do meu coração.

Ele se aproximou bem pertinho dela e perguntou:

— E se eu aproveitasse agora e te desse uns beijinhos?

— Hum... eu adoraria.

44

Desfeito o mal-entendido com Adriana e a equipe, a paz voltou a reinar no escritório, alguns que temiam a chegada de Amanda trazendo mudanças, agora viam que realmente ela trouxera mudanças, mas para melhorar o ambiente de trabalho e não para prejudicar ninguém. Os antigos clientes dela, vinham visitar o novo escritório e ficavam perplexos com o ambiente de trabalho. Todos a parabenizaram pelo progresso e pelo fato dela ter saído de uma sala ocupada em um escritório de terceiro, e hoje sócia de um grande escritório, ocupando todo o andar de um prédio.

— Meus parabéns, você evoluiu bastante.

Disse um cliente.

— Agradeça, a ele que me deu a oportunidade para evoluir.

Respondeu Amanda ao cliente apontando para Carlos.

— Mas você soube aproveitar a oportunidade que lhe foi concedida.

Retrucou o cliente.

— O mérito é todo dela.

Disse Carlos.

— Estou tão satisfeito com o que estou vendo que creio que em breve poderemos tratar de novos negócios.

Disse outro cliente.

— Estaremos sempre à disposição.

Respondeu Amanda, não perdendo a oportunidade. Mais tarde Adriana veio trazer um ofício para Amanda assinar.

— Como fui tola em temer a sua chegada.

— Nem você, nem ninguém tinha motivos para temer a minha chegada, foi um mal-entendido, e os mal-entendidos nos impede de desfrutar de muitas coisas boas.

— Realmente você tem toda razão.

Os meses passaram rápido, todos estavam envolvidos em seus trabalhos, a sociedade crescia e faturava cada vez mais, cresceu tanto o número de clientes que tiveram que contratar mais dois novos advogados especialistas, uma era especialista em direito contratual e sucessões e o outro, era especialista em fusões e aquisições. Carlos deixou Amanda e Adriana envolvidas nesse processo seletivo e só levaram ao conhecimento dele, quando já tinham selecionados os candidatos que seriam realmente contratados.

Amanda decidira voltar para o seu apartamento e eles só frequentavam o apartamento um do outro nos finais de semana. Esta decisão partiu dela, por ele, já estariam morando juntos, ela não queria desta forma, determinou que só sairia em definitivo do seu apartamento, após o casamento, enquanto isso cada um permaneceria no seu próprio apartamento, mas às vezes eles quebravam as regras e dormiam juntos durante a semana.

Carlos chegou em casa e encontrou Marilda aos prantos, ficara sabendo que uma parente estava muito mal de saúde e precisava de cuidados, ele então decidiu que ela deveria viajar imediatamente para cuidar de sua parente, alguns minutos mais tarde ele veio falar com ela.

— Marilda, não se preocupe, já efetuei a compra de sua passagem, amanhã mesmo você estará ajudando a cuidar de sua parente, e só retorne quando ela estiver em boas condições de saúde, me mantenha informado.

— Muito obrigada! O senhor é uma pessoa muito generosa.

— O que estiver ao meu alcance pode contar comigo sem problemas.

Carlos ligou para Amanda relatando o ocorrido e disse que precisaria de alguém temporário para efetuar os serviços em seu apartamento durante a ausência de Marilda e perguntou se Amanda poderia providenciar alguém.

— Posso falar com a moça que trabalha aqui em casa duas vezes por semana, se ela conhece alguém para indicar e depois eu te falo.

— Muito obrigado, meu amor.

No dia seguinte Carlos deixou Marilda no aeroporto e seguiu para o escritório, Amanda não havia chegado ainda, chegou uma hora mais tarde.

— Bom dia, amor! Atrasei-me porque queria falar com a moça que trabalha lá em casa, e ela mesma irá cobrir a licença da Marilda, vou te passar o telefone dela e você combina com ela.

— Ainda bem que tenho você, caso contrário estaria em apuros agora.

O progresso de Amanda com a equipe era notório, realmente ela montou uma nova estrutura organizacional para o escritório. Ela era muito competente, organizada e exigente também, mas sabia tratar muito bem os associados e todos já gostavam muito dela. Adriana tornou-se uma espécie de confidente dela, às duas passaram a se dar muito bem. Carlos optou por deixar Amanda e Adriana a frente dos assuntos burocráticos, e só lhe encaminhassem, os casos mais complicados ou quando precisavam de uma opinião dele, mesmo assim ele supervisionava tudo que era feito, jamais perderia o controle total da empresa.

Amanda ultimamente estivera um pouco afastada do apartamento de Carlos, só frequentava aos finais de semana. Mesmo assim, algumas vezes preferia ficar sozinha em casa, mas no escritório estava tudo bem, o problema mesmo era fora do escritório e esse comportamento dela estava chamando a atenção dele e ele cobrou uma explicação.

— Está acontecendo algo entre nós que eu não esteja sabendo ou precise saber?

— Não está acontecendo nada, meu amor.

— Está sim, Amanda! Tenho notado você um pouco distante, tem ido pouco ao meu apartamento e recusa a minha visita ao seu apartamento. O que está acontecendo?

— Como eu já te disse, não está acontecendo nada, só ando um pouco cansada e indisposta.

— Mas nós não somos assim, sempre resolvemos as coisas juntos, se você está com problemas, então esse problema é meu também, deixa eu te ajudar, compartilhe comigo, por favor.

— Não é nada demais. Por acaso está afetando o nosso trabalho? Estou te tratando aqui com indiferença?

— Não! Por isso é que me preocupo, aqui está normal, mas fora daqui você não é mais a mesma.

— Não fique preocupado, são coisas de mulheres que eu não posso compartilhar com você agora, mas logo estará resolvido.

— Agora fiquei mais preocupado ainda.

— Mas não é para se preocupar meu amor, estou resolvendo isso e logo tudo voltará a ser como antes.

— Você tem certeza? Não precisa da minha ajuda?

— Tenho certeza, e não preciso da sua ajuda.

— Você é quem sabe.

Carlos deixou Amanda sozinha e foi para sua sala, era notória a preocupação e tristeza dele com toda essa situação. Ela ficou observando-o sair da sala e ficou preocupada, pensou um pouco e interfonou para Adriana comparecer à sua sala com urgência.

— Vim o mais rápido que pude.

— Sente-se Adriana, preciso muito falar com você.

— Carlos querido, preciso fechar esta porta um pouquinho, terei uma rápida reunião com a Adriana.

— Fique à vontade, como você preferir.

— Adriana, temos que falar baixo, Carlos está muito desconfiado de toda essa situação e pode acabar descobrindo tudo.

— E agora amiga, o que você fará?

— Não sei ainda, mas não posso continuar com isso, não posso continuar agindo assim, ele é muito bom para mim e não pretendo mais fazer isso com ele.

— Então você pretende dizer a ele?

— Não! Não posso e não quero, pelo menos agora, vamos prosseguir com o nosso plano, mas eu vou acelerar as coisas. Se eu ligar daqui ele pode ouvir, então peço que você faça essa ligação para mim por favor e deixa agendado, estou com o coração partido, mas tenho que continuar firme, agora que comecei, irei até o fim.

— Imagino como você esteja, assim que estiver tudo resolvido te envio uma mensagem.

— Muito obrigada, Adriana.

Adriana fez como combinado, ligou, agendou e mandou uma mensagem para Amanda informando dia e horário, e seria daqui a dois dias.

Passados os dois dias, todos haviam chegado no escritório, menos Amanda, já passava das dez horas e Carlos estava preocupado com a ausência de sua amada.

— Adriana, você saberia me informar se Amanda ligou ou disse se iria a algum lugar hoje?

— Não, Carlos, não estou sabendo de nada.

— Tem certeza que não sabe de nada? Ela nunca se atrasou e estou ligando para o celular dela e está mandando deixar recado.

— Já te disse que não, mas nesse caso ela deveria ligar para você, não é mesmo?

— Sim, mas ela está muito estranha ultimamente.

— Como assim, estranha?

— Não sei te dizer, ela me parece... misteriosa.

— Ela não estava com você? Vocês saíram daqui juntos ontem, pensei que ela estivesse com você.

— Não. Eu a deixei na portaria do prédio dela e em seguida fui para casa.

— Isso está meio estranho, Carlos.

— Estou estranhando o comportamento dela, ultimamente está me evitando, só vive dizendo que não está bem, às vezes reclama de mal-estar, mas aqui não a vejo com mal-estar nenhum, eu a vejo é muito bem, acredito que tudo isso seja desculpa.

— Que desculpa Carlos?

— Não sei, mas eu descobrirei.

Adriana chegou a sentir pena dele. Carlos estava muito nervoso, como Amanda poderia estar agindo dessa maneira com ele? Logo ela que sugeriu que eles fossem transparentes um com o outro, e não queria segredos entre eles, e mais ainda, pediu para que tudo que fossem fazer, fizessem juntos, em família, e agora ela agindo assim? Ele já não tinha mais certeza de nada, das duas uma, ou surgiu outra pessoa na vida dela e ela estava se preparando para lhe contar ou recebeu alguma proposta melhor de emprego para ela. Como ela poderia ser tão ingrata com ele? Depois de tudo que ele fez por ela, até para conquistá-la não teve facilidades, ela dificultou o máximo que pode, para agora fazer isso? Carlos estava furioso com essa situação, como pode ela ficar praticamente toda a manhã sem dar uma notícia. Ele tomara uma decisão, não tentaria impedi-la independente de qualquer decisão que ela tivesse tomado, mas queria uma explicação, merecia isso e não iria abrir mão do seu direito, ela teria que sentar com ele e se explicar. Qualquer que fosse a explicação dela, decidira que não a queria mais, e também não queria mais compromisso com mulher nenhuma, seguiria sua vida, sozinho, sem ninguém para lhe causar aborrecimentos.

<h1 style="text-align:center">45</h1>

No mesmo instante em que Carlos estava pensando que atitudes tomaria com relação aos recentes comportamentos de Amanda, ela entrava no escritório a procura de Adriana.

— Bom dia pessoal! E aí Adriana, como estão as coisas por aqui?

— Tensa, muito tensa mesmo. Como foram as coisas por lá?

— Deu tudo certo, foi tudo conforme nós prevíamos. Ah, Adriana, estou tão feliz.

— Eu também estou muito feliz por você. Agora vai lá enfrentar a fera.

— Vamos fazer então como combinamos, ok? Me deseje boa sorte, acredito que precisarei.

— Deixa comigo, boa sorte, amiga.

Amanda entrou pela sua sala e apareceu na entre sala, Carlos estava digitando algo em seu notebook.

— Olá Carlos, bom dia!

Ele estava tão distraído que se estremeceu ao ouvir a voz de Amanda.

— Ora, ora, se não é a doutora Amanda dando sinal de vida, não sei quem mais poderia ser.

— Precisamos conversar, acho que lhe devo explicações.

— Eu também acho, aliás, tenho certeza que me deve.

— Podemos conversar agora?

— Pois não, por favor, sente-se doutora.

Carlos a estava tratando com ironia.

— Eu… não sei exatamente como começar.

— Tente pelo início. Ele estava sendo duro demais com ela.

— Reconheço que tenho sido um pouco ausente com você, venho te evitando, tenho me mantido afastada e preferido ficar sozinha em casa, tenho andado bastante indisposta, tenho agido com você completamente diferente do que eu propus para nós dois, que era fazermos tudo juntos, que fossemos transparentes, mas tudo isso tem uma razão de ser e quero te pedir desculpas por tudo, eu sei que tenho te magoado, te entristecido, mas essa não é e nunca foi a minha intensão.

— Então me explica o motivo de tudo isso, eu só preciso entender, mas independentemente da sua decisão, qualquer que seja o caminho que você decidiu tomar eu não tentarei impedi-la, mas preciso de uma explicação.

— Como assim? Minha decisão, caminho que eu decidi tomar? Agora quem não está entendendo mais nada sou eu.

— Ora, eu acho duas coisas: ou surgiu outra pessoa na sua vida, ou você recebeu alguma proposta melhor de trabalho.

— É isso que você pensa de mim, Carlos? Você pensa que eu seria ingrata depois de tudo que você fez por mim aqui? Você sabe mais do que ninguém que antes de você eu não me interessei por ninguém, e não tenho interesse em mais ninguém.

— Eu fiquei confuso… e pensei que…

— Pensou errado! Eu deveria ficar muito chateada com você agora, mas não ficarei, se você está pensando assim é porque eu consegui te distrair direitinho e você não percebeu nada.

— O que eu não percebi?

— Que estou grávida! Você vai ser papai!

— Não brinca com isso, Amanda.

— Não estou brincando, eu falo sério!

Carlos levantou para abraçá-la e beijá-la, nisso todos invadiram sua sala aplaudindo os dois e parabenizando-os pelo bebê que estaria a caminho, Carlos estava muito emocionado.

— Vocês todos sabiam, só eu que não sabia, até você Adriana, sua traidora.

Todos estavam muito felizes, sabiam da importância desse filho para Carlos, tinham conhecimento de tudo que ele passara com Mônica, e ele merecia esse filho. Tudo que Mônica não fora para ele, tudo que ela precisava dar a ele e não deu, Amanda preenchia com folga esta lacuna deixada por ela.

— Por que você não me contou, meu amor?

— Porque sei o quanto esse filho é importante para você, então só quis lhe contar quando tivesse certeza absoluta, e também queria te fazer uma surpresa.

— E conseguiu, me desculpe eu ter feito mal juízo de você.

— Não há o que desculpar, eu consegui o que queria, que era te surpreender.

— E conseguiu mesmo, mas você não se sentia mal aqui.

— Isso é o que você pensa, muitas vezes corria para o banheiro, chupava bala, e todos me davam cobertura, nem sei como agradecer a todos vocês, Adriana então, foi a que mais me ajudou a planejar tudo.

— Foi bem planejado mesmo, não percebi nada!

— Por isso que eu evitava ir ficar com você ou você ficar lá em casa comigo, você logo descobriria, a solução foi me afastar, mas foi muito difícil, eu sou um grude.

— Eu senti tanto a sua falta.

— Desculpe-me por tudo que te causei.

— Valeu a pena!

— Agora recuperaremos todo o tempo perdido.

— Pessoal! Muito obrigado, eu não sei como agradecer pelo carinho de todos vocês.

Depois disso todos voltaram para suas atividades, mas eles continuaram a conversar.

— Com quantos meses de gravidez você está?

— Com dois meses.

— Então tem que começar logo o pré-natal.

— Já comecei, e até já ouvi o coração do bebê.

— Que incrível. Quero curtir bastante essa gravidez.

— Vamos curtir juntinhos.

— Quero que você saiba de uma coisa, Adriana foi e continuará sendo minha amiga, mas você, além de minha esposa, eu quero que seja a minha melhor amiga.

— Eu já tenho procurado ser essa melhor amiga sua.

— Você aceita se casar comigo, Amanda?

— É claro que aceito, mas preciso te falar umas coisas, me dê sua mão.

Ela pegou a mão dele e colocou sobre a sua barriga.

— Parte de você está aqui dentro de mim, está crescendo, e ele é fruto do nosso amor.

As lágrimas rolavam pelo rosto de Carlos, e ela continuou a falar.

— Nunca duvide do meu amor, pois o amor que sinto por você jamais morrerá, e é com você que quero estar até o último minuto da minha vida.

— Eu também minha princesa, eu te escolhi e quero estar para sempre ao seu lado.

— Eu não quero ser a mulher que passou pela sua vida, caramba! Quero ser para sempre a mulher da sua vida.

— Não se preocupe, você será para sempre a mulher da minha vida.

Depois disso ele a tomou nos braços e a beijou carinhosamente.

— Gostaria de ficar com você hoje à noite, será que eu posso?

— É claro que pode, o meu apartamento é seu também.

— Mas terá que suportar meus enjoos, está muito forte ainda, o médico disse que vai passar com o tempo, mas por enquanto não tem jeito.

— Não se preocupe com isso, você não passará essa fase sozinha, eu estarei ao seu lado.

— Você é um amor.

— Temos que pintar e decorar o quarto do bebê.

— Isso mesmo, bem lembrado.

— E quando você vai se mudar definitivamente?

— Só depois do nosso casamento já disse, enquanto isso ficarei no meu apartamento, eu e o nosso bebê é claro. A noite vamos ligar para os meus pais para contarmos a novidade.

A noite eles fizeram uma chamada de vídeo para os pais dela. Disseram terem uma surpresa para contar.

— Não nos contem, tentaremos adivinhar. Vocês... marcaram a data do casamento!

— Que nada. Vocês erraram feio.

Todos sorriram. Depois de várias tentativas frustradas, eles desistiram e pediram para contarem a surpresa.

— Falaremos de uma vez, sem rodeios.

— Podem falar.

Disse o pai dela, todo empolgado com o que poderia ser.

— Vocês serão vovôs!

— O quê? Não brinquem com isso, vocês querem nos matar do coração?

— Não estamos brincando, estamos falando sério.

— Meu sonho é ser vovó.

— Não! Eu que sonhei ser vovô primeiro.

— Não briguem crianças, o importante é que os seus sonhos serão realizados.

— Não estamos brigando, filha, é tudo brincadeira, estamos muito felizes com a notícia. Parabéns para vocês!

— Parabéns para vocês também!

— Obrigado filha, Carlos estamos muito orgulhosos de você, rapaz.

— Só dele, e eu?

— Você sabe que será sempre o nosso orgulho.

— Estou sabendo, obrigada. Agora estamos com um problema.

Reclamou Amanda.

— Pode falar, tentaremos resolver esse problema.

— Quero me casar antes do nascimento do bebê. Vocês terão que arrumar um jeito de vir para o nosso casamento.

— Nesse caso sim, é quase uma emergência.

— Jura? Vocês virão mesmo?

— Claro filha, não perderemos esse casamento por nada. Quando a barriga começar a crescer manda fotos para nós, queremos acompanhar sua gravidez a distância.

— Pode deixar, manterei vocês sempre informados de tudo. Tchau!

— Tchau, filha! Se cuide. Tchau, Carlos!

Eles sabiam que agora as preocupações dos pais dela seriam constantes, o primeiro neto, da única filha, agora toda a atenção deles se voltariam para ela e para o bebê.

Amanda não quis jantar e Carlos preparou um sanduíche com suco de laranja para ela, ele para não jantar sozinho resolveu acompanhá-la também no lanche. Depois foram para o quarto, ela queria tomar banho e se despiu completamente e ele pôde notar já os primeiros sinais de transformação no corpo da sua amada.

— Seu corpo está começando a mudar, amor.

Disse Carlos todo empolgado.

— Mas a barriga ainda nem está aparecendo.

— Está começando a aparecer sim, só percebe se olhar atentamente, seu umbigo está começando estufar e seus seios estão um pouco maiores.

— E você está curtindo tudo isso, não é?

— E estou mesmo e quero acompanhar tudo, todos os meses iremos juntos ao médico.

Na manhã seguinte enquanto tomavam café, Carlos teve uma preocupação.

— Não estaria na hora de comprarmos o enxoval do bebê?

— Não. Ainda está muito cedo papai, vamos esperar, entrar pelo menos no quinto mês.

— Se dependesse de mim, iriamos logo as compras, estou ansioso para ver o quarto dele todo pintado, decorado e cheio de móveis, as gavetas cheias de roupinhas fofinhas e cheirosas.

— Essa gravidez é importante para mim, mas para você, suponho que tem uma importância ainda maior, não é mesmo?

— Tem sim. Ser pai para mim sempre foi um sonho, mas agora, imagina o que passei, saber que a pessoa que estava comigo, engravidou, me preparei para ser pai, a pessoa veio a perder o bebê, e depois de tudo isso, descobri que o filho não era meu. É muita maldade vinda de uma pessoa só.

— Você pode ficar tranquilo, esse filho é seu.

— Que isso Amanda, eu sei muito bem disso, não tem nem como comparar a sua pessoa com aquela pessoa. Você é especial, eu te considero um presente de Deus para mim.

— Quero que você saiba que tudo que eu puder fazer para te ver feliz, pode ter certeza, eu farei.

— Sei que sim minha linda, eu sei que sim.

46

Quando Amanda completou onze semanas, o obstetra recomendou o primeiro ultrassom morfológico para saber se estava tudo bem com o bebê, e estava.

— Seu bebê está ótimo mamãe, já dá para saber o sexo do seu bebê, vocês querem saber ou não?

— Não doutor, optamos por descobrir só quando ele nascer.

No quarto mês, o casal de grávidos estavam de volta ao consultório, o médico a examinou e estava tudo bem com o bebê e com a mamãe dele também.

— Os enjoos, mal-estar, vômitos e todos esses sintomas ruins começarão a desaparecer daqui para frente, já que a placenta está completamente formada, e seu bebê a partir de agora, já escuta, é importante conversar com ele, coloque música relaxante, e tudo que você comer seu neném vai querer experimentar também.

— Tem um probleminha que eu gostaria de falar, doutor.

— Pois não.

— Tenho vontade de ter relação com meu namorado todo dia! Isso é normal?

O médico sorriu.

— Isso é normal em algumas mulheres, dura geralmente todo o segundo trimestre, que vai do quarto ao sexto mês, é conhecido como lua de mel da gestação. Quando entrar no terceiro trimestre que vai do sétimo ao nono mês, pode acontecer o oposto, porque a mulher se sente menos confortável para conseguir dormir devido ao tamanho da barriga e baixa estima por ganhar uns quilos a mais, mas tudo isso é normal.

Carlos ouvia tudo com a máxima atenção, e ao saírem do consultório, ele perguntou:

— Vocês querem almoçar antes de irmos para o escritório?

— Vocês?

Perguntou Amanda.

— Sim, vocês! Meus dois bebês, você e ele, ou ela.

— Eu também sou sua bebê?

Perguntou sorrindo.

— Sim, você também é minha bebê.

— Só você mesmo para me mimar tanto assim.

— Você merece todo o meu cuidado, carinho e amor.

— Você quer me fazer chorar? Sabe muito bem que sou uma manteiga derretida.

Eles optaram irem almoçar em um self-service próximo do local de trabalho. Ela ainda estava bastante enjoada para comer, e optou por comer arroz, feijão, bife e saladas.

— Estou observando na receita que o médico trocou suas vitaminas, vamos passar na drogaria para comprarmos esses remédios logo de uma vez.

Carlos estava num grande cuidado com Amanda no escritório e não queria deixá-la fazer quase nada.

— Amor, eu não estou doente, só estou grávida, posso fazer tudo normalmente.

— Está bem, mas tome cuidado.

— Você e seus cuidados excessivos.

— E tem mais, eu não fico tranquilo com você dormindo sozinha em seu apartamento, poderia muito bem estar comigo.

— Já te falei, só me mudo depois do casamento, e nem adianta insistir.

Adriana se divertia vendo os dois discutirem. Quando chegaram a casa, ele a chamou para uma conversa.

— Dei entrada no cartório no procedimento para realização do nosso casamento religioso, com efeito civil, como você sugeriu que fosse realizado dessa forma, aqui está a certidão de habilitação.

— Eu não gostaria de me casar na igreja novamente, me casei uma vez e já foi o suficiente.

— Eu também não gostaria, e como não seguimos nenhuma religião e você não quer casar na igreja, então convidei um amigo que é pastor e advogado também para realizar a cerimônia do nosso casamento. Como ele vinha se insinuando já a algum tempo que gostaria de realizar a cerimônia do meu próximo casamento, não achei problema em convidá-lo, o que você acha?

— Por mim, está tudo bem, desde que seja religioso não faz diferença, eu só não quero entrar na igreja novamente.

— Será tudo feito como você quiser, se precisar contratarei uma cerimonialista, ela ficará responsável por tudo.

— Não precisaremos nos envolver com nada mesmo?

— Com nada! Ela e a equipe cuidarão de tudo.

— Está ótimo então, se precisar pode contratar.

— Mas quero te levar para ver o salão de festas bufê da Lagoa, vamos ver se você aprova ou não.

— E quando iremos?

— Pode ser amanhã à tarde, sairemos mais cedo do trabalho.

O bufê era um complexo, o salão nobre tinha espaço para até mil pessoas sentadas, além de um salão anexo e um panorâmico, todos com visual da Lagoa Rodrigo de Freitas. Amanda ficou encantada com o local.

— Precisarei contratar uma cerimonialista?

— Não será necessário, nossa equipe de trabalho são profissionais altamente qualificados e nossos produtos são de altíssima qualidade, e caso vocês queiram, poderão fazer uma degustação do que servimos aqui.

— Gostaríamos sim, por favor.

Disse Amanda já querendo se esbanjar nas guloseimas.

— Por você estar gestante, te serviremos uma porção generosa.

— Só você mesma, meu bebê.

Falou Carlos todo carinhoso com sua amada.

— Está aprovadíssimo, gostei de tudo que provei.

Disse ela toda empolgada.

— Também, depois desse mimo. Então, vamos aos valores?
Perguntou Carlos.

— Como será essa cerimônia? Uma etapa na igreja e a outra aqui?

— Não! Será tudo realizado aqui! Teremos um casamento religioso, com efeito civil.

— Alguma restrição com bebidas?

— Nenhuma. Apesar da cerimônia ser realizada por um pastor amigo nosso, não somos religiosos e acredito que a maioria dos nossos convidados também não sejam.

— E qual será o dia da semana para a cerimônia?

— Será numa quinta-feira.

— Meus parabéns pela escolha, realmente quinta-feira é o melhor dia da semana para se casar.

— Obrigada, fui eu mesma que escolhi esse dia.

— E quantas pessoas vocês pretendem convidar?

— Se dependesse de mim, faria uma festa para mil pessoas ou mais.

— Não adianta realizar uma festa muito grande, sempre faltam uma boa parte dos convidados.

— Somos advogados.

— Então retiro o que falei.

Todos sorriram.

— Deve vir algumas pessoas importantes, por exemplo, o governador virá.

— O governador virá nesse casamento?

— Sim, além de nosso cliente, ele é nosso amigo, e também deverão vir alguns desembargadores do Tribunal de Justiça.

— Vocês querem que eu contrate seguranças?

— Sim, faça tudo que for necessário.

— Acredito que podemos fechar em trezentos convidados.

Sugeriu Amanda.

— É um ótimo número, então estamos combinados em trezentos convidados? Estarei preparando o contrato para assinarmos, mas tem um problema, a contratação dos seguranças será um valor à parte.

— Não tem problemas, faça tudo que for preciso e o que ficar além pagarei por fora.

— Então, estamos combinados.

— Hoje é dia de consulta, meu amor, mas temos reunião no escritório, então eu sugiro ir à consulta sozinha este mês e você poderá ir fazer a reunião.

Sugeriu Amanda.

— Nada disso! Já pedi para transferir essa reunião para a parte da tarde, não perco sua consulta por nada.

— Você é demais, mas gosto que seja assim.

— É o mínimo que posso fazer, se eu pudesse transferiria todos os sintomas que você sente, para mim, assim você não sentiria nada. Já basta a dor que você sentirá no parto, já que quer parto normal.

— Sim, quero parto normal, cirurgia só em último caso.

— Vamos à consulta?

— Como não consigo fazer você mudar de ideia, então vamos à consulta.

— Bom dia! Como estão?

— Estamos bem, doutor.

— Você está de parabéns, papai, está sempre acompanhando sua namorada nas consultas. Mamãe, você sabia que é muito importante a companhia dele, nas consultas?

— Falo isso, mas ela é muito teimosa, e às vezes não quer que eu venha.

— Não é esse o caso doutor, é que ele tem muita responsabilidade na nossa empresa e eu fico preocupada dele se ausentar.

— Não se preocupe, o acompanhamento dele, no pré-natal é muito importante, além de trazer segurança e confiança para você, ainda favorece para intensificar os laços paternos, melhorando a relação familiar. Vamos lá, chegamos à metade da gestação e passarei outro ultrassom morfológico para avaliar o crescimento do bebê e o desenvolvimento dos órgãos dele, e a partir de agora você começará a sentir ele mexer com mais frequência.

Quando eles terminaram a consulta, foram direto para o escritório, já que Amanda não estava com fome naquela hora e qualquer coisa, pediria delivery mais tarde. Não demorou muito e o cliente que participaria da reunião acabara de chegar.

— Mil desculpas por eu ter que remarcar a reunião para mais tarde, é que tínhamos consulta no pré-natal.

— Você a acompanha todos os meses?

— Sim, você vê algum problema nisso?

— Nenhum, vocês estão de parabéns, eu nunca consegui passar da primeira consulta da minha esposa, eu ficava muito tenso.

— Tranquilo eu também não fico, mas seria pior se eu não fosse.

Mais tarde quando estavam indo embora, ela pediu para deixá-la em casa, queria ficar sozinha esta noite.

— Já contratei o pintor para preparar o quarto do bebê, não se preocupe, pedi para comprar tinta sem cheiro, e nesse final de semana vamos ao "shopping" comprar os móveis e algumas roupas para começar a arrumar o quartinho dele.

— Não vejo a hora de começar a arrumar as coisinhas dele, quero deixar tudo pronto para quando ele chegar.

No final de semana foram as compras para o bebê, optaram pelas cores neutras, já que fizeram questão de não saberem o sexo da criança. Amanda ficou na dúvida com a cor do kit de saída da maternidade, então ela escolheu dois kits diferentes, mas Carlos só efetuaria a compra após o nascimento da criança. Aproveitaram e compraram também alguns vestidos de gestante para Amanda, já que as suas roupas estavam começando a ficar justas no corpo.

47

No sexto mês eles retornaram para a consulta, curiosos para saberem o resultado do exame que haviam feito.

— Não se preocupem, está tudo bem, o bebê está se desenvolvendo de maneira satisfatória, mas daqui para frente os movimentos dele serão mais vigorosos porque ele está ganhando força muscular. Ele está crescendo e o espaço dele está diminuindo gradualmente, e ele também já consegue identificar as várias tonalidades da sua voz, mamãe. Sugiro que conte historinhas para ele, e continue com as músicas, continue também com a medicação, dormindo bem e se alimentando direito, e... até a próxima consulta.

Ao sair do consultório Amanda fez um comentário curioso.

— Ainda bem que o nosso casamento é daqui a duas semanas, caso contrário correria o risco de perder o meu vestido.

— Você deve ter ficado linda de noiva gestante, não é mesmo?

— Não vou te dar nenhuma pista, seu curioso, só irá saber na hora do casamento.

Eles foram interrompidos por uma ligação de Marilda informando que estava tudo bem e chegaria no dia seguinte à tarde, Carlos de prontificou a ir buscá-la no aeroporto.

O voo estava com uma hora de atraso e Amanda estava preocupada com Marilda.

— O que será que deve ter acontecido, Carlos, o voo dela nunca se atrasou.

— Não é nada de mais, não se preocupe, deve ser algum problema sem gravidade.

Quando Marilda chegou a primeira coisa que ela percebeu foi a gravidez de Amanda, e ficou surpresa.

— Não acredito! A senhora está grávida! Está muito linda.

— Obrigada Marilda, estávamos com saudades.

— Eu também, mas lembra que eu lhe disse que teria uma surpresa? Olha ela aí na sua barriga.

— Eu estava me lembrando por esses dias de você ter falado isso.

— O que houve com seu voo, Marilda? Estávamos preocupados. Interrompeu Carlos.

— Deu um problema no abastecimento do avião, eles ficaram tentando por quase uma hora, e quando já estavam falando em uma possível troca de aeronave, eles conseguiram abastecer.

— Amanda já estava aqui muito nervosa por você.

— Estava mesmo, mas agora que você chegou, estou mais tranquila, tenho uma surpresa para te contar, mas só em casa.

— Então vamos logo para casa que estou curiosa para saber.

Quando chegaram ao apartamento, Marilda estava impaciente querendo saber a surpresa.

— A surpresa é que eu e Carlos vamos nos casar daqui a duas semanas.

— Verdade? Eu iria perder esse casamento?

— De jeito nenhum, estávamos esperando você ligar, se não ligasse até o início da semana que vem, nos ligaríamos para você vir para o casamento e depois poderia voltar caso fosse necessário.

— Ah bom! Não gostaria de perder esse casamento por nada.

— E como está sua parente?

— Está bem melhor agora, mas ficará boa. A senhora está grávida de quantos meses?

— Entrei no sexto mês, vamos nos casar antes que a barriga cresça muito ou o bebê nasça.

— E seus pais, eles virão ou não?

— Eles já ligaram avisando que estão se preparando para vir, deverão chegar uns dois dias antes do casamento.

— E o quarto do bebê, já está pronto?

— Já está pintado, os móveis montados, mas não arrumei as roupas ainda, pensei que você gostaria de participar da arrumação, então fui adiando terminar de aprontar o quarto, até saber ao certo se você viria agora ou não.

— Mas é claro que sim, e ficaria magoada se chegasse e encontrasse o quarto todo arrumado. Vamos arrumá-lo depois do jantar.

— Não Marilda, você deve estar cansada da viagem, deixemos para outro dia.

— Estou nada. Quero arrumar esse quarto hoje, não vejo a hora de estar tudo arrumado. Nem acredito que depois de tantos anos entrará um bebê nesta casa, ainda me lembro da chegada do senhor Carlos, foi a maior alegria e com esse bebê não será diferente.

Amanda observava com alegria Marilda comentar a respeito do seu filho, pela forma dela se expressar, significava que Carlos fora muito querido por seus pais, e com seu bebê não acontecerá diferente, ele será muito querido por eles também.

Marilda praticamente realizou toda a arrumação sozinha, Amanda pouco ajudou, não que ela não quisesse ajudar, mas Marilda fez questão de cuidar de toda arrumação. Seria um prazer para ela organizar todo aquele quarto, para ela seria um presente, arrumá-lo e entregá-lo todo organizado para a mãe do bebê, tão esperado, tão aguardado e já tão amado por todos eles.

Amanda Oshiro, ficara deslumbrante vestida de noiva, ela mesma se surpreendeu ao se observar no espelho após estar totalmente pronta para o seu casamento. Optara por um vestido simples, longo e sem véu, na cor pêssego, e contratara uma maquiadora profissional que não só a maquiou como também a ajudou com o vestido.

Antes, porém, se reuniram Carlos, Amanda, os pais dela e Marilda que era a única referência próxima de família que ele tinha no momento e foram almoçar em uma churrascaria próxima do bairro, e foi quando Carlos teve a oportunidade de falar pessoalmente com seus sogros que chegaram de viagem na noite anterior e estavam hospedados no apartamento de Amanda, e ali ficariam até a hora de retornarem para os Estados Unidos. O almoço fora bastante amigável, conversaram sobre família, as dificuldades que passaram quando chegaram a um país totalmente estranho, mas que agora estavam adaptados e também não deixaram de manifestar a alegria que estavam sentindo pela união de sua filha e Carlos. Também não viam a hora de pegar no colo o primeiro neto ou neta que estava a caminho, só não falaram de negócios, não que o sogro não quisesse tocar no assunto, mas a sogra foi logo avisando que esse dia não seria para tratar de negócios.

Carlos estava ansioso no altar, não vira sua amada desde o término do almoço, o salão de festas estava repleto, por incrível que parecia, não faltara nenhum convidado, todos os amigos estavam presentes, entre eles estavam Heitor dono do hospital, Victor amigo de infância e Paulo amigo de Carlos e dono da sala onde Amanda mantinha seu escritório. O governador e algumas autoridades do Tribunal de Justiça também compareceram, não faltara ninguém.

Será que Mônica ficara sabendo do seu casamento? Pensou Carlos, mas imediatamente afastou esse pensamento quando percebeu que todos ficaram de pé para receber a noiva que finalmente chegara ao local. Era conduzida por seu pai, "como ela está linda" pensou Carlos, e olhou para o seu amigo pastor, que sorriu para ele em sinal de confirmação como se estivesse lendo o seu pensamento. Quando estavam próximos ao altar, Carlos saiu ao encontro deles, seu sogro o abraçou e entregou oficialmente sua filha em suas mãos. Ele a conduziu até o altar e o pastor deu início à cerimônia, não fez um discurso longo, mas falou o essencial, convidando o casal a uma reflexão da responsabilidade que estavam assumindo a partir daquele momento, disse que se já eram unidos, a partir de agora deveriam ser muito mais ainda. Falou também que a mulher não fora feita da cabeça para não ser superior ao homem, não fora tirada dos pés para não ser pisada por ele, mas fora tirada do lado, para ser igual, para ser amada e protegida pelo marido. Homem e mulher, cada um com suas fraquezas, juntos se completam e juntos satisfazem as necessidades recíprocas, em seguida o pastor os orientou nos votos do casamento e eles trocaram as alianças. Imediatamente fez uma oração abençoando a união do casal e os declarou marido e mulher, e proferiu a célebre frase:

— Pode beijar a noiva!

Ele a beijou com todo o seu amor e ela retribuiu docilmente, ele estava feliz porque agora ela não era apenas sua namorada, sua noiva, amiga ou amante, não só isso, mas tudo isso e muito mais. Agora ela era sua esposa, a mulher que ele sonhara conhecer e quando a conheceu, a escolhera para estar junto da sua companhia para o resto da sua vida. Ele não tinha dúvidas do que sentia por ela, muito menos do que ela sentia por ele, foi difícil conquistá-la, ela criou obstáculos de toda forma, mas foi vencida pelo amor e pela determinação dele em conquistá-la, mas valera a pena, hoje ela era toda dele, somente dele e de mais ninguém. A recompensa de tudo isso era o fruto do amor deles que estava sendo gerado no ventre dela, e em breve essa família aumentaria, mais um membro dessa família que estava sendo instituída naquele momento, estava a caminho para dar mais alegria a eles e consolidar suas decisões.

Logo após, o pastor os convidou para assinarem o Termo de casamento religioso com efeito civil, que foi assinado pelos noivos, pelos padrinhos e pelo pastor que celebrou a cerimônia religiosa.

O fotógrafo sugeriu que eles fossem imediatamente para a sessão de fotos, mas eles tinham algo em mente primeiro e decidiram que iriam fazer dessa forma: fizeram questão de visitarem mesa por mesa, cumprimentar e agradecer pessoalmente a presença de cada convidado, tudo fora filmado, fotografado e registrado, era um momento único e toda essa alegria fora dividida com seus amigos, com seus convidados.

Durante a visita às mesas, agradecendo a presença deles e recebendo os cumprimentos dos convidados, alguém perguntou ao casal:

— E a lua de mel?

Amanda logo respondeu sorridente.

— A lua de mel foi adiada para, depois do nascimento do bebê.

— E vocês já têm planos de onde passarão a lua de mel?

— Já temos sim, passaremos em Paris.

Já passava da meia-noite quando os primeiros convidados começaram a deixar o local da festa, e quando os últimos convidados se retiraram era quase, três horas da madrugada. Eles agradeceram o trabalho da equipe, se despediram e foram para casa. Amanda já conhecia o apartamento, já dormira várias noites lá com Carlos, mas não como hoje, agora ela estaria entrando como esposa dele, não para passar algumas horas e depois ir embora, mas agora seria definitivo, agora aquele apartamento também seria o seu lar.

Acordaram por volta das oito e trinta da manhã, muito cedo para quem chegara em casa depois das três horas, mas não poderiam deixar essa noite passar em branco, não a noite justamente do casamento deles e foi muito bom.

— Bom dia, meu amor.

Disse Amanda toda romântica.

— Bom dia, querida, finalmente, estamos casados.

— Parecia um sonho, mas conseguimos transformá-lo em realidade.

— Você gostou da nossa festa?

— Adorei, incrível que não faltou nenhum convidado, não é mesmo?

— Sim, todos estavam presentes, somos bastante queridos por eles.

— Que nada! Eles foram por minha causa.

Brincou Amanda.

— Você está muito convencida.

— Estou não, só estou brincando com você, eu sei muito bem que a maioria deles estavam lá por sua causa, por tudo que você passou e agora está recomeçando.

— Não meu amor, eles estavam lá por nós dois, por passarmos pelos mesmos problemas, e agora estamos dando um ao outro a chance de sermos felizes e eles foram lá testemunhar o nosso recomeço.

— É mesmo, talvez você tenha razão.

— Seus pais querem almoçar conosco?

— Sim, disseram que virão almoçar aqui, mas eu estive pensando que não devemos fazer essa maldade com a Marilda, eu ficaria com a minha consciência pesada de vê-la cozinhando hoje, com certeza ela deve estar muito cansada.

— O que você sugere? Irmos para um restaurante?

— Acredito que ela não quererá sair para almoçar conosco novamente, mas tenho uma ideia melhor.

— E qual seria sua ideia?

— Ficarmos aqui e pedirmos comida do restaurante, e assim resolveremos dois problemas de uma só vez.

— Como assim, princesa?

— A Marilda almoça conosco e meus pais conhecem o seu apartamento.

— É por isso que eu te amo, você é muito humana, se preocupa com todo mundo, mas não é "meu apartamento", e sim, nosso apartamento.

— É a falta de costume, mas vou me acostumar.

— Acho bom, mesmo.

— Mas você também é bastante generoso, na verdade, é a pessoa mais incrível que eu conheço.

— Então formamos uma bela dupla, não é mesmo meu amor?

— Sim, querido, formamos uma bela dupla.

48

Mais tarde os pais dela chegaram, conheceram o apartamento e ficaram impressionados pelo tamanho do imóvel e pela beleza do quarto do bebê.

— O quarto do bebê é um luxo, é lindo demais, com certeza vocês não economizaram mesmo, e esse apartamento? Além de gigante é de muito bom gosto a decoração.

Disse a mãe de Amanda.

— Aqui já teve grandes festas, já foi bastante movimentado, tenho ótimas recordações, mas também foi aqui que por escolhas erradas no passado, passei dias de intensa tristeza e solidão.

— Lembre só das boas recordações, as ruins deixam no passado, meu filho. — Disse a sogra. — Vocês formam um belo casal, e serão muito felizes aqui, esse bebê a caminho irá dar muitas alegrias a vocês, e como tenho certeza, não ficarão só nesse filho.

— Não começa, mamãe, você quando fala…

— Ela tem razão. — Interrompeu Marilda. — Vocês não ficarão só neste.

— Mas nós não pretendemos ter outro filho, Marilda.

— Não? Então, porquê vejo um casal de crianças brincando e correndo pelo apartamento?

Amanda simplesmente olhou para Carlos com os olhos arregalados, preferiu não falar mais nada, decidiu ficar em silêncio.

O pai de Amanda aproveitou a oportunidade para se inteirar sobre o mercado brasileiro, tinha planos de investir no Brasil e quis saber com detalhes a respeito do mercado brasileiro, e Carlos pacientemente esclareceu todas as dúvidas dele. Já estava começando a anoitecer quando decidiram ir embora, no dia seguinte pela manhã partiriam de volta para casa, Carlos e Amanda se comprometeram a levá-los ao aeroporto e prometeram que após alguns meses do nascimento do bebê, os três iriam visitá-los.

No dia seguinte eles foram levar os pais dela conforme haviam combinado, na hora da despedida eles prometeram voltar após o nascimento do bebê, mas Amanda não acreditou muito nessa possibilidade, sabia o quanto eles eram comprometidos com o trabalho e quão difícil foi virem ao casamento. Na volta para casa, Carlos percebeu que sua esposa ficara um pouco triste com a partida dos pais, e ele procurando distraí-la puxou conversa.

— O que você pretende fazer com o seu apartamento, amor?

— Não sei ainda, o que você me sugere?

— Não te aconselho vender, mas entre ficar fechado, te sugiro alugar, isso irá te garantir uma renda extra.

— Não havia pensado nessa possibilidade, você me ajudaria a cuidar disso?

— Claro que sim, sem problemas.

— Antes terei que terminar de tirar algumas coisas minhas que deixei lá, depois veremos isso.

Quando chegaram a casa Amanda continuou quieta, parecia que seu pensamento estava longe.

— O que foi querida, você está tão quieta, algum problema?

— Estou pensando que agora como somos casados, terei que me adaptar à nova rotina, ou seja, não irei mais viajar para comemorar as festas de final de ano com meus pais, como sempre fiz.

— Como assim, não irá viajar mais?

— Meu querido, agora sou uma mulher casada, meu dever é estar ao lado do meu marido, e você e o bebê são minha família e onde estiver minha família, estarei junto.

— Então você continuará viajando, porque eu e o bebê passaremos o final de ano com seus pais, junto de você.

— Pensei que você gostaria de ficar aqui e comemorar com seus amigos como antes.

— Enquanto seus pais estiverem morando nos Estados Unidos, será lá que passaremos o natal e virada de ano. Se algum dia eles saírem de lá e forem para outro país, então iremos onde eles estiverem.

— Tem certeza que é isso mesmo que você quer?

— Absoluta! E tem mais, seus pais vão ficar idosos e chegará a hora que teremos que trazê-los para virem morar aqui conosco.

— Você teria coragem de trazer os meus pais para virem morar aqui conosco?

Amanda não acreditou no que acabara de ouvir e quis ter certeza que ouvira isso mesmo.

— E por que não? Como você sabe muito bem, na cultura oriental principalmente na China e no seu país, a velhice é sinônimo de sabedoria e respeito, e tem como tradição cuidar bem dos seus idosos, e por você, eu os receberei em nossa casa com o maior prazer.

— Eu me surpreendo com você a cada dia, e fico mais convicta de que fiz a escolha certa, você é um marido perfeito.

— E não vejo mais necessidade de continuarem lá, eles podem estar morando aqui e acompanhar os trabalhos remotamente, e caso não queiram a princípio ficar aqui em casa, poderiam ficar no seu apartamento por enquanto, e mais tarde viriam para cá.

— Conversarei com eles a respeito. Na última vez que fui para lá, eles estavam reclamando muito do frio, e também que nós nos vemos muito pouco.

— O que vocês decidirem está ótimo para mim, o que me importa é a sua felicidade.

— Pensando bem, eles poderiam fazer os investimentos deles aqui, junto de você, eu vi que meu pai ficou bastante animado com suas explicações.

— Sim, eu poderia orientá-los sem problemas. Resolva isso amor, e não se preocupe com nada.

Amanda entrara no sétimo mês de gestação e foram para a consulta com o obstetra, mas agora eram casados, agora eram marido e mulher, e ela se queixou ao médico.

— Tenho sentido umas leves contrações na barriga, isso é normal? Estou começando a ter incômodo para dormir.

O médico a examinou.

— Isso é normal, e está tudo bem com seu bebê. É que entramos agora no último trimestre da gestação e o seu bebê está crescendo e ganhando peso, e com isso está quase ocupando todo o espaço disponível no útero. Até o final da vigésima semana ele estará pesando aproximadamente um quilo e duzentos gramas e provavelmente ele deverá ficar de cabeça para baixo, já começando a se preparar para o parto.

— Já doutor? Que maravilha!

— E quer mais uma novidade? Agora o seu bebê já começa a abrir e fechar os olhinhos.

— Ah, doutor, não vejo a hora de poder pegá-lo em meus braços.

— Calma, você terá sua oportunidade. Continue tomando os medicamentos e até a próxima. Tchau!

— Tchau, Doutor.

— Amor, você tem coisa muito importante para resolver no escritório?

— Perguntou Amanda, toda dengosa.

— Não tenho não.

— Então vamos ficar em casa hoje, não quero trabalhar, mas também não gostaria de ficar sozinha.

— Está bem, eu não posso recusar um convite desse, falarei para a Adriana que você está meio indisposta hoje, e ficarei com você.

Eles almoçaram e passaram a tarde assistindo filmes na TV, mais tarde ela fez outro convite a ele.

— Estou querendo sair um pouco esta noite.

— E para onde você quer ir?

— Para onde você quiser me levar.

— Eu gostaria de te levar ao clube, mas da outra vez te convidei e você não quis ir.

— Eu disse que não era a hora ainda, mas hoje quero ir com você.

— Então iremos hoje à noite, mas você só beberá suco.
Brincou Carlos.

— Eu não tenho consumido nada que contenha álcool mesmo.

— Então estamos combinados, hoje você irá conhecer o clube.

A noite eles se arrumaram e saíram para curtir o baile no clube, quando chegaram, encontraram seus amigos reunidos em uma mesa, Victor como sempre era o mais animado.

— Boa noite, pessoal!

— Até que enfim, trouxe a sua esposa para conhecer o clube.

— Eu havia feito o convite a ela já a algum tempo, mas ela recusou e hoje quis vir.

— Na época julguei que ainda não era o momento de vir.

Explicou Amanda.

— Fiquem com a gente, se considerem meus convidados hoje, e seja bem-vinda Amanda.

— Obrigada!

— Quer beber alguma coisa, querida?

Perguntou Carlos.

— Um suco de morango, por favor, não posso pensar só em mim no momento.

Disse Amanda alisando a barriga.

— Eu vou beber o de sempre, gin tônica tradicional.

— O casamento de vocês estava muito lindo, e muito bem organizado, eu gostei bastante.

— Obrigada, que bom que gostou.

— Vamos dançar, amor? Está tocando música lenta.

— Quero sim, se essa barriga não atrapalhar, não é?

— Atrapalha nada, vamos dançar nós três.

Eles dançaram bastante músicas coladinhos um ao outro, depois mudou o ritmo da música e ela ensaiou alguns movimentos até onde a barriga permitiu, e eles riam e se divertiam.

Mais tarde ela começou a passar mal e quis ir para casa.

— Quero ir embora amor, o cheiro do álcool está começando a me dar enjoo.

— Então vamos agora, não quero ver você passando mal.

Eles se despediram dos amigos e saíram. Ao cruzarem a porta de saída, encontraram com Lorena que estava chegando sozinha. Ela ficou meia sem jeito, mas não pôde deixar de observar a barriga de Amanda, cumprimentou a ambos rapidamente e entrou. Eles foram caminhando devagar até em casa e pelo caminho Carlos se preocupou com ela.

— Está se sentindo melhor, amor?

— Estou sim, é falta de costume em frequentar ambientes fechados, mas não pense que desisti, depois da gravidez aproveitaremos muito esse clube.

— Opa! Agora estou vendo minha linda esposa super animada.

Pelo caminho ela não ousou perguntar sobre Lorena, mas quando chegou em casa não pode evitar.

— Aquela que encontramos na saída do clube é a tal da Lorena?

— É sim, algum problema?

— Nada grave, mas suponho que ela ainda goste de você.

— Penso que você está enganada, foi ela que terminou e já faz algum tempo tudo isso.

— Com relação ao tempo, você sabe muito bem que isso não tem nada a ver, e o fato dela ter terminado, ela deve ter tido seus motivos, mas isso não significa que ela te esqueceu, e uma mulher conhece muito bem a outra.

Carlos não sabia até onde poderia ir essa conversa, então decidiu ficar calado.

— Eu não estou brigando com você, meu amor, você não tem culpa de nada, só estou comentando algo que observei, só isso, e é uma maneira de te avisar para ficar atento. — Depois deu um beijinho carinhoso nele. — Eu no lugar dela também não teria te esquecido.

Depois sorriram, se abraçaram e não voltaram mais a falar desse assunto.

49

Amanda chegou para a consulta do oitavo mês da gestação e estava toda queixosa.

— Bom dia! Como você tem passado?

— Está ficando muito complicado para dormir, doutor, já experimentei várias posições, mas está difícil, e também tenho notado que está começando a sair um pouco de líquido dos meus seios, estou ficando preocupada.

O médico sorriu.

— Calma, fique tranquila, esse líquido é o colostro que está se formando para você alimentar o seu bebê após o nascimento, é o primeiro leite que você produz e é ideal para o recém-nascido, é repleto de proteínas e rico em nutrientes. Quanto a melhor posição para dormir experimente de lado, virada para o lado esquerdo, vai te exigir menos esforço e melhora a circulação do sangue na placenta. Com relação ao bebê, a partir de agora ele já reconhecerá a voz de vocês dois, tanto é que se você colocar a mão na barriga dela, ele responde com movimentos indo na direção da sua mão.

— É verdade, tenho feito isso.

Disse Carlos todo empolgado.

— Mas os movimentos dele tende a diminuir pelo pouco espaço no útero. Até o final do mês ele deverá estar pesando cerca de um quilo e oitocentos gramas. Passarei novos exames de sangue e urina, e um novo ultrassom também. Boa semana para vocês e até a próxima.

— Tchau, Doutor.

Era notório o tamanho da barriga de Amanda e ela já começara a andar com dificuldades, no escritório todos queriam poupá-la de todos os esforços, mas ela sorria e dizia estar bem e não precisava de toda essa preocupação, mas ninguém lhe dava ouvidos.

— Como você está, amiga?

— Estou bem, obrigada Adriana, está ficando complicado achar posição para dormir, e como a barriga está crescendo muito, estou encontrando dificuldades até para andar, mas o resto está tranquilo.

— E o papai? Está muito coruja?

— O Carlos? — Ela assentiu com a cabeça. — Ele não me deixa fazer nada, nem banho posso tomar tranquila, é um cuidado extremo.

— Deve ser devido ao que aconteceu com ele no passado, essa gravidez é muito importante para ele.

— Sei disso amiga, qualquer barulhinho que eu faço na cama, ele logo acorda, eu me divirto com esse excesso de cuidado dele, e a Marilda também é outra, toda noite me prepara chazinho, é tanto mimo que acabarei ficando mal acostumada.

— Às vezes fico me lembrando da primeira vez que vocês se viram no Tribunal, me lembro como ele ficou empolgado com você e disse na época ter certeza que você seria a mãe dos filhos dele.

— Carlos foi o único homem que tentou se aproximar de mim, e mesmo eu resistindo, ele não desistiu.

— Ele me disse que você foi bastante rigorosa com ele.

— Não só com ele, mas com todos que tentaram se aproximar, não dei oportunidade para ninguém.

— Então como ele conseguiu te conquistar?

— Com paciência e determinação, eu pensei, se ele está insistindo tanto é porque quer algo sério, caso contrário já teria desistido, e também o Paulo me falou muito bem dele, aí pensei, não me custará nada dar uma oportunidade a ele. Mesmo assim ainda tive dúvidas até o último momento, mas depois que começamos, tive a certeza que ele era o homem da minha vida.

— Ainda bem que deu tudo certo entre vocês, ele é uma ótima pessoa, mas fizeram ele sofrer bastante.

— Tinha que ser ele na minha vida, ele me deixa tão tranquila, confio muito nele, e o amo demais.

— Ele também te ama muito.

— Eu sei amiga, eu sei.

A noite quando já estavam quase se preparando para deitar, Amanda teve um desejo de comer sonho de creme.

— Sonho de creme, Amanda? Onde encontrarei sonho fresco a esta hora?

— Não precisa ser fresco.

— Minha esposa não comerá nada dormido, vou atrás de uma padaria tentar achar esse bendito sonho de creme. Fique quietinha que já volto, qualquer coisa peça ajuda a Marilda.

— Está bem, amor.

Carlos estava andando pelo bairro a procura de uma padaria que estivesse vendendo sonho fresco e passou pela rua do prédio de Lorena, ela estava chegando quando o avistou caminhando.

— Carlos? O que você faz por aqui a essas horas?

— Estou à procura de uma padaria, preciso comprar sonho de creme, desejo de uma grávida, e não quero o do mercado.

— Eu conheço uma padaria que está aberta, posso ir com você? Preciso mesmo conversar com você para te esclarecer algo.

— Sem problemas, mas preciso desse... sonho de creme.

Entraram em algumas ruas a frente e logo chegaram à padaria, na dúvida ele preferiu comprar uns três sonhos.

— Obrigado Lorena, você me poupou um bom tempo.

— Não foi nada. O que quero falar com você é o seguinte, quando estávamos juntos eu omiti algo importante de você e preferi terminar a nossa relação.

— O que você omitiu?

— Quando eu era mais nova, sofri um estupro e acabei engravidando, fiz um aborto mal sucedido e fiquei impedida de engravidar de novo para sempre, por isso criei toda aquela história de que não gostava de crianças e se chegássemos a nos casar cada um ficaria na própria casa.

Carlos ficou decepcionado.

— Por que você fez isso Lorena? Se tivesse me contado a verdade, poderíamos ficar sem filhos, ou poderíamos ter adotado, não teria problemas, eu queria era você.

— Você é uma pessoa maravilhosa, por isso julguei que você deveria encontrar uma mulher que te desse o seu próprio filho.

— Eu não me importaria com isso, não com você.

— Mas você é sozinho, perdeu sua família muito cedo e tem todo o direito de dar continuidade à sua família de sangue.

— Eu te amava, caramba! Você não tinha o direito de fazer isso comigo! Não poderia ter tomado a decisão por mim.

— Fiz o que acreditei que deveria ter feito e não estou arrependida, confesso que fiquei triste quando te vi com a sua esposa, mas, por outro lado, fiquei feliz quando vi que ela carrega um filho seu na barriga, coisa que eu jamais poderia fazer por você.

— E por que está me contando agora?

— Porque eu precisava te falar e você precisava saber.

— Houve um momento na minha vida que precisei tanto de você, quase te procurei, mas agora tenho uma esposa maravilhosa. Deus foi tão generoso comigo que me deu uma mulher quase perfeita, mesmo eu não sendo merecedor.

— Se você tivesse me procurado, eu não teria te recebido, estou te falando agora porque sei que não tem como você desistir e voltar atrás, e não se sinta desmerecido, se Ele te deu ela, é porque você a merece, e eu sei muito bem que você merece essa mulher que está ao seu lado.

— Me promete que você ficará bem, Lorena.

— Eu te prometo, agora ficarei bem, não quero que sinta pena de mim, eu tive uma parcela de culpa em tudo que me aconteceu, eu era muito rebelde e fui punida por isso.

— Como assim?

— Desculpa, mas já falei tudo que precisava, agora vai que sua esposa está te aguardando.

— Obrigado por me contar, adeus Lorena.

— Adeus Carlos.

Ele ficou atordoado com tudo que acabara de ouvir, como ela teve coragem de fazer isso com eles? Ela não poderia ter tomado essa decisão sozinha, eles teriam que decidir juntos. Logo, ele percebeu que se eles continuassem juntos, com certeza teriam problemas, mas com Amanda era diferente, ela fazia questão de não esconder nada e nem aceitaria que ele escondesse algo dela, tudo tinha que ser decidido juntos, tudo tinha que ser decidido em família, como ela gostava de dizer. Logo, percebeu que não poderia esconder dela esse encontro com Lorena, ele não queria esconder, mas teria que esperar o momento certo para conversar com ela.

— Você demorou amor, o que houve?

— Estava procurando uma padaria com sonho fresco e só encontrei a algumas ruas a frente daqui.

— Você é muito exagerado, era só um sonho e você me trouxe três.

— Na dúvida, é melhor sobrar do que faltar.

No outro dia, no café da manhã, Amanda nem queria ver os sonhos que sobraram, Carlos comeu um e Marilda disse que comeria o outro sem problemas. Terminaram o café e saíram imediatamente, eles tinham uma reunião com um cliente e não queria deixá-lo esperando por eles.

Durante o dia Amanda percebeu que Carlos estava um pouco calado, ela o conhecia muito bem, e sabia que acontecera algo.

— Aconteceu alguma coisa?

— Por que a pergunta?

— Por que você está me respondendo com outra pergunta?

— Desculpa, não aconteceu nada.

— Posso afirmar que sim, eu te conheço muito bem e sei que você não é assim.

— Podemos conversar em casa? Pode ser?

— Tudo bem, eu espero.

A noite ela estava o observando, ela sabia que acontecera algo, só não sabia o que. Ele se aproximou dela, a pegou pela mão e a convidou para conversarem no quarto.

— Quero que você saiba que eu não estou te escondendo nada, só estava esperando um melhor momento para podermos conversar.

— Me conte o que houve.

— Ontem quando eu saí para comprar o seu sonho, eu encontrei a Lorena e ela quis conversar comigo, não foi nada demais, ela só queria esclarecer algumas coisas.

— Me conte o que vocês conversaram.

Carlos detalhou toda a conversa, não omitindo nenhum detalhe.

— Cheguei até a sentir pena dela agora, mas ela não poderia ter escondido tudo isso de você, muito menos ter tomado uma decisão dessa sem ouvir sua opinião.

— Concordo com você.

— Eu não quero ser egoísta, mas entenda uma coisa meu amor, se ela tivesse contado tudo para você antes e talvez vocês decidissem prosseguir juntos, hoje eu não estaria aqui e com um filho seu na barriga.

— Eu sei, não estou chateado com o que ela fez ou deixou de fazer, mas fiquei abalado e pensando em como uma decisão errada pode mudar tudo na vida de duas pessoas.

— É por isso que eu sempre falo que temos que tomar nossas decisões juntos, em família, porque qualquer decisão errada que eu ou você tomar, irá refletir na nossa vida conjugal, mas quando sentamos e discutimos a relação, com certeza chegaremos a um consenso.

— Então vamos continuar sempre assim, quando surgir algum problema entre nós, vamos sentar, conversar e resolvermos o problema, vamos ser honestos um com o outro e isso irá fortalecer cada vez mais a nossa relação.

— Estou muito feliz por você não ter me escondido nada e também não me contou de qualquer jeito, esperou a hora certa para conversarmos, agindo assim você só tem a ganhar comigo, te amo a cada dia mais.

— Eu também te amo muito, obrigado por você existir na minha vida.

— Agora vamos dormir, amanhã teremos um longo dia pela frente.

50

Carlos acordou cedo e foi ler seu jornal, Amanda ainda estava dormindo, ele não ousou acordá-la, sabia que tivera dificuldades para pegar no sono, e preferiu que ela acordasse por ela mesma. Se antes ele saia cedo para o trabalho, agora é tudo no tempo dela, jamais a deixaria para trás e conforme os meses de gestação avançavam, a atenção dele para com ela era redobrada.

— Por que você não me acordou, amor?

— Porque vi que você teve dificuldades para pegar no sono esta noite, e você precisa dormir o suficiente e não serei eu que atrapalharei o seu sono.

— Mas assim chegaremos atrasados no trabalho.

— Qual o problema? Minha esposa é que não pode ficar sem dormir direito.

— Mas eu não gosto de chegar atrasada.

Amanda falou cheia de dengo, ele a estava mimando muito.

— Esqueceu que somos os donos do escritório? Não se preocupe, tem pessoas suficientemente capazes para nos substituir.

— Você tem resposta para tudo.

Tomaram café, se arrumaram e saíram calmamente para o trabalho.

— Tchau, Marilda, até mais tarde.

— Tchau! Não fique brava com ele dona Amanda.

— Eu não estou brava, ele é que está me mimando muito.

Eles tiveram um dia intenso no escritório e não viam a hora de retornarem para casa, quando chegaram a casa à noite, Marilda disse precisar muito conversar com eles.

— É muito urgente, Marilda?

— Não, pode ser depois, não tem pressa.

— Depois do jantar, pode ser?

Perguntou Carlos.

— Faremos melhor, amanhã após o café.

Sugeriu Marilda.

— Estamos combinados então.

O que seria que Marilda gostaria de conversar com eles? Qualquer que fosse o assunto, ela não quis falar à noite, talvez o assunto poderia tirar o pouco sono da patroa.

Esta noite Amanda conseguira ter um sono tranquilo, dormira a noite toda e acordou cedo e bem disposta. Primeiro o casal tomara o café e após, chamaram Marilda para conversar.— Vem Marilda, penso que agora podemos conversar.

Disse Amanda bem tranquila.

— Eu já trabalho aqui com vocês há muitos anos, e ultimamente tenho pensado bastante e cheguei à conclusão que está na hora de parar de trabalhar definitivamente. Essa ida para cuidar de uma parente, me fez querer voltar para lá e passar com eles esses anos de vida que ainda me restam. Tenho falado com eles, está tudo bem, mas sinto que está na hora de voltar para ficar com eles.

— Ah, Marilda, você vai nos deixar? É pelo trabalho? Reduzo suas tarefas.

Disse Amanda.

— Que tarefas? Não faço mais quase nada aqui. Desde que viajei vocês contrataram outras pessoas e agora eu só cozinho, estou quase como quando comecei aqui.

— Você cozinha e muito bem por sinal.

Disse Carlos.

— Você quer suas tarefas de volta? É isso?

— Não dona Amanda, eu já não aguento trabalhar com a mesma perfeição de antes. Está na hora de me aposentar definitivamente. Seus pais, senhor Carlos, foram bastante generosos comigo, depois o senhor com a outra esposa também foram bons para mim, mas vocês dois juntos superaram todos, eu me sinto como se fosse da família.

— Mas você é da família, te considero como uma mãe, eu cresci com você aqui, desabafei muitas vezes com você, ouvi seus conselhos, tomei broncas suas, hoje sou o que sou, devo em parte a você que soube cuidar muito bem de mim.

— Eu já trabalhei muito, e sinto que está na hora de descansar, preciso dar lugar para outra pessoa, e também não tenho mais necessidade de continuar trabalhando. Graças a vocês que não me deixam gastar um centavo do meu pagamento, me dão de tudo, nem sei como agradecer a vocês, tenho uma enorme gratidão por vocês dois.

— Marilda, estou muito triste porque gosto muito de você e não quero que você vá, mas, por outro lado, eu te entendo e apoio sua decisão.

Disse Amanda, tentando ser compreensiva.

— Eu também gosto muito da senhora, e sentirei saudades.

— E quando você pretende ir? Já é por esses dias?

Perguntou Carlos, preocupado.

— Não! Ela não pode ir agora, Carlos. Você não pode ir agora, Marilda! Você não vai ver seu netinho nascer?

Amanda estava chorando, Marilda a viu chorando e começou a chorar também.

— Não pretendo ir agora, só estou preparando vocês. Como a senhora disse, eu tenho que ver meu netinho e pegá-lo no colo.

— Então está bem, você me ajuda a selecionar uma babá?

— Não só ajudo a selecionar, como poderei supervisionar o trabalho dela também, se não cuidar da criança direito, dará lugar para outra.

— Isso mesmo Marilda, você ficará responsável por treiná-la, conto com você.

— Combinaremos assim, quando o bebê estiver com dois meses de vida, eu me despeço de vocês.

— Estamos combinados.

Disse Amanda já mais tranquila.

— Marilda, não se preocupe, quando chegar a hora, mandarei sua documentação para o contador para efetuar o cálculo da sua indenização, independentemente do valor que der sua indenização, não ficará só nisso, serei bem generoso, e você poderá viver muito bem pelo resto da sua vida, com dignidade e tranquilidade.

— Quanto a isso eu não tenho dúvidas, eu sei que posso assinar de olhos fechados.

— Confia em mim tanto assim?

— Seu pai foi o homem de maior caráter e dignidade que conheci e sua mãe a mulher mais bondosa. O senhor herdou o caráter e a dignidade do seu pai e a bondade de sua mãe. A senhora, dona Amanda, é a mulher mais amável, dona de um coração incrível e tão bondoso quanto a mãe dele. Vocês sabem que sou sincera.

— E como sei.

Brincou Carlos.

— Amo vocês demais, prometo que estarão para sempre no meu coração.

— Nós também te amamos muito, Marilda.

Logo, todos estavam chorando e se abraçaram por um tempo.

— Já tivemos bastante emoção por aqui, agora vamos trabalhar.

Disse Amanda, procurando dar um basta naquele drama. Chegaram no trabalho, cumprimentaram a todos rapidamente e foram direto cada um para suas salas, depois de alguns minutos, Adriana a procurou preocupada.

— Aconteceu alguma coisa, amiga?

— Por quê? Da para perceber algo?

— Parece que você estava chorando.

— É a Marilda, vai nos deixar, está cansada coitada.

— E agora? Como vocês vão fazer?

— Ainda bem que ela não vai agora, vai me ajudar a selecionar uma babá, vai acompanhar o trabalho dela e quando o bebê estiver com dois meses, ela vai embora.

— Ainda bem que ela não vai agora, você ainda ganha um tempinho, mas não deixa de ser uma perda.

— Com ela lá em casa, ficarei mais tranquila nos primeiros meses da nova babá, vai me ajudar bastante, mas depois terei que me conformar, Carlos está arrasado, ele a considera como uma mãe, até eu gosto demais dela, é uma ótima pessoa e uma mãezona, já me deu tantos conselhos, sentirei muito a falta dela.

— Vocês têm que entender que chegou a hora dela descansar, já trabalhou demais.

— Sabemos disso e entendemos, mas é muito difícil.

— E ela, como está?

— Arrasada também, coitada, mas vamos fazer o que, não é mesmo? O jeito é se conformar e pronto.

— Até eu, fiquei um pouco abalada agora, se cuida, vou trabalhar.

— Não! Espera um pouco, vou chamar o Carlos.

— O que foi?

— Já que estamos nesse clima, vamos aproveitar e fazer o convite para ela, amor?

— Sim, pode fazer.

Disse Carlos.

— Que convite, gente?

— Para você ser a madrinha do nosso bebê. Você aceita?

— Eu? Madrinha, mas… como assim?

— Fala logo que aceita, Adriana, que droga!

— Agora quem está emocionada sou eu, não esperava…

— Sim ou Não?

— Sim! Claro que sim, aí estou tremendo.

— Coitada Carlos, ela está até passando mal.

Todos sorriram. Mais tarde ligaram para o Paulo e avisaram que iriam passar por lá no final do expediente.

— Está tudo bem? Fiquei preocupado quando disseram que viriam aqui.

— Viemos te fazer um convite, Paulo.

— Que convite?

— Para você ser o padrinho do nosso bebê. Sim ou não?

Perguntou Carlos.

— Como assim… por que eu?

— Porque você é nosso amigo, cara.

— Vocês me pegaram de surpresa, mas é claro que sim, e quem será a madrinha?

— Adriana, ela até passou mal, coitada.

Disse Amanda sorrindo.

— Até eu, estou passando mal, é muita responsabilidade, e vocês falam assim… pega a gente de surpresa.

— A intensão era essa mesma.

— Agradeço pela consideração com a minha pessoa. Não tenho nem condições de continuar trabalhando mais hoje.

— Hoje foi o dia da emoção, começou cedo com Marilda pedindo demissão, está cansada, coitada.

— Coitada mesmo, trabalha com vocês há anos, mas aí vocês vêm e descontam na gente, né?

Todos sorriram.

— Valeu Paulo, obrigado por aceitar nosso convite, tchau.

— Tchau, meus amigos.

— Vamos para casa, querida?

— Vamos sim! Chega de emoção, mas hoje ainda, eu quero conversar com você em casa, sobre algo que você está fazendo inconsciente, mas está me incomodando bastante.

— O que estou fazendo? Fala para mim.

— Eu disse em casa!

— Está bem, eu aguardo, tem outro jeito?

— Não! Eu disse em casa e será em casa, depois do jantar.

51

Terminaram o jantar e mais tarde quando já estavam no quarto, Carlos estava impaciente com o silêncio da esposa.

— Mas que droga! Você quer me matar de curiosidade? Me fala logo o que está acontecendo, está fazendo o maior suspense.

— Estou fazendo de propósito, para te deixar bastante curioso.

— Fala logo, Amanda.

— Não é nada grave, é que trabalhamos juntos, somos sócios, ganhamos quase o mesmo salário, mas você me trata como se eu fosse completamente sua dependente.

— Não estou entendendo, como assim?

— Você não me deixa pagar nada, se vamos ao mercado, você paga as compras, se vamos almoçar fora, você quer pagar o almoço sempre, fizemos as compras do bebê, você pagou tudo sozinho, e o meu dinheiro? É só para guardar? Nem as compras das minhas roupas você me deixa pagar, eu quero ter o prazer de pagar minhas compras, de te ajudar nas despesas, e quero pagar as contas também.

Carlos a ficou observando falar e depois começou a rir.

— Você está rindo do quê? É de mim?

— Não! É da situação, eu nunca passei por isso em toda a minha vida.

— Explique-se, não estou entendendo.

— Das mulheres com as quais eu me relacionei, nenhuma fez questão de pagar uma bala sequer, sempre era eu que pagava todas as despesas, e acabei me acostumando assim, teve situações que até tive que cortar um pouco porque já estavam me explorando. Nunca ficaram sabendo dos meus investimentos, e nunca tiveram acesso ao controle das minhas finanças, sempre mantive tudo em segredo, nunca confiei em nenhuma delas a esse ponto. Quando herdei as casas na Irlanda, não comentei nada com nenhuma delas, e mesmo assim já tinha uma inventando moda, querendo que eu comprasse casa de praia. Aí vem você, agindo completamente diferente de todas elas, não me pergunta nada sobre minha vida financeira e ainda faz questão de dividir as despesas, você não existe.

Eu não ajo assim dessa forma por machismo ou estou querendo aparecer, simplesmente sempre foi assim, e me acostumei assim, mas se te incomoda tanto, podemos rever tudo isso. Você tem alguma sugestão?

— Tenho sim, eu penso que tem que ser tudo dividido entre nós e isso inclui as contas também.

— E como faremos, então?

— Tudo que comprarmos para casa, incluindo também as contas, serão divididos, mas quando comprarmos algo pessoal ou um presente para o outro aí a despesa será de quem comprou, presente não se divide o custo, está bem assim?

— Se você prefere assim, então estou de acordo.

— Não se trata de preferir assim, mas tem que ser assim.

— Mas tenho muitos recursos, e não acho nada demais eu pagar tudo.

— Eu não me casei com você pelo seu dinheiro, casei porque te amo, na verdade, eu não sabia e nem sei se você tem ou não muito dinheiro. Eu nunca especulei sobre os seus negócios, e só soube do tamanho do seu escritório quando fui lá, mas fui porque você me convidou, e pelo tamanho do escritório supus que deveria entrar um bom dinheiro, mas nunca te perguntei nada, meu interesse sempre foi em você e mais nada!

— Sei disso, mas já que estamos falando desse assunto, deixa eu te colocar a par de tudo que eu tenho. Você gostaria de saber?

— Se você quiser me contar.

Carlos a colocou a par de tudo que ele possuía. Seus investimentos na bolsa brasileira com participação considerável em grandes empresas, fundos imobiliários, imóveis herdados do pai e do avô na Irlanda que estavam todos alugados e administrados pela imobiliária irlandesa, investimentos em bancos europeus, além do escritório que mantinha em sociedade com ela. Ele revelou a ela cada centavo de tudo que possuía.

— Carlos! É muito dinheiro! Por isso que você não se importa em pagar as despesas sozinho.

— Eu não faço questão de gastar, principalmente com a mulher que eu amo. O que você me diz?

— Estou estarrecida! Mas mesmo assim dividiremos as despesas.

— Não precisa ser assim.

— Quero que seja assim, me deixa me sentir útil aqui em casa, nesta família.

— Está bem, faremos como você propôs, mas as viagens que fizermos serão todas por minha conta.

— Acredito que também deveria ser dividido do mesmo jeito.

— Considere as viagens como um presente meu, e presente, como você mesma disse, não se divide o custo.

— Você é impossível! Tudo bem.

— Agora venha cá, venha ficar um pouco nos meus braços, você está se sentindo bem? Foi muita emoção por hoje.

— Estou sim, estou bem tranquila porque você me passa tranquilidade, meu sono já está chegando.

— Então vamos dormir, amanhã teremos consulta.

Quando Carlos acordou, Adriana não estava mais no quarto, ele foi procurá-la pela casa e ela estava na cozinha, já pronta esperando por ele para tomarem café.

— Bom dia! O que houve? Acordou cedo ou não conseguiu dormir?

— Bom dia! Muito pelo contrário, dormi bem e acordei cedo, já tomei banho, me arrumei e estou te aguardando para tomarmos café e irmos para a consulta.

— Está preocupada?

— Não, estou bastante ansiosa.

— Vamos tomar café e vamos logo para a sua consulta.

Uma hora mais tarde, já estavam no consultório sendo atendidos.

— Bom dia, doutor!

— Bom dia! Como estão hoje?

— Ela perdeu o sono muito cedo, e está bastante ansiosa.

Carlos tomou a frente não a deixando falar.

— É natural a ansiedade aumentar, porque como já está no final da gestação, cria-se a expectativa de conhecer logo o bebê, mas tenha calma, ainda não acabou, falta pouco, junto com a ansiedade poderá surgir também dor nas costas, os seios vazando leite, necessidade de urinar com mais frequência entre outras coisas. Também tenho boas notícias, o seu bebê está muito bem, está em posição cefálica, ou seja, está na posição propícia para o seu nascimento. As suas consultas agora serão quinzenais e a partir da trigésima sétima semana, passarão a ser semanais. Vou te encaminhar para o pediatra, procure um de sua preferência, ele vai te ajudar a lidar com a ansiedade, inclusive do pós-parto, te dará dicas sobre a amamentação, banho, troca de fraudas, sono e outras coisas relacionadas ao recém-nascido, esse pediatra poderá ser o que irá consultar o seu bebê depois de nascido, o bom é que você já estará acostumada com ele. Tenham um bom dia!

— Obrigada, doutor, bom dia!

Quando saíram no estacionamento para pegar o carro e irem para a firma, Amanda quis dirigir.

— Por favor amor, deixa eu dirigir até o centro.

— Não é aconselhável você dirigir nesse estado.

— Mas também não é proibido, eu irei com cuidado, eu prometo.

— Está bem, mas só hoje, e assim mesmo porquê a esta hora o trânsito está tranquilo, e aproveita para se despedir do volante por alguns meses.

Chegaram na entrada do estacionamento, ela fez questão de estacionar o carro.

— Viu, não aconteceu nada, salvaram-se todos.

— Não era para acontecer nada mesmo. Acho até que está na hora de você parar de trabalhar.

— Ah, não, irei enlouquecer se ficar trancada dentro daquele apartamento.

Quando chegaram no escritório encontraram com Adriana pelos corredores.

— Você está enorme, Amanda!

— Não começa Adriana, ele já está me perturbando para eu ficar em casa, mas eu virei até quando der.

— Ela é muito teimosa.

Queixou-se Carlos.

— Para de reclamar e vamos trabalhar que é melhor.

Amanda falou isso para evitar que o assunto se prolongasse. Mais tarde ela se lembrou de algo muito importante.

— Amor, suponho que estamos esquecendo de escolher o nome para o bebê.

— E como faremos? Decidiremos juntos?

Perguntou Carlos.

— Tenho uma ideia melhor, se for menino darei o nome e se for menina quem dará o nome é você.

— Está bem, pesquisarei um lindo nome feminino.

— Mas não vale contar antes da hora, eu só irei te falar o nome, depois que o bebê nascer.

— Ok, estamos combinados.

52

Ao final da trigésima sexta semana, o médico a recomendou se afastar do trabalho.

— Mas doutor, eu estou bem, não quero parar de trabalhar e ficar em casa.

— Não! Sua barriga está muito grande e pesada, seu bebê está pesando mais de três quilos e daqui para frente ele irá só engordar. Aproveite seu tempo livre para descansar, deixar a bolsa arrumada, organizar as gavetas dele, demonstrar seus dotes culinários e ficar aguardando o seu bebê nascer, mas é ele que decide quando vai nascer.

Ela ficou chateada, mas não poderia contrariar as ordens médicas. Então ela aproveitou o período de licença para selecionar a nova babá que seria contratada logo após o nascimento do bebê.

Nos primeiros dias de licença, ficar em casa para ela era uma agonia, mas aos poucos, acabou se acostumando. Comia bem, lia bastante livros e dormia, estava bastante descansada, sentia-se preparada aguardando a coisa mais importante da sua vida no momento, que era o nascimento do seu bebê.

No dia em que completou quarenta semanas e cinco dias, Carlos acordou com Amanda gemendo de dor.

— O que houve, amor?

— Estou com contrações a cada quinze minutos.

Ele imediatamente dedicou sua atenção a esposa e iniciou as massagens, ele sabia o que deveria ser feito. Terminaram o café e ele ligou para Adriana informando o que estava acontecendo. Duas horas mais tarde ela deu um grito mais forte.

— As contrações estão ficando mais fortes.

Disse ela.

— Quer comer alguma coisa?

Perguntou Marilda.

— Não, estou sem fome, talvez uma vitamina.

Marilda rapidamente preparou uma vitamina de abacate que ela tanto gostava, e trouxe.

— Aí! Agora está vindo a cada cinco minutos.

Carlos estava nervoso de ver sua esposa naquela situação.

— Estou perdendo água.

Disse Amanda.

— A bolsa rompeu.

Disse Marilda.

— Vou ligar para o médico. — Falou Carlos, se apressando em ligar. — O médico prontamente o atendeu e mandou levá-la para o hospital.

— Venha com calma, não precisa correr.

Ela tomou um rápido banho, se arrumou, pegaram a bolsa que já estava pronta e saíram. A caminho do hospital, as dores não davam trégua, ela se agarrava no banco do carro, e outra dor estava se aproximando. Quando chegaram ao hospital o médico já os aguardava com um sorriso no rosto, e disse que iria examiná-la.

— Está com seis de dilatação.

A enfermeira a ajudou a trocar de roupas, as dores eram frequentes. Mais tarde ele a examinou novamente.

— Está com oito. É hoje! Está chegando a sua hora!

Em meio as contrações que chegaram mais fortes, Amanda tremia e suava, enquanto era levada para a sala de parto. Meia hora mais tarde ela estava com dez de dilatação.

— Chegou a sua hora! Faça como você aprendeu.

Ela continuou respirando fundo, de repente ela não sentia mais contração e nem dor, somente a vontade de expulsar, e ouviu seu marido dizer:

— Estou vendo o cabelinho do bebê.

Isso a motivou, encorajando-a a reunir todas as suas forças e determinação e num grito e num empurrão enquanto fazia força, entre suas pernas apareceu um rostinho e mais um último empurrão imediatamente todo o corpinho apareceu, e o médico disse:

— É um menino!

Carlos e Amanda sorriram de alegria e lágrimas de emoção corriam por seus olhos. Em menos de uma hora, Amanda estava num quarto particular com o seu bebê, e Carlos o pegou no colo e admirava o seu filho, ainda atordoado por tudo que vira na sala de parto.

— Meu filho! Finalmente sou pai! Obrigado meu amor por me proporcionar tamanha alegria. Eu te amo muito.

— Eu também te amo muito.

Ele beijou carinhosamente sua esposa na testa e depois na boca.

— Quer comer alguma coisa?

— Talvez uma fruta, estou com um pouco de fome.

— Vou lá fora comprar.

Carlos comprou variedade de frutas que ela poderia comer.

— Meu marido é muito exagerado, como sempre, mas eu amo seu jeito de cuidar de mim.

— Enquanto você come, vou ligar avisando aos seus pais, Marilda, Adriana e ao Paulo.

Os pais de Amanda choraram emocionados com a notícia, Marilda desabou chorando de emoção, no escritório quando Adriana avisou a equipe, foi a maior comemoração e Paulo emocionado os parabenizou. Quando Amanda terminou de comer, Carlos fez uma chamada de vídeo mostrando a filha e o neto para eles verem que estava tudo bem.

— Quando eu for em casa amanhã, irei passar no "shopping" e comprar a saída do hospital que você escolheu. Agora me fala, qual o nome do bebê? Preciso registrá-lo amanhã.

— Ele se chama: Ryan Oshiro O'Briain, o nome dele significa pequeno reizinho, em homenagem a sua descendência irlandesa.

— Poxa! Amor, muito obrigado pela homenagem.

53

— Marilda, vem pegar seu netinho.

Disse Amanda ao entrar em casa chegando do hospital.

— Nossa, é tão lindinho. Fico muito feliz de vocês terem se casado e agora a senhora ter dado ao senhor Carlos a alegria de ser pai.

— É... sei o quanto esse filho representa para ele, e também sei o quanto foram bastante desumanos com ele.

— Mas a senhora está dando só orgulho e alegrias para ele.

— Posso te perguntar uma coisa, Marilda?

— Claro que pode minha filha.

— Quando você falou que via um casal de crianças correndo pelo apartamento... fiquei um pouco confusa.

— Não vejo motivos para confusão, eu continuo vendo esse casal de crianças lindos, correndo pelo apartamento.

— Pensei que a menina viria primeiro.

— Eu sempre soube que seria um menino primeiro, mas vocês optaram por não saberem o sexo, então fiquei em silêncio, mas a menina virá e será tão linda quanto ele, mas não se parecerá com o pai como ele se parece.

— Como assim, Marilda?

— Eu já falei demais.

— Ah já sei, ela se parecerá comigo? Amanda chorou emocionada. — Marilda simplesmente sorriu e confirmou com a cabeça. — A babá ligou confirmando que virá ainda hoje.

— Que bom! Quero acostumá-lo a dormir no quarto dele desde o primeiro dia em casa.

O primeiro passeio do Ryan foi ao pediatra para a primeira consulta que ocorreu seis dias após a alta hospitalar. Amanda optara por escolher uma pediatra, assim, ela ficaria mais à vontade para fazer perguntas e esclarecer as suas dúvidas. Depois dele pesado, medido e examinado, voltou para casa e retornaria para a próxima consulta nos próximos quinze dias.

Quando ele completou um mês de idade, retornou ao pediatra, mas dessa vez, após a consulta, não foi direto para casa como de costume, foi conhecer o trabalho dos pais. A sua chegada ao escritório foi motivo de grande comemoração.

— Não acredito que meu afilhado veio nos visitar. Que lindo!

Adriana estava babando pelo afilhado e todos pararam seus trabalhos para ver o bebê.

— É muito lindo!

A opinião de todos era unânime, Amanda estava orgulhosa.

— Como vão às coisas por aqui, Adriana?

Perguntou Carlos.

— Está tudo sobre controle, como sempre.

— Mais uma vez estou contando com você para assumir tudo por aqui.

— Não se preocupe, já estou acostumada, mas preciso te lembrar de uma coisa.

— Pode falar, Adriana.

— Lembra de quando você estava desanimado, acreditando que nunca encontraria uma esposa de verdade, que te merecesse, e eu te disse para ter calma que essa mulher iria aparecer?

— Eu me lembro desse dia sim.

— Parece que essa mulher que você tanto queria apareceu.

— Com certeza! Amanda é tudo que eu queria na minha vida.

— Então valeu a pena não desanimar e esperar, e eu disse na ocasião, que gostaria de estar aqui para te lembrar dessa conversa naquele dia.

— E como valeu a pena, ela é carinhosa, amiga, companheira, mãe, é a esposa perfeita. Muito obrigado pela lembrança, minha amiga.

— Adriana, sorriu, concordando com tudo que ele acabara de descrever sobre sua esposa.

— Já fizemos nossa visita, agora vamos deixá-los trabalhar.

Disse Amanda brincando com o filho.

— Tchau! Obrigada por trazê-lo aqui.

Agradeceu, Adriana.

— Tchau, Madrinha coruja.

Brincou Amanda.

— Sou mesma, e com muito orgulho pelo meu afilhado.

Todos sorriram.

— Bom trabalho para todos!

— O que você sugere que façamos agora?

Perguntou Carlos a sua esposa.

— Vamos fazer uma visita ao Paulo, amor?

— Sim, vamos dar uma passada rápida por lá.

— Olha quem veio te visitar, Paulo.

Disse Amanda toda animada.

— Não acredito! Já está passeando e frequentando os escritórios de advocacia? Mais um advogado na família?

— Será, Paulo?

Amanda ficou empolgada.

— Rapaz, você é lindo hein? Parabéns!

— Obrigada Paulo, não queremos te atrapalhar, só viemos fazer uma rápida visita.

— Ok, adeus meus amigos, em breve irei visitá-los.

— Marilda, hoje o Ryan está completando dois meses, vou ligar para a agência para enviarem candidatas para serem selecionadas, a menos que você tenha mudado de ideia.

— Estou com o meu coração partido, mas tenho que ir.

— Eu sei que tem, só estou brincando com você.

— O que houve que vocês madrugaram?

Perguntou Carlos assustado por elas já estarem acordadas àquela hora.

— Levantei para amamentar o Ryan e não quis deitar mais, aí vim para a cozinha e Marilda levantou logo em seguida.

— Já tomou café?

— Estou te esperando para tomarmos café, juntos, já basta que a partir de hoje você estará voltando ao trabalho e eu continuarei aqui.

— Não seja reclamona, você tem três pessoas te fazendo companhia aqui e uma delas não larga do teu pé.

— Não larga mesmo, que garoto! Puxou ao pai.

— Olha quem está falando, não faz nada se não for na minha companhia.

— Não faço mesmo, sem você não sou mais nada.

— E esta camisolinha que você está vestida, é para me seduzir? Se for te levo para o quarto imediatamente.

— Deixa de ser saliente, o sinal está vermelho para você.

— Então esquece o que falei.

Ela sorriu.

— Vocês dois são demais.

Disse Marilda, sorrindo.

— Amor, hoje ligarei para a agência, vamos começar a selecionar a substituta da Marilda.

— Ainda tem essa parte triste, estava tão bem.

— Seu egoísta, ela precisa viver a vida com os seus parentes também.

— Eu sei, mas não quero admitir que ela tem que ir embora. — Ele ficou triste. — Mas vou me acostumar. A propósito você falou com seus pais, Amanda?

— Sim, eles ficaram empolgados com o seu convite, disseram que você tem toda razão, eles não precisam ficar lá, podem acompanhar tudo a distância e meu pai está mesmo decidido em investir por aqui, mas contará com a sua ajuda inicialmente.

— Prometi que os ajudaria, e cumprirei com a minha promessa.

— Eles disseram que desde que viram as fotos e o vídeo do bebê, tudo por lá perdeu a graça, e querem acompanhar o crescimento do neto, mas a princípio decidiram ficar no meu apartamento, querem que eu o alugue para eles.

— E quando eles virão?

— No máximo daqui a uns três meses estarão chegando e já avisaram que as comemorações de natal e ano novo serão aqui.

— Maravilha! Será que os bons tempos estão de volta?

— Adoro uma festa!

Disse Amanda toda empolgada. Eles terminaram o café e Carlos beijou sua esposa e deu um beijo no rosto de Marilda e saiu para o trabalho.

— Fiquem bem, eu prometo que volto.

— Nem se atreva a tentar não voltar.

Brincou Amanda.

Com quinze dias, a substituta de Marilda já fora contratada e treinada, agora eles tinham a arrumadeira que trabalhava três vezes na semana, a cozinheira que dormirá no trabalho e substituirá Marilda na cozinha e conservará a casa nos dias que a arrumadeira não for, e a babá que folga de quinze em quinze dias e mais uma babá folguista.

Os cálculos da indenização de Marilda retornaram do contador e Carlos sentou com Marilda para explicar item por item da sua rescisão.

— Concorda com os valores, Marilda?

— Superou as minhas expectativas.

— É mesmo? Está maior do que você pensou em receber?

— Bem mais, muito obrigada.

— Então assina estas vias aqui, é a sua rescisão e essa última é a sua via.

Ela assinou todas as vias da rescisão que Carlos pedira para assinar.

— Já fiz o depósito em sua conta, confere aí o valor, posso ter errado.

Brincou Carlos.

— Que isso? Está errado!

Exclamou Marilda.

— Errei para menos?

— Não! Para mais, tem muito dinheiro na minha conta, como faço para devolver?

— Eu não errei, eu fiz de propósito, eu te disse que seria bem generoso na sua indenização para você poder ter uma vida tranquila e digna na sua casa, junto dos seus familiares, não disse?

— Disse, mas...

— Você fez por merecer tudo isso, e eu não decidi sozinho, pedi opinião da Amanda e ela achou mais do que justo. Só temos a te agradecer, Marilda.

Ela estava chorando emocionada.

— Não chore, nós te amamos muito e sentiremos a sua falta. Quando você quiser ir embora me avise para eu comprar a passagem, mas a partir de agora até o seu dia de ir, você é nossa hóspede, não é obrigada a fazer mais nada.

— E eu aguentarei ficar parada? Vou esperar o Ryan completar três meses, depois irei.

— Não tenha pressa, fique o tempo que você quiser.

54

Quando Ryan completou três meses, Marilda avisou o dia que pretendia viajar e Carlos comprou a passagem com antecedência.

— Pronto Marilda, a passagem já está comprada, agora é só aguardar o dia do seu embarque.

— Obrigada, enquanto não chega o dia, vou continuar curtindo esse bebê lindo.

— Com tanto mimo assim ele ficará muito dengoso. Depois sentirá sua falta.

Brincou Amanda.

— Carlos, tive uma ideia meu amor, e quero te propor algo. Só não sei se você concordará comigo.

— Estou ansioso para te ouvir.

— A primeira e única vez que fui com você ao clube, foi um desastre, aquela barriga de sétimo mês não ajudou muito e ainda passei mal com o cheiro do álcool. Penso que estraguei a sua noite.

— Jamais! Independentemente de você não poder ter ficado até o final, a noite foi maravilhosa, principalmente porque estava na sua companhia.

— Assim você me deixa sem jeito. Porque não aproveitamos enquanto a Marilda ainda está aqui e vamos um pouquinho ao clube?

— E quando você gostaria de ir?

— Hoje!

— Hoje? Tem certeza?

— Sim, vamos dar uma esticada só nós dois. Vamos curtir esta noite a sós, preciso me redimir por aquela noite.

— Ficaremos fora a noite toda?

— Claro que não! Talvez só até o término do baile. Não teria coragem de deixar o bebê por uma noite inteira.

— Está bem, depois do baile voltamos para casa.

— Pedirei a Mari para ficar de olho nele por mim.

— Avisa a babá também, que ela vai ajudá-la, para não acabar dando problemas para Marilda.

— Bem pensado querido, me esqueci desse detalhe.

— Mari, preciso te pedir um favor.

— Pois não!

Marilda respondeu prontamente.

— Eu e o Carlos, estamos pensando em ir ao clube hoje à noite para nos divertirmos um pouco. Será que seria muito incômodo te pedir por favor para dar uma olhada no Ryan com a babá? Não é para você fazer nada, é só para acompanhar mesmo. Como será a primeira vez que vou sair sem ele, estou insegura e só confio por enquanto, se ele ficar com você.

— Obrigada pela confiança, pode ir tranquila, vão se divertir, aqui estará tudo sobre controle.

— Ele é bonzinho, raramente acorda a noite, mas vou amamentá-lo antes de sair, deixarei leite também se for o caso de precisar. Pode ficar tranquila que avisarei a babá que a vó dele estará responsável por tudo na nossa ausência.

— Para mim, será uma honra.

A noite eles se arrumaram, mas não iriam direto ao clube, Amanda não quis jantar em casa, disse que gostaria de ir a um restaurante e depois iriam para o clube. Carlos estava disposto a realizar todas as vontades da esposa, afinal havia meses que eles não saiam só os dois e eles precisavam disso.

Ela optara por um vestido midi drapeado laranja e um sapato metalizado prata, estava linda! Carlos ficou encantado.

— Amor, que isso… assim eu não resisto. Você está linda!

— É tudo seu, me arrumei para você, afinal de contas estarei saindo com o meu marido.

— Amor! Que felicidade te ver assim toda animada, então vamos nos divertir.

Depois de muitas recomendações e o sentimento de culpa por deixar o bebê, finalmente saíram de casa.

— Pensei que você fosse desistir.

— Jamais! Mas você me entende. É a primeira vez que o deixo sem mim ou você.

— Eu te compreendo amor, só uma mãe zelosa como você para ter toda essa preocupação.

— Onde você me levará para jantar?

— Como você não gosta muito de carne, então te levarei em um restaurante próximo ao clube, lá tem um salmão delicioso e com certeza é o seu prato preferido.

— Adoro salmão, eu só como carne por sua causa, e mesmo assim como bem pouco.

— Sei disso.

A noite estava bastante agradável e logo chegaram ao restaurante, o garçom os recebeu e os encaminhou a mesa. Carlos sugeriu-lhe que comecem salmão recheado ao molho de catupiry e cogumelos, ela aprovou a sugestão. Carlos pediu também um vinho que combinasse com o prato. Logo o jantar foi servido acompanhado de um vinho branco suave. De sobremesa comeram torta gelada de chocolate, incrementada com avelã e morangos. Amanda amou o jantar, afinal ela era fã de peixes e frutos-do-mar. Terminaram o jantar, Carlos pagou a conta e foram para o clube. Chegaram ao salão e finalmente não avistaram nenhum conhecido. Optaram por ficarem em uma mesa próxima à pista de dança. Ele a pegou pela mão e a conduziu para a pista de dança, afinal foi para isso que foram lá. Amanda estava se divertindo como há muito tempo não o fazia. Queria dançar todas as músicas, na verdade, queria mesmo era se divertir. Quando começou a tocar música lenta ela grudou no pescoço dele e disse.

— Hoje não tem barriga que me atrapalhe de ficar grudada em você. Quando mudou o ritmo da música, ela olhou as horas, era uma e trinta e três da madrugada.

— Vamos para casa, amor. Estou preocupada com o bebê.

— Vamos sim, já aproveitamos bastante.

Quando chegaram a casa, foram avisados que o bebê nem acordou.

— Ele enjoou um pouco porque estava molhado, troquei a fralda, e ele continuou dormindo e está até agora, e suponho que não irá acordar tão cedo.

Disse a babá se justificando.

— Ele é um amor mesmo, não dá trabalho. Pode ir para o seu quarto se quiser Mari, muito obrigada. Vamos dormir, qualquer coisa me chame. Boa noite para vocês.

Ao chegarem ao quarto, Amanda se aproximou de Carlos e o abraçou.

— Me diverti bastante esta noite.

— Que bom que você gostou.

— Mas nossa noite não terminou ainda.

— Não?

— Por isso que quis vir logo para casa.

— Pensei que estivesse preocupada com o bebê.

— Ele está em boas mãos.

Carlos ficou sem entender.

— Então porquê quando te convidei para passarmos a noite fora, você deu a desculpa do bebê?

— Porque é aqui no nosso quarto que quero terminar a noite com você. Não temos necessidade de frequentarmos outro local para fazermos amor. Não julgo quem frequente esses motéis, é problema de cada um; cada um com seu cada qual. Nunca frequentei esses motéis e não pretendo frequentar nunca. Tudo que poderíamos fazer lá poderemos fazer aqui também. Aqui temos a nossa privacidade. É aqui no nosso quarto, é aqui na nossa cama que quero te amar e ser amada por você.

— Está bem, desculpe-me por te fazer o convite para passarmos a noite fora e frequentar um local que você não gostaria de ir.

— Você não tem culpa. Nós nunca conversamos sobre isso, mas agora você já sabe, não troco o nosso quarto por local nenhum. A não ser que estejamos em viajem, mas aí é outra história, são hotéis com ambiente familiar.

— O que você tem contra os motéis?

— Foi nesses motéis da vida que fui traída, trocada e abandonada pelo meu ex-marido por diversas vezes, e com você também não foi diferente. Esses locais são frequentados por todo tipo de pessoas e todo tipo de situação, eles vivem algo escondido e proibido. Por isso prometi a mim mesma que nunca frequentaria esses ambientes.

Nós dois, eu e você não precisamos de ir lá, temos o nosso quarto para nos amarmos. Não vivemos nada escondido, nada entre nós dois é proibido. Eu pertenço a você e você pertence a mim. É como está escrito: "Eu sou do meu amado e o meu amado é meu".

— Que coisa linda, meu amor. Como você é linda minha querida, como você é pura. Então vamos aproveitar esta noite, vamos nos amar e nos entregar um ao outro.

Carlos a tomou em seus braços a beijou e a levou para a cama. Entre beijos trocados por eles, carinho, toques e carícias, aos poucos suas roupas foram sendo tiradas e lançadas ao chão. A emoção tomou conta daquele quarto, o amor em sua plenitude tomou conta daquele ambiente. Amanda suspirava e gemia de tanto prazer. Carlos a penetrou e com intensos movimentos de vai e vem, ela começou a chorar, ele ficou preocupado, quis parar, ela pediu para continuar.

— Não pare! Por favor… continue… continue.

Com movimentos frenéticos ele a penetrou mais e mais, todo o corpo dela tremia, e entre gritos e gemidos, ela chegou ao clímax, ele continuou a penetrá-la um pouco mais e chegou logo em seguida. Eles se entregaram tão intensamente que estavam esgotados, ele ajeitou os travesseiros na cabeceira da cama e se recostou tomando sua esposa nos braços, a respiração de ambos estavam ofegantes. Enquanto se recuperava, ele a beijava no rosto de forma lenta e demorada.

— O que foi esse choro? Pensei que estivesse te machucando.

— Não! Você é um amor. Eu não sei te explicar direito, só sei que foi muito bom, senti todo o seu amor por mim naquele momento. Foi um choro de libertação, alívio, prazer e muita felicidade.

— Já aconteceu isso antes?

— Não, meu amor. Foi a primeira vez.

— Interessante.

— Só você sabe me tocar, só você sabe me amar de forma tão intensa que me deixa assim tão extasiada.

— Tinha que ser você Amanda, tinha que ser você na minha vida, sou muito feliz e realizado ao seu lado.

— Também sou amor, mas agora vamos dormir um pouco porque daqui a pouco nosso filho vai acordar e o pai dele me deixou esgotada.

Amanda dormiu um pouco e logo a babá a estava chamando, seu filho acabara de acordar e estava faminto. Quando Carlos levantou Amanda estava cochilando sentada na cozinha.

— O que houve amor?

Perguntou Carlos todo preocupado.

— Demorei a pegar no sono, quando comecei a dormir, o Ryan acordou e vim amamentá-lo. Estou quebrada.

— Vamos tomar café e depois você pode voltar para a cama e dormir o tempo que precisar. Deixe o Ryan comigo.

— Você não sabe como foi ótimo te ouvir falar isso.

— Foi o baile, não é dona Amanda? A senhora perdeu o costume.

Disse Marilda.

— Foi o baile sim, ele acabou comigo, mas vou me acostumar de novo.

Amanda cochichou uma pergunta no ouvido de Carlos.

— Agora você se chama baile?

Carlos soltou uma gargalhada.

— Está rindo do que senhor Carlos?

Perguntou Marilda.

— Amanda me contou uma piada.

Todos sorriram.

No dia da viagem de Marilda, foram os três levá-la ao aeroporto.

— Adeus e obrigada por tudo, nunca me esquecerei de vocês.

Disse Marilda, completamente emocionada.

— Adeus Marilda, eu é que te agradeço por tudo, por cuidar tão bem de nós e da nossa casa por todo esse tempo. Nunca me esquecerei de você também e manteremos contato, você irá acompanhar o crescimento do Ryan e da próxima quando chegar.

Disse Amanda aos prantos.

— Marilda eu só tenho a agradecer por tudo que você fez por mim por todos esses anos, pela Amanda e por toda minha família.

— Senhor Carlos, continue sendo esse homem maravilhoso que o senhor se tornou, e só tem me dado muito orgulho. Continue amando e respeitando sua família que é um presente de Deus para o senhor.

— Muito obrigado por suas palavras, seguirei sempre os seus conselhos.

— Vocês foram feitos um para o outro, não deixe que nada venha destruir esse amor e essa união de vocês.

Eles se abraçaram, se beijaram, choraram e se despediram. Depois ficaram esperando Marilda desaparecer no embarque.

— Você ainda vai trabalhar hoje, amor?

— Não, quero ficar em casa com vocês.

Após o almoço, Carlos estava no escritório trabalhando, mais tarde sentiu falta de sua esposa e foi procurá-la, a encontrou olhando pela janela da sala de estar o movimento nas ruas do Leblon.

— Enfim te encontrei.

Chegou e a abraçou por trás, dando um beijo carinhoso em seu rosto.

— Estava me procurando? Sentiu a minha falta?

Brincou Amanda.

— Sempre!

— Sabe amor, eu estava aqui pensando, o quanto, Adriana é eficiente, e não podemos correr o risco de perdê-la. Ela está sempre assumindo o escritório na nossa ausência.

— O que você tem em mente?

— Uma promoção para ela com um salário compatível.

— Você tem razão, e qual seria o cargo?

— Gerente jurídica, e ainda mais agora que ela faz parte da família.

— É verdade, agora ela faz parte da família, eu concordo.

— Você concorda? Sério?

— Sim, mas não agora.

— E quando será então?

— Só quando voltarmos da viagem.

— Que viajem, amor?

— Sabe Amanda, o nosso bebê já está com três meses, e está na hora de sairmos para nossa merecida lua de mel.

— Sério, amor? Vamos para onde?

— Para onde combinamos. Paris!

— Paris? Obrigada meu amor, como eu te amo.

— E vamos logo, antes que você fique grávida novamente e a Hana impeça nossa tão aguardada lua de mel.

— Quem é Hana?

— Nossa futura filha.

— Está me homenageando?

Ela ficou feliz.

— Assim como você, eu busquei um nome para homenagear a sua descendência. Você gostou do nome?

— Amei por demais. Quem sabe não a faremos em Paris?

Insinuou Amanda.

— É, quem sabe?

FIM